郭保林散文学生读本

郭保林 著

山东画报出版社

图书在版编目（CIP）数据

郭保林散文学生读本 / 郭保林著. — 济南：山东画报出版社, 2017.9

ISBN 978-7-5474-2381-3

Ⅰ. ①郭… Ⅱ. ①郭… Ⅲ. ①散文集 – 中国 – 当代 Ⅳ. ①I267

中国版本图书馆CIP数据核字（2017）第093264号

责任编辑 李海峰
装帧设计 王 钧
主管部门 山东出版传媒股份有限公司
出版发行 山东画报出版社

社　址 济南市经九路胜利大街39号　邮编 250001
电　话 总编室（0531）82098470
市场部（0531）82098479　82098476（传真）
网　址 http://www.hbcbs.com.cn
电子信箱 hbcb@sdpress.com.cn

印　刷 东港股份有限公司
规　格 160毫米×230毫米
7.375印张　200千字
版　次 2017年9月第1版
印　次 2017年9月第1次印刷
定　价 25.00元

内容提要

郭保林的散文深受广大读者，尤其中学语文教师和中学生的喜爱，他的多篇散文入选大学、中学、小学、中职中专、高职高专语文课本、教材以及全国多省市中、高考模拟试卷和数以百计的中学生读物。鲍昌、冯牧、荒煤、郭风、林非、李若冰、孙绍振、张炜等全国一百四十多位学者、专家、作家纷纷撰文高度评价他的作品。他的散文以生命体验和诗性描写为主要基调，视野开阔，气势磅礴，想象奇崛，情感真挚，词汇丰富，文采绚丽，雄浑中含有细微，豪放中不减婉约，给读者丰富的审美享受。他的创作成就载入多种文学史，被评论家誉为“中国当代独具风格的抒情散文家”。他的文化散文被誉为“诗人作家的文化散文”。本社从郭保林大量散文中精选了31篇作品，每篇文章后面都附有专家学者或特级语文教师的赏析、解读，对广大中学生提高阅读写作能力、提升文学修养大有裨益。

目 录

沸腾的人生从梦开始（代序言）

人生，需要一个梦。这个梦往往在童年就开始了。许多成功的科学家、艺术家、文学家、政治家，在童年，至少青少年时期就有一个美丽的梦想，这个梦伴随终生，无论在阳光灿烂的日子，或风雨如晦的岁月，这个梦源源不断地提供强大的精神动力。

我小学五年级时，就想将来成为一个作家。作家，这是多么神圣而光荣的称号啊！那时我最崇拜的作家之一就是周立波，我读过他的《暴风骤雨》《山乡巨变》。特别是后者，我一遍遍地读。暑假里，在故乡的白杨林里，我坐在树荫下，背靠一棵白杨树，在我自己订制的笔记本上开始写《家乡巨变》，还一本正经地自己设计了封面，封面上写上 ××× 著，写上 ×× 出版社出版，那真是一个孩子幼稚的梦。当时正是上个世纪“大跃进”年代，我模仿着《山乡巨变》写家乡“大跃进”带来的巨大变化。当然，这个梦不可能实现。后来读初中、读高中，我的作家梦更强烈了，我的作文几乎每篇都在班上由语文老师作为范文朗读，引起同学们的羡慕，当然，也满足了自己的虚荣心，心里暗暗下决心，将来一定成为一位作家，也写出像《山乡巨变》那样的名著。读高中正是上个世纪六十年代初期，国家正处在三年困难时期，国家穷，老百姓更穷，但我省吃俭用，把每个月哥哥（国家公职人员）给的几块钱生活费，节约一块两块，买文学书籍，诸如杨朔的《东风第一枝》，刘白羽的《红玛瑙集》，杜鹏程的《在和平的日子里》《年轻的朋友》，还有王汶石的《风雪之夜》，真爱不释手。我读得如痴如醉，并用白纸订个小本子，记下优美的词汇、美丽的句子，反复看，并背诵。从此养成一个习惯，凡读书必摘记字、词、句，像背诵外语单词一样“死记硬背”，同时也用这些词汇练习造句。日积月累，我的小笔记本一个接一个出现了，我的语言驾驭能力大大提高，叙事、写景、抒情，生动活泼，还富有诗意和哲理，老师经常在我的作文本上画出一串串表示赞美的小圆圈，并连连写道：“好、好、很好！”我心里美滋滋的。两个星期有一次作文课，作文课是我的节日。在作文讲评时老师经常点评我的作文，拿着我的作文在高中全年级传阅，并贴在学校壁报栏里。这无疑给我的作家梦插上翅膀。那时从来不搞作文大奖赛，这种朗读、传阅、张贴，却给我带来巨大的鼓舞，更坚定了我选择的方向，我的梦更缤纷、更绚丽了。

后来我开始向报刊投稿，大都是抒情散文，虽未中，但接到编辑部叔叔阿姨们热情洋溢的来信，肯定我习作的优点，也指出我的不足，并要求如何努力。后来高考逼近，我必须集中精力，迎接人生命运的决战。

我真正发表诗歌散文是大学时期，那正是“十年浩劫”时期，所有的文学刊物全部停刊撤销，一个省只有一份省委机关报，每个月只有两三期副刊发表“文学作品”，其实都是歌颂“文化大革命”、赞扬“造反有理”的诗和短文。我第一次领取的稿费是一本《毛主席语录》和一个采访本，我如同中了“状元”似的高兴，我的同学也为我欢呼。我走在校园里，总有外年级、外系的同学指指点点，那就是×××，他的诗写得真好。

人生，因梦而生动。大学毕业，我放弃了许多“做官”的机会，走上艰难坎坷的文学创作之路，很快，我在报刊上发表诗歌、散文，也发表小说，渐渐有了名气，由名气而变成有点“气候”。至今已出版三十多部作品，获取省以上各类文学奖三十多项，多篇散文选入人民教育出版社、高等教育出版社等小学、初中、高中、中职中专、高职高专、大学语文课本或教材。《中国二十世纪文学史》《中国散文通史》等多种文学史著均以专节的形式论述了我的创作。

鲁迅说，希望本来无所谓有，无所谓无的。青少年时代心灵是一张白纸，你自己就是画家，这张白纸由你自己一笔一画画出一幅美丽的画，是兰、是菊、是竹、是松，完全取决于你自己。这个世界博大浩茫，人生的道路纷繁、杂乱，完全由你选择。无知是孩子的生活状态，抉择则是青少年面对人生的姿态。对于成长来说，往往在青少年时期，定下一个比较长久且稳定的目标，然后持之以恒，孜孜不倦地追求，甚至要用整个生命的长度去实践，方可取得成功。

你要成为一个作家，作文大奖赛是很好的平台，又是一块砺石，是梦的助跑器。并不说一定要获什么奖，贵在参与。这是一个过程。只要积极参与，方能不断地提高你的写作能力，语言驾驭能力、对事物的洞察能力、联想和想象力，以及思想的深度。作文是走向文学创作的最初一步，也是极其重要的一步。迷恋文学的人都是从最初的作文开始。多读、多观察、多记、多写，然后把自己对世界的观察，对人生体验的感悟，用自己的语言生动形象地表述出来，这就是一篇作文。

想成为一位作家有没有秘方、诀窍呢？答案是否。但古往今来的大作家取得成功必须具备三点：一是语言积累，二是生活积累，三是感情积累。这三点也可以解释为语言驾驭能力、感悟生活能力、丰富的联想和想象力。我们并不否定天赋，但最重要的是后天培养。天才，就是勤奋，就是劳动，就是汗水。

先说语言。语言是文学的第一要素，这是苏联作家高尔基的名言。一切文学作品都是语言的艺术。语言既是一篇作品审美高低的标志，又是构建作品最必备的材料，它是工具，又是艺术。中国是五千年的文明古国，中华民族创造了世界上最丰富、最灿烂、最美丽的语言。我们的先人用汉语创作了楚辞、汉赋、唐诗、宋词、元曲、以《红楼梦》为代表的杰出小说，出现了屈原、司马相如、司马迁、李白、杜甫、苏东坡、辛弃疾、曹雪芹、鲁迅等一大批光耀千秋的文学大家，他们个个都是驾驭语言的高手，是语言大师，他们创造了千古不朽的瑰丽作品，给我们民族留下无与伦比的精神财富。学习语言是硬功夫、苦功夫，多记、多练，要背诵，强化记忆。人说钱钟书极聪明，过目不忘，其实他一生光读书笔记就多达170册。托尔斯泰经常玩弄词汇卡片，有时像玩扑克牌一样，有时在屋里扯上横七竖八的细绳子，上面挂满了词汇卡片。孙犁也常常将美丽的句子、词汇写在纸上，贴在卧室、书房墙上。只有这样刻苦地学习语言，才能下笔有神，笔下生花。

生活积累，也可以说是生命体验。鲁迅先生不是说过吗，要留心身边的人和事，将这样的人和事用文学语言记下来，当然要分析，要升华，要经过思想的过滤。人物特征、性格、面貌、风景、环境，一一记述，也可以原生态地记录，就像画家练习素描一样，这既练了笔，又提高了你观察生活的能力，也增强了你对生活的感悟能力。常年坚持，日积月累，你的作文内容就越来越丰富，语言越来越流畅，生动而美丽。

有较好的语言驾驭能力和丰富的生活经验，还不能成为一位优秀的作家，还必须具备“神游八极，思接万载”的想象力。因为任何人的生活阅历，包括学识，都是有限的。只有想象力是无限的，没有想象力就没有文学。爱因斯坦说：“想象力比知识更重要，因为知识是有限的，只有想象力概括着世界的一切。”文学本身就是精神产品，而精神本身就具有无限的想象力。怎样提高想象力呢？除了多读书、多观察，在真实生活的基础上产生联想，运用多元思维、辐射思维、逆向思维产生不同反响、不人云亦云的结论。我青年时为锻炼自己的想象力，夏天的晚上坐在场院里，面对高渺深邃的苍穹，仰视星空，产生许多美妙的联想，然后再用绮丽的语言，记录下此时的感觉来；后来，走山游水，面对山川之大美，也产生美好的想象。孔子说，多识草木虫鱼之名，这也是提高想象力的基石。只有见多识广，才能丰富你的联想，只有联想丰富才有文章的张力、活力和丰富性。

青少年要不断开拓视野。其实处处是生活，写作、上网、看电视、课外活动，和亲朋好友的交际，从中获得各种有益的信息，决不要局限课堂和课本。

每一个人都有成为作家的权利和可能，就像每个人都允许做梦一样。沸腾的人生从梦开始。如果你想当作家，就不要顾虑，写吧，从每一篇作文开始，从积极参加每一次作文大奖赛开始！

本文系作者为江苏教育出版社《“新语文学习杯”江苏省“中学生与社会”作文大赛指导用书》（2010 年 9 月版）所撰写的序言。

泉城夏韵

夏天的脾性总是火辣辣的，无论它走到哪里，都气焰嚣张，情绪亢奋，甚至狂躁，还不时雷霆震怒，来个倾盆大雨，一泄郁愤。

泉城的夏天也不例外，早年有“四大火炉”之称，在全国是挂上号的。进入暑期，泉城简直成了太上老君的炼丹炉。太阳一出山就丧失了理智，发疯地热，火焰般的舌尖，舔舐万物，滚烫烫的，室内的桌椅都发热，窗外的柏油马路，热得都受不了，哧哧直冒油汗。风是火风，走在街上仿佛蹚在热水里。老气横秋的千佛山，打禅入定，一动不动，蔫头蔫脑的；大明湖也昏昏然，湖面上蒸腾着迷蒙的水汽，像熟睡了一般。

这些年温室效应，地球变暖，按理说，泉城的夏日该是更加酷烈燠热，非也，夏天在这里表现得热烈而不狂躁，激动而不张狂。我问气象专家，据说，泉城多泉、多水、多树，小流域气候有所改变。树的确多了，街道、小区，泉边、湖畔，高杨大柳、法桐国槐，绿树堆云，绿涛澎湃，绿浪拍窗，称它森林城市也不为过。水生凉，树生荫，自然暑气和酷热衰减了，夏天在泉城的表现似乎有了些理性。

泉城是山城，又是水城。《老残游记》的名句家喻户晓：四面荷花三面柳，一城山色半城湖。这城也许有了山，才有了硬气、骨气；有了水，才有了灵性和情感的缱绻，所以历史上不乏英雄豪杰，如铁骨铮铮的铁玄；也不乏婉约派才女李清照，“争渡，争渡，惊起一滩鸥鹭。”

我喜欢泉城夏日的雨，暴雨、豪雨、雷阵雨，雷鸣电闪，噼里啪啦，淋漓痛快。北国的雨阳刚、剽悍，不像江南的雨阴柔，哩哩啦啦。来则豪情大发，气势磅礴；去则果断决绝，干净利索，像苏东坡的文赋，行当则行，止所当止，决非缠缠绻绻，扯不断，理还乱，一种娘们气。一旦风流云逝，雷停电止，则是一片艳阳，满街、满巷，细水潺潺，大水滔滔，甚至“鼓千尺之涛澜”，“吞泥沙于一卷”。

雨后天全新，山有了精神，水有了情绪，泉城柳神经似乎受到强烈痛快的震撼，枝腮叶眼里含着激动的泪，雨停了，水珠还滴个不停。花圃里美人蕉、玫瑰花和紫丁香、曼陀罗，饱饮甘霖，精神焕发，它们芬芳的呼吸，使空气变得浓郁沉实。

阳刚和温柔构成泉城的风韵，泉城的夏日也流淌着这种基因：火爆和清凉。

雨后最好荡舟大明湖，柳含烟，松吐翠，满湖绿波，半池芰荷惹人醉。夕阳在山，绿水漾漾，水色妩媚，山光明媚。水波灵秀，动中有静，静中有动，整座城市都在水中摇曳。泉城有山有水，气润丰满，眉眼鲜活，神采飞扬。所谓家家泉水，户户垂杨，那简直是泉城的绝唱。

雨后赏荷，那才是泉城最动人的一景。七月末，八月初，正是荷花开得浓艳的时节，荷箭亭亭，硕大的荷叶如盖，铺在水面上，荷叶滚动着千百亿颗熠熠闪烁的雨珠，一片珠光宝气，使整个荷池呈现一片富贵奢华气象。微风吹来，岸畔柳丝摇曳，湖中荷花舞动，那雨珠或滴落，或在巨大的荷叶上滚动，眷恋似的不肯落下，大珠小珠满玉盘，弄得满湖热热烈烈，像闹元宵似的。这时你会想起“曲院风荷”“莲岛瑶台”这些词汇，甚至大有“澄心鉴碧”“海岳开襟”之感。

含苞待放的荷花最美，花萼紧抱在一起，形成一个号角，蓄势待发，只待一声令下，顿时展蕊怒放，丰满的花瓣带着深红的情绪，燃烧起来。水佩风裳，红翻翠舞，绿叶吹凉，更有荻蒲荇藻，嫣然摇动，冷香飞上诗句。这简直是一首绝妙的唐诗。

同样是荷花，微山湖芰荷万亩，太野、太狂、乱无章法，花开如火如荼，犹如张旭的狂草，恣肆放纵；而大明湖的荷花，恰似赵孟頫的行书，丰艳、遒丽，荷箭挺拔却不咄咄逼人，荷叶雄阔却无飞扬跋扈之狂妄。生命在这里表现出一种淡定、雅逸、高洁的君子之风。厚实的莲叶上，毛茸茸的荷箭上顶着一朵怒放的花朵，雪白、赤红、粉红，还有淡黄、翡青，品种繁多，有的黄蕊白莲，尖瓣半开，有的吐蕾盛放。夕阳下，荷叶间，有游鱼数尾，水面涟漪轻动，不动的是那些叶如碧玉、花如瑞雪的浮莲。一次我在岸边观花赏鱼，发现两尾小鱼在吵架，一会儿用嘴撕咬，一会儿用尾摔打，发出嗞嗞的声音，水面冒出一串串水泡，那是它们的语言，好像骂娘，它们为何发生冲突？我想劝架，但又不懂鱼的语言。过了一会儿，一条大鱼游来，两条小鱼立即停止口舌之争，那大鱼不知说了几句什么话，小鱼们乖乖地摇尾言欢，一场剑戟铿锵的战争结束了，转瞬间，鱼儿各自游去，相忘于江湖了。

夕阳向晚了，这是湖畔最动人的时刻，萤火虫早早提着发着蓝光的小灯笼，在岸畔草丛中飞舞，歌唱一天的蝉仍然豪情不减，在高枝引颈嘶鸣。这是天籁，在这市尘喧嚣中能静下心聆听天籁，那是心旷神怡的。泉城人家往往搬一个竹躺椅，或挟一只马扎，一把破蒲扇，袒腹裸背，或坐或躺，身旁放一茶几，品茗闲话，三皇五帝、夏鼎商彝、周易八卦，或是当下热门话题、社会焦点，谈起来口角生风，滔滔不绝；争起来，唾沫四溅，大有干戈四起之势。那言谈争论，实际上是一种精神会餐，情绪的释放，是人生艺术的享受。

如果不在湖畔纳凉，到泉边赏月，那是再好不过的去处了。

泉城七十二泉，名甲天下，趵突泉、黑虎泉、金线泉、珍珠泉……其名繁多，难以记忆。雨后的夜晚你到泉边来，水声涛韵，如金声玉振，声响动人。泉水更旺，黑虎泉张着虎口，虎啸雷鸣；趵突泉涛涌若奔，一蹿老高，泉水急急地喷涌，争先恐后地倾泻，那是大地的深情，天地的契吻。泉水像硕大的绣球花，透明的质感，月光下一片惨白；花瓣披覆下来，一层层，一叠叠，瞬间凋零，又瞬间生出，纷纷然、汩汩然。暑热散去，凉意随泉涌出，夜风袭来，只觉得气爽心怡，这时夜空湛蓝，深情纯净的天宇布满星星，月亮格外晶莹、明亮，明月冉冉升上碧空，只见月在水中浮，水在月中流，泉往上翻，月往上蹿，咕咕嘟嘟，涌涌溅溅，月光被物化了，一鼎沸腾的琼浆玉液；岸上的树影落在水里，婆娑，摇曳，满池的液体树枝在蠕动。清风明月，慈祥清馨，墨蓝的天空深邃寥廓，是恒久的静谧。清纯的空气里弥漫着花香，悠远，浑厚。远处的水池里，近处的草丛中，传来蛙鸣虫吟，给这城市增添了新鲜而动人的诗意，使人忘却白天喧嚣芜杂的城市。

泉城的夏日虽酷热，并不气闷，只是这几年车辆骤增，尾气排放，空气受到污染与破坏。我家居城郊，每天黄昏散步，林荫道林木葱茏，枝丫勾连，遮天蔽日，晚风送凉，满身热汗顿消。这里远离市区，空气清新，环境幽静，路旁一片萋萋的绿草，一帘花影，坐在路旁的连椅上，饮上一杯新鲜饮料，顿时冲淡了一天的疲惫，使纵横杂乱的思想，也渐渐得到整饬梳理。

蓦然间，有片黄叶飘零而至，无声地落在洁净的路面上。有些东西在亢奋的季节猝然死去，说明夏天在静静地远行，这是大地的秘密，季节在时光深处悄悄更迭。

本文选入《中学语文·漫阅读》（顾之川主编）等多种教辅、散文选本。

【阅读提示】

有评论家惊叹郭保林文学语言之丰富“超出常人想象”，也有的热情赞扬他有卓异的“驾驭语言的天赋”，这篇短文，再次体现了他的语言风格，通篇文字洋洋洒洒，意蕴汹涌澎湃，而且用词适度地艰涩，非行云流水般滑润，更能耐人寻味，更富有艺术的审美情趣。此文一发表便引起读者的广泛好评。作者饱蘸浓情，以生动的笔墨，写出泉城的夏天的韵味和城市的风情物候，是一篇经典美文。

这篇文章最鲜明的特色是布局巧妙、精致，层次清晰，从大手笔着眼，从细处入手，娓娓道来，先是盛夏的酷热，暴雨的狂躁，雨后的山光水色城韵的变化，那么真实、自然、生动。其次作者善于细节刻画，赏花观花听泉，湖畔纳凉，月夜泉景，又写得那么生动、细腻、活泼，如诗如画。作者既没有陷入生活的琐碎，也没有脱离生活的根基，而是巧妙地将景物描写与情怀抒发融合在一起，声色俱佳，情趣盎然，丰润圆满。

我寄情思与明月

久离故土，心中难免郁积起一叠叠沉甸甸的乡情。

乡情像一条坚韧而绵长的丝线，无论走到哪里，它总是伴着我一同前进。山，隔不断；水，剪不断；一头系着故乡，一头系在我心中。在城市住久了，思念故乡的心越发殷殷的了，这一叠重重的乡情该怎样寄托呢?

托给那一缕飘逸的风。可它太放浪了，靠得住吗？托给那一片悠悠的云。可它太轻薄了，载得动吗?

哦，托给那一脉幽幽的月光吧——那湿漉漉、晶莹莹的月光，会翻过山岭，跨过河流，穿过翳密的林薮，载着我沉甸甸的情思，把一朵朵鲜润润的吻，一声声热乎乎的问候，给我的小河，给我的白杨林，给我的梨园，给我的场院，给每一朵野花，给每一株小草，给颤动在花瓣上的点点晨露，给栖落在草叶上的红头蜻蜓……啊，给我那像按在平原上一枚图钉大小的乡村。

而今，又是月到仲秋了。

月，对城市来说，实在太吝啬了。即便这仲秋之夜，那月也是慵慵的、倦倦的，只在遥远的天国微微睨着，月色淡淡的黄，像病恹恹少女的脸靥；地上，空中，弥漫着薄薄的、烟一样朦胧的光，仿佛风一吹，就消逝殆尽了，哪有故乡月色如水的清澈，如银的锃亮?

我思念故乡的月。

撇下妻与子，我独自走至郊外的山野，坐在山坡一块岩石上。脚下是灯火万家的烟城，仰首天穹，只见一羽鹅毛似的絮云，在月儿的脸上抚来抚去，一会儿又有一匹尼龙纱巾似的流云，网住了月儿的蝉鬓；又一会儿云翳褪尽，便见如水中的明珠，如浴后的白莲，施施然脱颖而出，于是山野便盛满了月的思想、月的灵魂。

我的思绪也像鸟儿一样，乘着这缥缥缈缈的月光飞去了，飞过迷蒙的烟水，飞进故乡那如诗如画的月色里……

故乡五月的月夜，在我儿时心灵里是一幅多么迷人的画儿啊！

——那是最新、最美好的时刻，天空像刷洗过一般，没有一丝云雾，蓝莹莹的又高又远。月儿像一个姗姗来迟的妩媚的少女，她把满目清朗朗的光晕撒下来，那满院便是一片明晃晃的晶莹，槐花瓣上便注满月的流汁，月的凝脂；空气里弥漫着花的幽香，月的芳馨。院角，墙缝里，蟋蟀，这些骚扰不安的夜的骑士发出爆烈般的歌唱……

这时，我便坐在院里洋槐树下，或躺在母亲的怀抱里，望着星，望着月，读着那永远也看不懂的黛蓝色的天书。有时母亲也扯着我的小手，摇来晃去地唱道：

筛箩箩，打躺躺，
磨斗面，送姥娘，
姥娘不在家，
喜得妗子笑哈哈……

其实是我笑，母亲笑。笑声在溶溶的月里飞飞飘飘。摇过，唱过，便给我讲起许多月的传说，我也常趴在母亲的肩头，问那月娘为何不下来，干吗老呆在天上？问月娘吃什么，那儿有杜梨、有酸枣，也有“甜杆”吗？那星儿可是她的孩子？云遮住了月的脸，好久好久不露面，是月娘病了吗？小小心灵中盛满了许许多多的童稚和疑惑。稍大一点，我和小伙伴儿喜欢在月光里奔跑，追逐，嬉闹。或场院，或河滩，或树林，那是我们这些“小精灵”活动的第一个舞台。跑累了，闹乏了，就坐下来唱歌。我们的嗓子嫩稚稚的，像刚脱壳的蝉、刚脱皮的蝈蝈。我们的歌清朗朗的，月娘听了，给我们一片湿润润的吻；花儿听了，给我们一片幽幽的香；云儿听了，给我们一片柔柔的情。

至于瓜棚月夜，那是孩子心目中最动人的一幅画了！

那是怎样迷人的景色啊！暮霭沉沉下垂时，月亮尚未升起，萤火虫却已从夜幕里钻出来，就像从夜空里飘洒下来的星星，忽高忽低、忽上忽下无声地飘荡着，飘荡着，在瓜棚、瓜园的周围飞舞起来了。当月亮升起的时候，田野就像洒了一层银粉。远远的树林，近处的田陌、沙冈，呈现一派既清晰、明亮，又空灵、柔和的景色。

那生产队的瓜园对我们多么富有诱惑力啊！满园枕头大的银瓜、西瓜，棒槌大的菜瓜和大大小小的甜瓜，从碧绿的叶缝里，裸露出丰满诱人的笑脸，散发出浓郁的馨香。温和的夜风，载着瓜的芳香，以及晒蔫了的瓜叶的气味、露水和夜的气味，一齐弥漫过来，沁人心脾，令人陶醉。在月色里可以依稀看到圆滚滚的西瓜——果皮上泛着一层白粉，白粉上镂刻着一道道深绿色的花纹；还有羊角蜜，长得像一只羊角，上尖下粗，弯弯着腰，黄色的外皮，打开来，露出粉红色的瓜瓤儿、紫红色的瓜籽儿，咬一口，满嘴淌蜜；青皮脆，翠绿色的瓜皮上长着一条条黑纹，打开来，奶白色的瓜瓤儿，像水嫩欲滴的奶酪，甭提多甜了。至于“花狸虎”“三道筋”，那都是瓜家族里上好的成员。还有一种叫大面墩，个头长得特别大，长长的，黄黄的，吃起来面面的，像吃馒头，简直可以当饭。

我们常常结群搭伙地去偷瓜，在月色里演出一幕幕喜剧、闹剧和恶作剧来。看瓜的是“三老瘪”—— 一个瘦老头儿，我们叫他鳖三爷。偷瓜时，我们先派一个“侦察兵”，悄悄地溜进瓜棚，在他眯着眼打盹的时候，在他的鞋壳里面放一把干蒺藜，然后，在瓜园小径上也撒下蒺藜。一旦他发现偷瓜时，跳下床铺，脚一着鞋，就被扎得龇牙咧嘴，光着脚追赶我们，小径上的蒺藜又扎得他直吼直骂。叫骂声中，我们早已抱着几个甜瓜或西瓜像小狗獾似的跑远了。于是，我们就躲在河滩里，趴在草地上，尽兴地享受“战利品”；吃饱了，打着饱嗝，带着一种满足、一种快意、一种甜蜜，“宿窝”去了……

我真正读懂“故乡”这部书时，也是在月光下，那时我已高中毕业了，暑假里，我等候着高考福音的降临。

七月的傍晚，夜幕垂下了，蛙鼓响了，萤火亮了。我割满一筐牛草，坐在小河边，洗净了脚，洗白了手。我望着河水，见那河水发亮了，像黎明的晨曦。突然，那河水开始有银蛇游动了，抬头看呀，一轮金黄的明月，抖抖地出现在我面前，金灿灿，明晃晃。我惊呆了，两眼痴痴地望着这样辉煌、这样妩媚的明月。它如同一枚熟透了的柿子，散溢着浓馥的芳馨，饱蕴着汁液，沾着蒙蒙水汽。它金色的流汁、金色的柔光泼泼洒洒地倾泻在故乡广阔的田野上，远近的房檐、树梢、垛顶、水痕，全都泛出淡淡的金色光芒，一阵微风吹过，田野的光霭便闪闪地流动起来——潺潺地，湲湲地，幽幽地，轻轻地，对这耳语一阵，对那亲吻一会儿，悄然地，悄然地，不出一点儿声响。这时候谁要咳嗽一声，它会惊恐不已，迅速地躲到背后，或是用小草将自己遮掩。我狂喜地望着这种神奇的月色，仿佛走进月的梦境。一切都是闪闪烁烁、蓬蓬勃勃，我陶醉在这金色的梦幻中了。

随着夜的脚步，那月亮渐渐变得更加明丽妩媚起来，她悄悄地、步履蹒跚地沿着河边的柳树枝干向天幕上走去，没有一点儿声息，又似乎听到窸窸窣窣的脚步声。月色比先前更清幽、更迷人了，沾着看不见的甜湿的夜露，　页页翻开在旷野上——远处堤上的柳条，身边坡上的紫丁香，一齐楚楚地向我伸展过来，把树枝和小草的影儿投射在河堤上。宿鸟在枝头上叫着，小虫子在草棵子里蹦着，田里的庄稼在拔节生长着，田野里也有千万生命在欢腾，花和沉静的草，越发显得芬芳扑鼻……这时，你可以尽情领略夏夜的安谧与恬静，夏夜的醇厚与丰富，夏夜的深邃与喧嚣……

但是，我的梦退潮了，我醒来了。我发觉，月照处的高冈河坝像朦胧的画，没照的低凹处像深沉的诗。于是我借着月光一行行一页页地阅读着故乡这部祖传的书：卧在月光下的牛，溶进月色里的柴烟，破旧的村舍，古老的磨房发黑的麦秸垛，长着绿醭的水坑，木质皲裂的辘轳把柄，弯弯曲曲的小路，小路上那沉重纡缓的辙沟，还有这茂茂腾腾的庄稼，黑黝黝的土地，以及渗进大地深处我祖祖辈辈的汗水，和被风雨蚀去的重重叠叠的脚印……这是一部写满象形文字的书，我们古老民族煌煌历史巨著沉甸甸的一章。此时，我才真正弄懂“故乡”这个字眼深奥而丰富的内涵——繁衍，生息，创造，发展，艰难，执着，挣扎，奋搏……这莫不是故乡的生命坐标？

我年轻的心灵中顿然萌动了一种伟大而纯挚的情感，也萌动了一种苍茫的历史感和沉重的使命感……啊，故乡！

最令人眷恋的是中秋月。

中秋节，那是月的节日。

平原上，托出一轮圆月，犹如维纳斯的诞生一样迷人，一样富有魅力，又像泰山日出、黄河落日一样辉煌庄严。有一年回故乡，我在日记里曾记录过故乡中秋月出的壮丽景观：

> ……那隐晦的、沉思般的蓝湛湛的底色上，洒下了最初的几滴欢乐的蛋白色的水珠，并逐渐地浮泛开来。这色调又转为玫瑰黄，犹如丹青手的画笔在纡徐地涂抹，逐渐变得宏大、变得清晰，使玫瑰黄越聚越浓。天空中那金黄的、一路上扫荡一切的、火焰般的色彩，开始泛滥开来。又如一部交响乐。先是用一只细细的笛音悠悠地、从遥远的深处传来，渐渐声音变得清晰、宏阔、昂扬，接着管弦齐鸣，锣钹奏响，啊……这时，我仿佛听见月神被簇拥出来，如此圆润、清晰和庄严、安详。我屏住气，瞇目呆住了，这样伟大的、这样迷人的月出的远景，我却从来没有看见过。月亮离地，大约不盈尺的光景，霎时间，那所有的星星都似乎隐蔽了，唯有这轮金黄的月在向这夜的世界泼洒着流汁一样的柔辉，而那点点的遥村远树，淡得比初春的嫩草还虚之缥缈……

这时，家家户户男女老幼便团团坐在摆放在院子里的地桌周围，开始了丰盛的晚餐，享受一年一度最神圣、最迷人的天伦之乐。而家家的地桌上都摆满了瓜果梨桃，摆满了特制的成套的月饼，装潢鲜丽如新月。那月饼有枣泥馅的、糖馅的、瓜子和花生芝麻馅的，上面印着“嫦娥”“桂树”的图案。这时，母亲并不急着吃，望着我这远归的儿子那种吃月饼时甜甜的、贪婪的样儿，脸上的皱纹化为一朵美丽的微笑。我咀嚼着月饼，也重温着故乡——那远处传来的机器的轰鸣声，那电视机播放出来的歌声，和谁家院子里不时爆发出的一阵阵舒心爽朗的笑声，都流淌着收获的喜悦，火红的富足，甜美、热烈、沸腾的追求，那么新鲜，那么动人，那么令人遐思和憧憬。月饼的甜，瓜果的香，醉意浓浓的乡情，连同母亲的笑都就着月光吃进肚子里了，至今我的舌尖上还带着那甜甜的、馨香的记忆！

夜深了，露重了。抬头望去，高高悬挂中天的是山野特有的中秋月，她圆润、安详，静静地放射着柔和的光，如同母亲温柔的目光、温柔的微笑。山风轻轻地摇荡不息，载着清澈绮丽的光波，欣然地洒在无限的静穆之中。在这静穆中，故乡仿佛一步一步向我走来，带着我童年的回忆，少年的足迹，熟悉的乡音；带着小河的琴声，白杨林的涛韵；带着甜甜的炊烟和庄稼成熟的芳馨……

难忘的故乡！难忘的亲人！愿我这一缕缕浓浓的乡情，托给天上的明月，愿那月光载着我这梦一样温存、云一样迷惘的情思，飞到那鲁西平原上的小村！

1987年中秋节前夕

本文选入《中国散文鉴赏文库》（当代卷），后被人民教育出版社选入普通高中《语文读本》（必修）、中等师范语文教科书（必修）、职业高中《语文》第二册；被高等教育出版社选入《大学语文》、大学《语文教程》以及数十种中学生读物、优秀散文选集；中央电视台《子午书简》栏目，由任志宏配乐朗诵。

【阅读提示】

这篇散文给人的突出感觉是美。语言美、意境美、氛围美，这一切都缘自作者心底里对故乡的那一片深深的情、浓浓的爱，深情厚意流泻笔端，便成就了这一诗情画意的美文华章。

作者眼中的月那么样的美，它是故乡的化身，承载着作者一腔思乡柔情。五月之月、瓜棚月夜、七月月夜、以及中秋之月，写得有滋有味，声色光影，摇曳生姿，已达极致。

郭保林被称为“写景圣手”，他的散文非同寻常之处是对自然景观描写的细致、生动、逼真、传神。本文就是景中有情，情中带景，情景交融，言之有物。之所以达到如此高的艺术水准，首先缘于作者谋篇布局上的高明：中秋月夜，游子独自置身城市郊外的山野，借月抒情，思乡怀亲，沉湎旧事，任思绪驰骋，在一个广阔的时空背景下放飞记忆的翅膀，尽情描摹不同时期、不同环境、不同心境下的月与月下的故乡和故事，很有层次感，既扩充了作品的内涵，也使得作品五彩缤纷，丰满多致。

作者拥有一支生花妙笔，语言灵秀俊逸是作品成功的关键。“理想美是美的事物的美的表现。”（席勒语）作者笔下的美的语辞就像一个个小精灵一样跳荡奔跃，组成了一幅幅梦幻的画面，让难以言传的情景变成具体可感的形象，让人感到一种如梦似幻的诗性的光彩。

山村听夜

我眷恋山村那雾岚迷蒙、晨曦弥漫的早晨，我喜欢那落霞夕照、牧童横笛的黄昏，我更怀念山村的夜晚，无论是浓黑如墨，或是月纱迷离的夜，在我心灵的感光片上都留下一幅幅清晰的画，一首首无韵的诗。

我曾在那大山褶皱中的一个小山村住过些时日，每当落晖消泯，暮色未阖时，便跑到村头，坐在山坡一块岩石上，迎接夜神的降临了。

你瞧，日色微冥，淡蓝色的暮霭便悄悄地从沟沿谷畔、溪峪迷离的乱草、荆棘、树棵，溪流和溪流中长满苍苔的青石头下慢慢出现身影，先是丝丝缕缕，婀娜娇佻的模样，渐渐变得放荡和潇洒了，舞着阔大的长袖，裙裾飘飘，摩挲着小草，抚摸着大树，很快，夜的衣襟便铺开来，把山、把树、把村庄、把小溪一下子揽进自己怀抱里。

远山崚嶒的线条变得柔和了，只剩下一个圆圆的弧，近树变得模糊了，流泉的歌声变得清脆了，似乎经过夜的过滤，如玉磬，如琴韵。连杂花闲草也失去了白日的野性，变得含蓄、妩媚了，给人一种淡淡的羞涩感，那铺着浅草的小路只留下淡淡的痕……

夜色遮住了大自然的细微末节，却把大自然的轮廓清晰地完整地托举到你面前，而阳光下吸引你的往往是大自然的一点一滴、一角一落多彩的丰姿，忽略的是整体——神秘中隐着沉实，恬淡里蕴含着浓烈，平和中孕育着冲动，静止中预示着万变。

被太阳烤晒了一天的树林，那蜷曲的叶子慢慢地舒展开来，发出轻微的带着战栗的呻吟，庄稼吸饱了浓浓的夜色，变得黝黑而臃肿，夜风踩着庄稼的肩膀款款而过，轻盈的脚步清晰成涟漪的喹喋，素洁的花葶嫩蕊在风中流连顾盼，叶缝间筛下的缕缕浓香荏苒飘过脸庞，那馥香，叫人沉醉。我觉得那一棵棵庄稼变成一颗颗黑色的铅字，我阅读着大地的书卷，仿佛那黑色的铅字里，流淌着甜甜的小溪，潺潺地载着一路呢喃，渗进我的心，这夜色、夜声使我领略到一种陌生的旋律。

蓦地，当你觉得眼前雪白地一亮，抬头看见一轮皓月已跃上山巅。月亮是浑圆的。面目姣好，连内中的蟾宫桂树也看得清清楚楚。月像一位出浴的公主般地款款而行，隐约可见白纱逶迤，裙裾摇曳，似乎可闻幽香拂拂，环佩叮当，如水的月色浸润着天地万物，使一切都泛着银色的光辉。山峦，树冠，长在大山胸脯上像鬈毛似的灌木丛、庄稼叶儿，全都缀上一道水一样亮亮的饰边，毛茸茸的，湿润润的，有一种含蓄、羞涩的美。

那月在天海游移，擦动着两边的云发出的窸窸窣窣的声响，而月光泌出的液滴，在石头上流淌，也似溪水似的，潺潺汩汩地流。

山高月小，光晕清淡得发绿。这时，你若坐在泉边，会进入一种“泉在石上流，月在松间照”的虚实的境界。溪上之清风，山间之明月，耳得之而为声，目遇之而成色。大自然用它无形的手抚平你心灵上的一切烦恼，给你带来一种复归或是超脱的感觉。这时，你可以什么也不想，也可以天马行空，神游八极，思接千载，任想象的翅膀凌空飞翔……

如果不愿看月亮，便可听听山籁。林涛沉沉地从脚下一直涌向很远的地方去，声势颇为磅礴雄宏，侧左，滔滔在左耳；侧右，滔滔在右侧。又千万只小虫于某一石罅、树梢或是草棵里作长调短叹的吟哦，吱吱，唧唧，此起彼伏，似有满山精灵在唱夜的深秘阒寂。想那些小生命，倒也自在得很，并无半点拘束的。偶有山鸟鸣于山林之巅，鸣声随风远逸，至于草木之呼吸与泉瀑之梦呓，皆幽幽可听。然而，你不要以为只有傻呆的山已经睡着了，只要你把耳朵贴上去，就会听到一种神圣纯洁的静穆的轰鸣，你会听到大山脉搏的跳荡……

夜，给我一颗昂奋的种子，这颗种子孕育在夜声和夜色的腹内……

这时，就在这时，在山脚下，小溪边，忽然飘来一阵笛声，那笛声细细袅袅，犹如长长的叹息，忽而，又轩昂起来，激越起来，给这大山之夜增添了亮亮的一抹色彩。

那笛声动人优美，那么婉转，那么悠扬，像铮铮的小河扬起细波，像蓝蓝的大海荡起细碎的浪花，这清新、圆润、柔美的琴声，它糅和在空气中，颤动着，流转着，引起我无限的想象。在那短短一瞬间，我联想到流泉和清风，蝴蝶和花朵，联想到阳光在绿叶上波动，鱼群嬉戏在涟漪间……

我知道，那是一个中学毕业生，刚刚回到故乡的大山里，去年他办了个石灰厂，每年盈利上万元，是村里的一个万元户呢。此时，小伙子的心境是多么恬静啊！那笛声悠扬的音符像飘飘洒洒的春雨，落在对面山坡的果园里，果园里溅起一片歌的涟漪，歌的浪花，那是一个姑娘在唱，她和他是同学，一块毕业，一块回乡，姑娘承包了村里的一片果园，她把大山的情愫都倾泻给了果树，果子丰收了，那圆圆的果实上有着她亮晶晶、红晕晕的憧憬和希望。小伙子的琴声像鸟儿挑逗着她心灵的爱的芽苞，她回答他了，那缠绵的歌声在夜空里袅袅荡荡，那么醉人。

琴声断了，歌声停了。夜深了，夜静了。

夜的声也化为小河轻轻的叹息，化为小鸟懵怔的呓语，化为大山静穆的呼吸……

唯有我独独地坐在岩石上。

我忽然感到一种深入灵魂的静穆。山峦树林、鸟儿们都睡了。我独醒着，和月亮作伴。蓝晶晶的无边无际的天空里，那一团永恒的温柔的洁白，正如一滴清露，动人地存在，那是不朽的宇宙元素。许多憧憬，许多空灵，属于人但人不能不朽，我知道的。当宁静以它无比的旷漠、深邃、辽远和玄奥笼罩我，我知道，在我生命中这一瞬间是多么辉煌，我的灵魂和肉体仿佛轻轻飘起，渐渐融入那片乳白的光流里。只有这时，我才看到我的灵魂是多么洁净而透明，能超越时间和空间。

当悄然的月亮终于栖伏在空蒙的林涛边缘如一只白色玉兔，我知道，群山在安睡，而我，只是这大山一片深深静穆的石头，和树木、花草生长在一起，呼吸这夜的芬芳。

1988 年 11 月

【阅读提示】

这是一篇优美的抒情散文，作者善于从色彩中透视出生活的美、哲理情思的美。作者对山村夜晚视察之精细、之深刻，堪称绝致。从夜色初降到明月在天，山中夜景的变幻，树林、花草、石头、庄稼，因饱饮了夜色而变得丰满、充盈，还有些臃肿。白天看到的是大自然的一些细节，夜晚看到却是一个整体，山野抹去细节便是宏伟的轮廓。作者不仅静观山村之夜色，还聆听到山村之夜籁，林涛、鸟鸣、水流、风声、虫吟、笛韵，山村之夜仍是沸腾的、喧嚣的，那是大山的脉息，生活的跫音。特别写到改革开放初期，乡村青年创业获得丰硕的收获，同时也获得了爱情，那充满青春热情的笛声，不是奏响了新生活的欢乐和希望吗？这是大自然生命的乐章，灿烂、抒情、壮丽。

评论家说："美的东西在自然中，而它以最多种多样的现实呈现出来，一旦被找到，它就属于艺术。"

机杼声声里
——唱给母亲的歌

我家有一架古老的织机，那是枣木料的，样子很古拙。但是它浑身黑红发亮，特别是缯板手扶的地方，出现了许多凹痕，红红的，幽光烁烁。据说是母亲出嫁时，外祖父据掉了两棵老枣树为女儿做的嫁妆。于是，这织机便像一叶小舟，载着母亲的欢欣和痛苦，希冀和忧患，在人生的长河里，度过了几十年的生涯。

我的故乡鲁西平原，是个棉乡，女人们最拿手的活路，就是纺花织布。女孩儿家从八九岁就跟母亲学手工，到了十二三岁就能娴熟地掌握纺线、落纬、倒经、上缯一套活路；到十四五岁，便能独自“上机”了。她们把线染成赤、橙、黄、绿、青，织出五彩的花布，像云霞般鲜亮，像虹霓般艳丽。日子稍微殷实的家庭，姑娘们便把卖织布的钱悄悄“提留”，一部分做为自己的“体己”，或是偷偷地为自己织嫁妆，开始做着女儿家那缥缥缈缈的粉红色的梦了。

我儿时的摇篮曲就是织布机唱给我的。据说，母亲生下我的第三天，就上织布机了。由于流血过多，加上产后过度疲累，母亲晕倒在织布机上，额头在缯板上磕出一个大包，直到她年老时，那皱纹深深的额头上，还隐隐看到疤痕。

村里人都知道，母亲年轻时，是一个很伶俐的女人，她织的布，纹路密，线儿细，又光又润，又平滑，没有瑕疵，到集市上总是卖个好价钱。那时，我家是个大家庭，日子过得很拮据，且不说全家穿戴，就是柴米油盐，零星开销，全靠这架织布机。绵绵春宵，灼灼夏夜，风寒霜冷的暮秋，雪花漫舞的隆冬，母亲的织布机常常从黄昏响到黎明。这古老的布机，长长的经线，一头拴着虔诚、耐劳、筋疲力尽的母亲，一头拴在那缥缈的希望的机桅上。一盏青灯，微微豆光，母亲坐在织机上，单调、枯燥、沉重的机杼声，没有起点，没有终点，像一曲古老的民歌，带着凄婉、带着幽幻。把我们兄妹送入梦乡……

有时我们醒来，母亲却趴在织布机上睡着了，只见她嘴唇干裂，眼皮肿胀，眼角的皱纹像一块旱天龟裂的土地，我们便心疼地唤醒母亲："娘，睡吧，三星歪了！"母亲便睁着困倦的眼睛，看看这个，摸摸那个的头轻轻地吁口气："哦，咋睡了，咋睡了……"她自责道，声音暗哑，苍凉，像秋夜吹奏的箫，她手抿抿垂在额前的几绺头发，又忙活起来。"哐叽哐叽"的机杼声，在岑寂的夜晚，在黎明的昏暗中，是那么凝重，那么执着，仿佛是母亲沉重而忧郁的叹息。

夏天的夜晚，天气闷热，我睡不着觉，便陪母亲织布。其实，我一个男孩子帮不上什么忙，只不过给她递个穗子，或拿一个线轱辘，或送一碗凉开水。屋里蚊子很多，我寻来一束晒干的苦艾点燃起来，那带着苦涩气味的馨香，在屋里飘漫着。

窗外繁星莹莹，月色溶溶，纺织娘在院墙梅豆秧下唱着歌儿，夏夜是溶溶而幽静的。机杼声也似乎一改凝重、低哑的叹息，像琴韵般动人，像鼓点儿欢乐。这时，我常常直勾勾地望着母亲沁出汗粒的笑庞和轻快灵巧的双手，感到是那样令人羡慕，满心涌出一股崇高而更令人欢欣情感。更动人是"卸布"的时候：那白花花的布匹，像一条小河，翻腾着浪花，从机轴上流泻下来。那是母爱的温暖河流，蕴藏着母亲爱的馨香，就像艺术家鉴赏她的作品，就像园艺师在采撷她的果实，母亲这时喊到："小三子，你扯着！"母亲的声音是欢快的，嘴角浮荡着欣慰的笑。

于是，我就帮母亲扯着布。母亲拽起布，放在眼前，左瞅右看，她的手是颤抖的，她的目光是跳动的，那一朵微笑鲜亮而深切地留在我忆念中去了。

最叫人难忘的是七月七。那是请织女的日子。母亲像过节似的，很早便把晚饭做好了。晚饭是很丰盛的。饭后，母亲不上机，在院中酸枣树下，放一张小地桌，摆上瓜果梨桃和糕点。不一会儿，村里一些媳妇、闺女，便叽叽咯咯地笑起来到我家。一弯嫩月，月光清清淡淡，洒满小院。他们围着小桌，坐在草墩、铺团上，点起一束檀香，袅袅的香烟，在淡淡的月色里缭绕。于是，瓜果的馨香，混合成醉人的气息，在院子里飘漫、流溢。这时，母亲就领着大家唱起来：

我请织女先尝梨，
织女教我学织机。
叽的嘎达机声脆，
布样时新线儿密。
先扯七尺敬爹妈，
再量五尺给弟弟。

她唱一句，众姐妹唱一句，像是合唱，下一句赶紧换一样瓜果接着唱，于是一人一段，就成了生活气息浓郁的歌谣。

九月里，天高气爽，新棉摘下来了。这时忙坏了女人们，白天拾花，晚上纺线，隔不几天，你看吧，街道上、胡同里、庭院间，便搭上了凉线的架子，那是人字形的木架子，洁白的羽纱般的棉线垂挂在架子上，满村就飘落下一片白云。妇女们咯咯嘎嘎的笑声，从白云里抛撒出来，村庄也像被浮了起来。这是最忙碌、最欢乐的时节。到了十月小阳春，家家的织机也就响了起来。她们那一双双操持勺柄、捏惯锄把的粗糙的大手，这时变得异乎寻常地柔软、灵巧、自知。那梭子像鱼儿倏地游来，忽地游去。黄昏一到，先是这家哐哐叽叽，接着那家叽叽哐哐，一声声，一声声，全村的机杼声一齐响起来，就像一部多声部的大合唱。走在街上，只要倾耳细听，母亲的机杼声总会辨别出来，那声音厚重、和谐、执着、热烈，透出母亲争强好胜的性情，和欢快达畅的心情。

秋风凉了，母亲将卖剩下的一点儿白布，染成青色、灰色或蓝色，先是给爷爷奶奶和父亲做上棉袄，然后考虑我们兄妹的。总是小的敬老的，大的让小的，本来是食不果腹、衣不暖体，却总是推来让去，先涌上骨肉之情的一种患难的苦楚来。

记得那一年刚进腊月门，家家缝新衣，做新鞋，迎接春神的时候，我们就缠着母亲做件新棉袄。母亲知道她的儿子，怎样同大人们一起风雨里耕耘播种，烈日下除草灭虫，从棉籽出苗，到棉蕾绽花，都寄托着孩子们的希望，她能说什么呢？痛楚中饱含着爱情，以为儿子的要求并不过分，却竟然泪水涔涔了。可是母亲不舍得自己穿，总是破旧的衣服缝了又缝，补了又补，原来的布都看不到颜色了。这情景，使人想起唐代诗人秦临玉写的《贫女》诗中的两句：“苦恨年年压金钱，为他人做衣裳”，心里便酸酸的了。

我不知道，母亲的织机是怎样躲过“钢铁元帅”升帐而免遭涂炭的。但是在六十年代初期那饥馑的岁月，母亲的一张织机却救下我们全家的性命。那年头，上面的政策活泛了点儿，允许开小片荒，种自留地了。母亲就靠小片荒地种出棉花，织几匹布换来高粱和瓜干，使我们饥肠辘辘的肚子里有点儿维生素和卡路里，有一次卖掉几尺布，母亲还给我买回一只带芝麻的烧饼呢！

后来，我就离开了故乡。再也听不到那哐哐叽叽的机杼声了。无论是单调的、枯燥的、欢乐的和沉重的。母亲坐在机杼上忙碌的身影只有在我想象中出现了。

那是一九八〇年秋末，我突然收到一个包裹，那是从故乡来的，打开一看，是一床粗布被里，妻子倒不以为然，呻笑着：“嗐，这是什么年代了，都盖鸭绒被子了，还寄这个。”我严厉地责备了她。急忙寻出包裹里的一封信，是侄儿代母亲写的，那口气完全像母亲：“……你们办喜事时，当娘的没有给做一床被裡，眼下田分到咱自家手里，今年棉花长得好，刚摘下新棉，我就紧赶慢赶地织了这床被裡，别看是粗布的，盖起来比洋布还暖和呢……”真是“慈母手中线，游子身上衣。”我读着、读着，一下子抱起被裡，贴在脸颊，热泪涌流出来……那经经纬纬织下几多母爱啊，母亲又熬过多少不眠的夜晚！我捧着被裡，仿佛看到白发飘然的老人家坐在机杼上，那哐叽哐叽的声音透过沉沉夜色，从遥远的故乡传来，带着母亲的欣喜和希望，揉着母亲的情和爱……

世界上，花有凋零枯萎的时候，水有干涸湮灭的时候，但是母爱却是博大的、持久的，直到生命的秋暮。

而今村里办起乡镇企业，建起了一座小型纺织厂。再也听不到那古老的机杼声了，代之于是机器的轰鸣和欢乐的马达声。一排排锯齿形的厂房，矗立在家乡的村野上。百里棉海，涌动着雪浪云涛，厂房象小鸟似的，高压线穿织在长空下，像套绳似的绷得紧紧，是新的时代在牵引着祖祖辈辈所栖息的这一方原野。

厂房的机器日夜旋转，和明月星辰，地球以及地球这一点乡村，一块运转不停。那机器把温暖、欢乐和色彩铺到人间。我欲寻回几片颤抖的回忆，可是我的思绪被机器的轰鸣声打乱了，撕碎了……

母亲却没有看到这生活灿烂的一隅，四年前已经谢世了。那织机自然也喑哑了，蒙上了尘埃。去年我回故乡，为母亲过“三年”时父亲却把织机抬出来，用抹布擦了又擦，我不解父亲的用意，但我知道那是那个时代的雕塑，是母亲的光荣和悲凉，是我们民族的光荣和悲哀，它只能编织古朴幽沉的梦，然而要编织新的生活，已经无能为力了。

【阅读提示】

母爱是伟大的，无私的，纯洁的，是人类情感中最神圣的爱。这是一篇怀念母亲的佳作。作者以生动细腻的笔触，充满深情地塑造出勤劳、朴实、有着浓厚母爱的劳动妇女的形象，语言优雅，技巧圆熟，收放自如、情怀深沉，感人至深。虽说，母爱是文学作品永恒的主题，但真正能打动读者心灵的并不多见。作者善于细节的描写：“这古老的织机，长长的经线，一头拴着虔诚、耐劳、筋疲力尽的母亲，一头拴在缥渺的希望的机桅上。一盏青灯，微微豆光，母亲坐在织机上，单调、枯燥、沉重的机杼声，没有起点，没有终点，像一曲古老的民歌，带着凄婉、带着幽幻。”“从岑寂的夜晚晌到昏暗的黎明”，谁读后不觉鼻酸心颤，这是母爱伟大的表达方式！更感人的是，在改革开放初期生活发生巨大变化后，又织一副被裡，做婚礼补偿，寄给儿女，这深厚的母爱，谁读之不热泪潸然？

这篇作品带有大地的芬芳和田园诗的意象，自然清新，情感浓郁，富有诗性之美，这是一首温暖的歌。

八月的故乡——你好

我怎能不怀念呢？那里有我的亲朋，有我祖先的遗骸，有我童年海浪般的憧憬和云霞般的梦幻……还有我记忆中多彩的八月。一搭上西去的汽车，我的心就像出笼的鸟，扑扑棱棱飞去了，飞到黄河故道的臂弯里，飞到杨柳矗翠的小河畔，飞到小小四合院，衔去一束绻绻的情愫，早早地给母亲了。

汽车奔驰着，我伏在窗口，贪婪地、忘情地阅读着平原的八月——

望不尽的莽莽苍苍，涌涌荡荡；望不尽的千顷秋色，万斛秋光——水稻黄了，微风里，金浪迭涌；棉花炸嘴，雪白银亮，宛如银河的繁星；花生秧儿、红薯蔓儿把地皮都盖严了，碧绿碧绿，如潮似海，如果不是车儿跑得快，说不定还能看到它们根部被饱满的果实顶开的裂隙呢！八月的苍穹，一天碧绿，是那样深邃、空阔、高朗，几只大雁横过蓝空，而圆圆的麦秸垛下，三五只母鸡却悠闲地刨着生活的安逸……

素素淡淡的鲁西大平原啊，浓浓艳艳的鲁西大平原啊，你把秋的甘甜、秋的色彩、秋的芬芳，像亮亮的雨丝，洒在我干涸的心上了。

故乡的八月，你那烫金的封面，彩色的插图，你那多彩斑斓、丰厚而充实的文字，曾给我的童年带来多少欢欣，多少稚趣，吸附着我多少时光！

故乡啊，你记得吗？还记得那个光着脚丫在沙路上奔跑的小毛猴吗？还记得从八月的枝头偷摘酸枣而划破衣服、扎破手指的小调皮吗？

故乡啊，你还记得吗？孩提时，我和小伙伴常乘大人不在意，钻进密密实实的庄稼地里，躺在垄沟里，透过层层叠叠的叶子，望着那瓦蓝瓦蓝的天空。大人们急了，四处寻找，满村响起母亲悠长悠长的喊声。可是，我们就是不答应，不出来，用小鼻子使劲在吸着，吸着庄稼成熟的芬芳，吸着大地的乳香，吸着母亲慈爱的、带着焦急的呼唤……

故乡啊，你还记得吗？我和小伙伴爱坐在拉庄稼的大车上，那铁轮大车，拉着一车金黄，一车喜悦，悠悠荡荡，摇摇晃晃，吱吱嗡嗡，唱着欢乐的歌。赶车的大叔鞭花甩得真响，像过年的炮竹……

……车儿摇荡着，我微微困倦了，很想打个盹儿。我愿梦见母亲慈爱的朗笑；我愿梦见侄儿甜甜的叫喊；我愿梦见挂在老枣树枝上的蝈蝈笼儿；我愿梦见在玉米田咀嚼“甜杆”的童年……

车过黄河大桥，一阵钢铁的轰鸣，把我的疲倦和困意惊飞了。我睁开眼，淡淡的暮霭已罩上了原野。

哦，此时此刻，母亲是站在村头大杨树下张望呢，还是坐在灶前为她的儿子准备晚餐？是晚风吹乱了她满头苍发，还是火光映红了她多皱的脸颊？啊，再过一个时辰，我就可以乖乖娇娇地做儿子了，尽管我已是两个儿子的爸爸了……

我的心切切的。我仿佛听到故乡的呼唤——小河用它欢唱的浪花；白杨用朗朗的秋韵；藏在枝叶里的红枣用它甜甜的羞涩；挂在枝头上的石榴用它迷人的微笑；连场院里那座小草屋也在呼唤，用谷禾的馨香，用慈母的情怀……

1986 年 7 月于泉城

（此文节选自散文《八月，成熟的故乡》）

本文选入小学五年级《语文》上册（经典读物）（人民教育出版社 2005 年 7 月版）以及数十种语文教辅、中学生经典读本、多省市自治区中考语文模拟试卷；中央人民广播电台配乐朗诵。

【阅读提示】

这篇文章写一个远归的游子，即将重回故乡的怀抱时，作者笔下的文字便流泻成一条欢快的小溪，倾诉他的喜悦和爱恋。作者怀着一颗欢愉的心，用一支饱蘸浓烈情感汁液的笔，将故乡八月金秋图景与这片土地血肉相连的记忆，写得情酣意浓，细腻美妙而深挚动人。

八月是故乡成熟与收获的季节。八月的故乡，收获着五谷，收获着希望，也收获着幸福。八月的故乡好美。蓝蓝的天，爽爽的风，沉甸甸的阳光，芬芳的空气，金灿灿的稻谷，累累的硕果，无不彰显着秋天的魅力。

人们的脸上洋溢着幸福的微笑，那是因为他们品尝到了收获的欣慰和甜美。此时此刻，让人由衷地体会到了“秋日胜春朝”的境界。也正是在这样如诗如画的季节里，在故乡的土地上，留下了作者童年海浪般的憧憬和云霞般的梦幻。

如今，那天真、幼稚、淘气、顽皮、幸福快乐的孩子，伴随着秋天走向成熟。他对故乡的热爱，对故乡那份纯真的感情，也像这成熟的秋天一样，沉甸甸的，火辣辣的。“八月的故乡——你好”仿佛一声问候，更是直接地抒发了对故乡的热爱之情。

秋歌三章

秋色——生命的三原色

绿葱葱的夏，还未来得及打个句号，那秋风便弹奏起它的小提琴，开始奏响新的进行曲，秋色也挥起它的笔，抒写秋天的诗行了。

早晨醒来，淡金、浅红、薄紫交融渗透，润染一体的霞光，照进窗来。推窗望去，远处的山野变得绮丽多姿，色彩斑斓而凝重，像凡高的画，用色总是沉郁而辉煌。

秋色是迷人的、瑰丽的、斑斓的，古人常说，春光如锦，其实，真正美的还是秋色。赤、黄、绿，正是生命的三原色。你瞧，秋色多么细腻，温柔而多情，它不仅给苹果的笑靥上涂上口红，给葡萄的眼睛涂上淡紫，给山菊花染上橘黄，给树叶染上黄绿……秋色爱她每一个儿女，就像过节一样，勤苦善良，慈祥的母亲总是倾其所有，把她每个儿女打扮得鲜艳漂亮，即便是一条消瘦的丝瓜，也着意渲染，不肯掉以轻心。你看那丝瓜的颜色多么诱人，寻常只是一味的绿，绿得那么浓郁，秋一来，秋色轻轻一抹，绿就变得深浅不同，上端淡绿，中间浓绿，下端便渐渐化为淡青，又抹上一层淡淡的紫色，便觉得光洁如玉，鲜明如宝石，如翡翠。

秋，把生命的三原色还原给生命。

更动人的是山野和平原，秋色挥动着画笔，在这广阔的画布上任意地挥洒，苍郁的山变得五彩斑斓，碧绿的田野变得色彩纷呈，你看它一笔一笔，那么动情，那么热烈，那么层次鲜明，浓淡相宜。给人的心灵也蒙上一种美好、脱俗的温情，即使一棵小草小花，也不轻易漏掉，该黄的黄，该红的红。

我想起古人的诗词："晓来谁染霜林醉"？杨万里却道："小枫一夜偷天酒，却倩孤松掩醉客。"原来枫叶艳如朝霞，灿如鲜花，是夜间偷喝了天酒，它酡然而红，色彩明媚，秋色满林，大有铺锦列秀之势。我眼前没有槭树（即枫树），近处的山野上倒有柿树林，树枝间挂满了小灯笼，又像谁点燃了千万朵小火苗，摇曳着、欢笑着，静穆中的热烈，沉默中的喧嚣，闪耀着爱的光辉，传递着成熟的温暖，整个山野都在燃烧，弄得秋色有种近乎晕眩的亢奋。感于秋色的这种瑞应之气，耿耿之元气，有谁不会奋袂而起，还会产生那种凄凉和悲怨之感呢？

夏天，是苦涩的浪漫，是生命乐章中最高亢的片断。而且夏天是色彩的倾斜，只有到了秋天，色彩才变得平衡。

秋色是一位杰出的艺术家，它比起东山魁夷，比起列维坦，比起康斯太布尔，更有色彩感、质感和美感。

秋色，古往今来，多少文人骚客，用艳丽的词汇描绘秋色，尽管那诗词歌赋，带着作者不同的心情，有的写得萧条、凄凉，有的写得绚丽、璀璨，有的扑朔迷离，有的忧郁悲伤，但是秋色却是动人的、迷人的。

我观赏着这一页页秋色，心里荡起说不出的幸福。我想起老托尔斯泰的名言："我是一个艺术家，我的一生都在寻求美，如果你能向我展示了美，那我就跪下来，祈求你赐给我最大的幸福。"老托尔斯泰对大自然、对美是如此挚爱，时常打动我的心。我曾幻想，天宫的织女给我织出秋色一样绚丽的锦帛，让我穿着秋的色彩；我甚至想，从苹果、从橘子、从高粱、从稻谷里榨出秋的色彩，痛饮个酩酊大醉。我要在山野里倾听秋色的歌，吮吸秋色的气息，饱啜秋的色彩——我才真正领略"秀色可餐"的意蕴，让我浑身涂满秋的色彩，化为一棵斑斓的秋树，一棵摇曳的秋草，一朵妖艳的秋花。

啊，秋色，那红给我热烈，黄给我忠义，蓝给我淡雅，白给我纯洁，粉红给我希望，绛紫色给我凝重……

让我浑身濡染这生命的三原色，壮我的胸怀，拓我的思窦，给我以辉煌和光明！

秋思——美丽的愁绪

早年读徐志摩先生的《印度洋上的秋思》，常被诗人描写的月色所迷惑，他把秋思的源泉归结为秋月。是的，秋天的月夜，最令人思想，怪不得古人诗云："今夜月明人尽望，不知秋思落谁家。"

秋是一个美丽的字，秋与心构成一个愁字，宋代诗人吴文英曾有诗云："何处合成愁，离人心上秋。"

想想看，在静静的月夜里，一个愁思缱绻、云鬓散乱的闺妇，凭栏而立，眼前一帘秋月，半窗竹影，草吟虫鸣，夜籁窸窣；远望秋月迷蒙，新雁横空，睹景生情，愁绪更增，无限愁绪，几多思念，遥寄戍边或羁旅他乡的郎君，正应了那首词的意境："雁横南浦，人倚西楼……空恨碧云离合，青鸟沉浮……芳心一点，寸眉两叶，禁甚闲愁"，那份迷惘，那份凄凉，那份孤独，那份神伤，怎能不令人愁肠百结？倘若三两片秋叶飘然惊落，几粒冷萤划过，一阵寒风撩起薄裙，那氛围就更加凄凉酸楚了……

秋思是忧伤的。

秋思是一首凄苦的诗，是一支眷念的歌。

然而秋思也是美丽的。

你想想那种"月上柳梢头，人约黄昏后"的镜头吧。一片迷蒙的小树林，一钩新月冉冉升起，清辉袅袅，薄雾缭绕，一位少女依树伫立，等待情人的到来，那一缕情思，那一个等待，那一份焦急，该是多么动人，多么美丽，多么甜蜜。那林间沙质小路，幽然如梦，飘然远去；风吹树叶沙沙作响，疑是情人脚步声，又激起心湖一阵久久不息的涟漪；当久盼的身影蓦然出现在小路上，那颗心却溅起"几多欢喜，几多惶惑"，再平添那野花的清香，秋叶的芬芳，秋月的一袭清辉，给人一种甜甜的心悸，甜甜的温馨，这情景且不说醉了画中人，而局外人望一眼也该是薄醉微醺了吧！

最动人的秋思，莫过于母亲中秋节对远方游子的思念。

每逢佳节倍思亲，月到中秋分外圆。中秋佳节，这是中国最隆重的节日之一，这是思念最浓重的日子。

忙过春，忙过夏，当收获和喜悦落满农家小小庭院时，满庭月光映着母亲那佝偻的脊背，那多皱的脸颊，那飘然的白发，她此时多么盼望远方的儿女回到身边，赏故乡的秋和月，享受人间的天伦之乐啊！

想想吧，当一轮圆月冉冉升起，小小庭院，清辉如注，夜风薄薄，秋寒轻轻，老母亲坐在桌前，桌上摆满瓜果梨桃、月饼点心，花香，果香，秋香，弥弥漫漫，望眼欲穿的老母亲，盼子心切。淡淡的树荫里化出游子的身影，沙沙落叶声疑是儿子的脚步声……可怜天下父母心哪！

而游子并没有如期归来，以慰老母亲思念之心，身下的石头凝满斑斑秋寒，地上的树影摇曳点点梦幻。那斑斑点点，点点斑斑，这都是母亲的泪，这该是一份多么沉重的秋思啊！

秋思，是一首动人的抒情诗，无论是凄婉的、沉重的、悲伤的、忧郁的，都是一首美丽的诗，是人类情感履历中最凄迷、最美丽的一页。

秋籁——大自然走向完善的跫音

请你到秋天的山野上来吧，去倾听一曲动人的秋籁！

秋，不仅有色，还有声。秋声是一曲生命的辉煌赞歌。

虽说，那怀抱残枝的瘦蝉，声音变得嘶哑了，草丛中的纺织姑娘的歌声变得凄清，青蛙的鸣叫显得冷落了，大地进入了分娩状态，那分娩不是阵疼，而是欢乐。秋声绝不是凄凉悲怆的。

你走进田野，会听见豆荚的爆裂声，鼓鼓的，胖胖的，一粒金黄从褐色的外壳中迸裂出的一刹那，犹如石破天惊，浑蒙顿开，谁说是凄凉呢？那是生命的升华的壮丽之声，这是一个新天地的开创，是一幕壮剧的开始……

如果是夜晚，你到山野上来，秋籁之声更加动人了，看吧，月光如水如脂，泼洒涂抹在庄稼叶子上，黄的或绿的叶子，都失去了本色，边缘上闪烁着毛茸茸的光。这时，你会听到夜籁是动人的，庄稼叶子低低絮语，仿佛是一群即将出嫁的姑娘，把处女最后一夜的悄悄话都说尽，那话语里带着惊喜和惶惑，不安和憧憬，发出向往光明纯洁的忧郁气息。至于果园的秋籁更迷人了，苹果、鸭梨、水蜜桃、山楂、栗子、核桃，每到夜晚也会说话，如果把它们的语言翻译出来，是一首动人民歌、民谣或乡土诗，那诗里蕴含着成熟的喜悦和甜蜜，字里行间闪烁着生命之光的斑斓，那韵律也跳动着骄傲和自豪……

这是秋的声音，是生命从苦涩走向芬芳，从幼稚走向成熟的步履声，是大自然走向自我完善的跫音。

秋籁，每一个音符里都流溢着生命的充实与饱满，都流溢着万物进入升华阶段的欢乐和悲壮。

秋籁最动人最壮观之处，还是林间。那每一片叶子都是一个音符。秋风用它透明的手指轻轻弹奏，于是那茫茫林海，气势磅礴，充满激情，仿佛响彻贝多芬交响乐的旋律：白杨萧萧，那音符铿锵如大钹；楸树飒飒，如银瓶乍裂；那杉叶瑟瑟，如小提琴演奏；那柳叶窸窣，如清箫之韵；而松涛烈烈，低沉凝重，像大贝司；而竹篁，则是窸窸窣窣，清幽娓婉……这是生命的浩歌，这是大自然英雄主义的乐章，深广、敦厚，博大而沉雄，是生命的旺盛强大持久的力量，仿佛炫耀一种理想化的品格。

当你躺在这林间草地，静静地倾听这一天秋籁，灵魂也融化在这壮丽的乐章中了……在庄严深沉的静寂中，你会感到这秋籁的乐音，从天国传来。

当然，这是初秋和仲秋，到了晚秋，生命的天籁已近尾声，乐章的高潮已过，秋叶已飘零殆尽，感到秋寒袭来的虫豸，其鸣叫声，也充满了忧郁和悲戚，还有那一溪流水也呜咽如泣了，这时，倒真像欧阳夫子笔下的秋声："其意萧条，山川寂寥"，其声也"凄凄切切"了。

【阅读提示】

这三个短章一个主题，歌颂大自然的美丽，对生命的热情赞美，斑斓的秋色，静穆中的热烈，沉默中的喧嚣，季节用一双无形的大手，改变万物的命运，色彩的变化正是生命的变奏。而秋思总是感伤的，古代文人总是写得凄凄惨惨戚戚，深切的哀愁。作者却一反古人之常态，把“秋思”写得美丽、亲切，渴盼的神情和充满喜悦的期待，爱的动势，思念的旋律，在作者笔下都闪耀着动人的光辉。而“秋籁”写得气势磅礴，具有音乐美，句式的排比、语言的双声叠字，都加强了散文的韵律、节奏，充满着流畅、美妙的乐感。徐志摩曾说：“诗的真妙处不在它的字义里，却在它不可捉摸的音乐里。”有评论家说：“郭保林散文中浓郁的诗情，丰满的诗化和浪漫主义的想象，诗化的艺术机制，使其在当代散文创作中显示出独特的意义和价值。”

我在草原上追赶落日

汽车在奔驰。驰过苍苍的绿，驰过莽莽的绿，驰过起伏跌宕凸凸凹凹的绿，驰过缠缠绵绵浓浓稠稠的绿。车轮在绿浪翠涛上轻轻碾过，留下两抹浅浅的痕，风一吹，那痕便无影无踪地消失在绿浪的辽远和苍茫中了。车前苍苍，车后茫茫，茫茫苍苍莽莽。我们在绿中挣扎，翻腾。偶尔出现一棵树，耸起一尊绿的雕塑，想打破平庸吗？想创造传奇吗？但是，在这偌大无以匹敌的背景上，那树显得极渺小，很寂寞，像一缕孤魂，一声轻轻的叹息，给荒荒大原只留下一缕如烟的苍凉。

汽车依然奔驰。

草浪汹涌着，澎湃着，呐喊着，喧嚣着，扑扑拉拉，连绵不断地向车窗扑来，溅我一身草绿、草香，一股浓浓的蒙古味。我有点惊惶，又难以躲闪。眼前的风景一卷卷铺过来，铺开来。铺成一曲敕勒歌，铺成一首古乐府的意境，铺成汉唐边塞诗人一行行壮美凄怆的诗句。

车轮追逐日轮。日轮在远处山梁上喘息。车轮撵过去，眼看追上，日轮又俏皮地跳到更远的一道山梁上。我们的汽车累得气喘吁吁，又吼吼乱叫，仍不甘心，又追赶上去。我们犹如夸父，但也重复夸父的悲剧。夸父与日逐走，虽九死而不悔，那是追逐光明和希望，追逐生命的原体。太阳，这古老而年轻的恒星，给茫茫宇宙，给小小寰球创造了多少繁复的故事、多彩的生命和浪漫的情节？它的精神和魂魄创造了生命的历史，人类的历史！

我们毕竟比夸父聪明，干脆停下来，徒步走向一个小山包，用目光追逐落日。

山包、山洼、山坡都是草场，丰茂的青草，蛮蛮野野荒荒，葳葳蕤蕤葱葱。空气很醇，草香浓得呛人。我深深地吸上一口，整个草原都吸进肚里了。像牛一样，草原在我肚里反刍。

塞外草原初降的黄昏，很浪漫，很诗意，也很古典。西天边随意地拖着几缕橘黄、瑰红、绛紫，其他地方依然很蓝，蓝得纯真，蓝得寂寞，也很苦。那色彩尚未浸淫草原，草原依然苍绿。草梢上细风的脚步蹀躞，草丛间虫蝶扑翅浅浅，天地间万籁无声，偶有牧笛和牧歌轻轻滑落草丛，又被无边无际的静湮没。一切都袒露着，袒露着生命，袒露着情感，袒露着自然的爽真，也袒露着草原永恒的主题——荒凉和空漠。

在天和地分界的地方，有几点墨渍，那墨渍会动，越来越近，是一群鸟雀，在这茫茫荒原上，它们群飞群栖，那是百灵——草原上的吉卜赛。

一切凄凉得像凉州词。

一切悲壮得像屈子赋。

一切浪漫得像爱情诗。

夕阳沉重如山。金色的光芒砸在我身上，我的肩膀上印满了落日的齿痕。

随着巨大日轮缓缓滚动，天空的色彩也益发浓郁，红、黄、紫，成团，成块，成卷，成片，这些色彩的集团军，忽然不宣而战，刹那间，鼓角齐鸣，旌旗翻滚，万马奔腾，雄雄烈烈。红色集团军，犹如一代天骄的铁骑，汹涌地，所向披靡地向黄色营地扑来，冲杀，呐喊，嘶叫，纠缠在一起；而紫色军团也不甘寂寞，跃马扬戈，从云隙间杀出来，犹如异军突起，和红、黄色扭结在一起；顿时，刀枪剑戟，铿锵声，撞击声，哀叹声，叹息声……响成一片。它们杀得难分难解。它们拼命地扩张自己，强烈地表现自己，争夺每一寸领空，半个天空都洒遍了它们斑斑点点、淋淋漓漓的血，还有凋零的败鳞残甲——使人想起遥远的古代，草原上各个部落厮杀混战的场面。这是历史在天空的返照吗？然而，你只要静心观察，仔细分辨，那红可分为粉红、枣红、桃红、苹果红；那黄可分为橙黄、橘黄、柠檬黄；那紫又可分为茄紫、茜紫、绛紫、葡萄紫。

这些色彩的乌合之众都浸润着野性的荒蛮和雄性的剽悍，莫不是，大草原把它的秉性情感以及遗传基因也赋予了天上的光和色吗？

在这浩瀚旷博的草原上空，色彩依然演奏着方兴未艾的狂飙曲。随着日轮的转动，那红色集团越来越庞大，越战越猛，犹如火山爆发，江河倒悬，天空变成一片火的海洋，红浪翻滚，殷红万里，使人想起不可一世横扫千军如卷席的一代天骄和他的铁骑雄师，而那黄和紫被吞噬，被淹没，被驱赶到更远的天边，瑟瑟缩缩地躲在白云下，或张皇失措，或苟延残喘……

天空变成一个冷战场。

色彩在天空鏖战的同时，大草原却一反白昼的粗犷、荒凉和落寞，变得极其温柔而恬静。那光与色极富有层次感、质感。液态的光流，浓浓稠稠，轻轻淡淡地涂抹地草原上。草梢、叶、野花都失去原色，像饱饮了玫瑰酒，醉醺醺地涨溢着一种情愫，展示出一页蓬勃的富丽、辉煌。这里，那里，从渊薮中、海子边、山凹和牧人的包帐里升起薄雾和牛粪烟，淡淡的，若梦若幻，若艺术家的虚构、诗人的想象，又似情人飘逸、颤抖的眼波。让人真想躺在这绿被金褥的眠床上，打滚翻腾，或像诗人一样“嗷嗷”一阵，宣泄胸中成吨的情感。然而当你冷静之后，发觉置身于这巨大的时空里，会感到自身的渺小，像一粒昆虫，一辫野花，甚至会激起离恨万缕、乡愁无限！

当太阳接近遥远的地平线时，天地间悬起一帘肃穆，凝重，沉重，庄重。草原失去醉酒后的浪漫，红颜渐褪，脸色变得灰暗，我目睹着太阳蹒跚的脚步，像一个饱经沧桑、大智大勇、大慈大悲的老人，一步步走向圆寂，走向灵魂的栖息地。我心里突然涨起一股酸楚，一股悲怆。太阳辉辉煌煌、坦坦荡荡地走完了它的一生，它无憾于宇宙、苍穹，无憾于大地万物。它的智慧和精神，它的生命和情感都留给了世界。

太阳，终于无声无息无怨无恨地沉落了！寥寥长空，荒荒油云，莽莽大原，这博大的舞台也徐徐拉上帷幕，宇宙降下灵旗，远山在默哀，天空也须臾变幻出惊人的铁青，骇人的诡蓝，吓人的青黛，还有令人沮丧的死灰。那旷古未有的静汹涌澎湃地铺开来。这辽阔的静、庄严的静，一切都静如太初，静如幻景，静如一个巨大的谜。只有残霞在剥落，像给落日送去的冥钱。

我坐在草地上看这悲壮的风景，远处的草浪一起一伏，犹如一曲无声的旋律。草原失去了绿色，但草原的律动依然雄沉磅礴，当霞光的鳞片凋落殆尽时，天空变冷、变得陌生，于是草原的夜晚来了。

本文选入《中华百年经典散文诗》、《经典散文三百家》、香港《中文散文鉴赏辞典》等数十种优秀散文选本、多省市中、高考模拟试题，北师大版《初中语文自读课本》第九册、小学《语文》四年级下册（网络教案）。

【阅读提示】

郭保林这篇散文，视野宏阔、色彩绚丽，充满浪漫主义激情和阳刚正气。辽阔无垠的草原上，夕阳、天空、云彩，在他的笔下都充满了生命的热情和壮伟，尤其是对落日景象的渲染和描写，更使读者领略了一曲雄伟壮观的生命之歌。我们仿佛听到了刀枪相撞时的铮铮声响和万千将士的喊杀声，生命的辉煌，“野性的荒蛮和雄性的剽悍”在这搏击中达到了极致。作者极尽表现事物之博大、壮美、雄浑，“辽远和苍茫”“寥寥长空，荒荒油云，莽莽大原”等，其博大雄伟辽阔，让人望而兴叹。

他喜欢用光、色的词句绘制散文的画面，确立散文有色彩基调。如写草原上的绿：“汽车在奔驰。驰过苍苍的绿，驰过莽莽的绿，驰过起伏跌宕凸凸凹凹的绿，驰过缠缠绵绵浓浓稠稠的绿。”又如描写天空的色彩，写晚霞的色彩，缤纷斑斓，使读者从这独特的描写中产生了新奇与独特有感受，让人叹为观止。

本文的语言还很讲究声的美。整句和散句灵活运用，大段大段的排比句或连续的短句，形成节奏韵律感，赋予文章以抑扬顿挫的音乐美。如“眼前的风景一卷卷铺过来，铺开来。铺成一曲敕勒歌，铺成一首古乐府的意境，铺成汉唐边塞诗人一行行壮美凄怆的诗句。”而像“车前苍苍，车后茫茫，茫茫苍苍莽莽”这样的叠词的使用，传神地描摹出眼前之景，使语意与情感绵绵不断，令人回味无穷。

本文的另一特色是奇特的想象和丰富的联想。如把太阳比作一个辉煌而坦荡的老人，让自然之景充满了人情味。把天空色彩的变化比作“草原各个部落厮杀混乱的场面”，作者凭借这些奇特、超拔、峭丽的想象和联想，沟通了自然界与人类社会，并赋予自然山水以凝重的人文内涵。

戈壁有我

大草原的尾声便是戈壁滩。

戈壁滩是死亡的草原。

七月流火，我们的汽车在热风炙浪的夹击下，气喘吁吁地挣扎爬行。

大戈壁汹涌澎湃地席卷而来，车速很慢。我的目光在前后左右的车窗外，以三百六十度的大视角纵横驰骋——这是纯种的戈壁，没有一点杂质，没有山阿，没有河流，没有背景。旷达的蓝天，缥缈的白云，一目荒旷的沉寂，一目宏阔的悲壮。粗莽零乱的线条，恣肆奔放的笔触，浮躁忧郁的色彩，构成浩瀚、壮美、沉郁、苍凉和富有野性的大写意，一种摄人心魄的大写意。成片成片灰褐色的砾石，面孔严肃，严肃得令人惊惶，令人悚然。这是大戈壁面靥上的痔瘤，还是层层叠叠的老年斑?

沉重的时间压满了大戈壁。戈壁滩太苍老了，苍老得难以寻觅一缕青丝，难以撷到一缕年轻的记忆，仿佛历史就蹲在这里不再走了。昨天，今天，还有明天都凝固在一起。

但是，我们并未停下。车子从戈壁滩僵硬的面靥上碾过，而它无动于衷，一阵风轻巧地擦去轮痕，前面依旧是起起伏伏、莽莽苍苍的戈壁沙丘，疯长着亘古洪荒，铺满百代旷世的岑寂。

据说，我们的车行路线是古丝绸之路。在人类历史上，影响最深、持续时间最长的四大文化体系——中国文化体系、印度文化体系、伊斯兰文化体系、希腊罗马西欧文化体系的交会点，就是这条古丝绸之路。它是历史的通道和罗盘，它导引过心灵史、文明史以至于生物史。至今，敦煌宝窟的画壁上还生活着两千年前用骆驼贩运丝绸、茶叶和陶瓷的商人。想当年，这路上骆驼成列，驼铃叮咚，车马喧阗，驿站如珠，该是一片多么繁华的景象啊！而今丝绸之路荒芜了，湮灭了，罗盘生锈了。

汽车在奔驰。

又是一片僵硬的雷同化的灰褐色砾石，大大咧咧，蛮蛮横横。星星点点的芨芨草和三两墩红柳，像垂危的老人，它的青春和生命被风沙和干燥榨干了，它的灵魂也扬弃得无影无踪。炽白的蜃气把地球表面固有的绿涤荡得一干二净。

大戈壁藐视生命，嘲弄生命。我不知道它吞噬了多少如花的青春和如雨的血泪，这漫漫古道咽饮了多少驼铃的悲怆和戍边将士的悲绪；这浩浩风沙摇落了几多闺妇的春梦和相思树上苦涩的青果；这重重叠叠的沙砾下面又埋葬着几多累累白骨。而今，这里是死神盘踞着。鸟雀罕至，人迹罕至，天空是阳光恣意的泛滥，眼前是风沙的狂歌，亘古的蛮荒肆无忌惮地袒露着它的高傲和雄悍——这一切都像野兽派画家的杰作，不，这是宇宙之神的雕虫小技，完全按照它意念的任意涂抹。我想，宇宙之神在创造这戈壁巨幅时，肯定是情绪惶惑，思想苦闷，而又体力强壮，精力过剩。

这惊心动魄的苍凉和浩瀚，可以驰骋想象，既无高山的阻挡，又无噪音的干扰。我放飞思绪的小鸟，穿越时间的屏障——我看见飞将军李广、汉家大将军霍去病的萧萧战马，猎猎大纛，迎风踏踏而去；我看见汉武帝的使臣张骞，大唐一代佛宗玄奘的驼队，昂首行进在戈壁荒漠。风沙浩浩，星路遥遥，驼蹄踏碎星夜的寒霜，驼铃摇落戈壁的黄昏。一曲折杨柳的哀吟，三两声阳关三叠的古韵，使这寂寞的氛围更添一抹凄凉，几缕悲怆……生命的漩涡，人类的梦幻，而今都化为一种历史的难堪，和风沙卷逝而去又卷来的喟叹。

你看，那一丛丛骆驼刺，被阻拦的沙尘形成一个个小丘，像坟墓似的，莫不是那里真的埋葬着戍边将士的遗骨？“醉卧沙场君莫笑，古来征战几人回？”“坟丘”排列成一个个方阵，没有纸幡，没有花圈，没有墓碑，只有萧条和凄凉相伴，只有漠漠的阳光的抚慰，只有浩浩长风的哀吟。风过草梢嗞嗞作响，那是一代代古魂在悲泣吗？

汽车穿行在“沙坟”中，索索柴、骆驼刺向我讲述着一幅幅战争的惨景——甲戈森森，旌旄烈烈，战马萧萧，厮杀声，号叫声，呐喊声，呻吟声，血染沙碛，尸暴荒野……这里原是一个古战场，战争的悲剧曾轰轰烈烈地演出一幕又一幕。目睹这漫漫戈壁，谁说这里是不毛之地？戈壁滩曾长出二十四史一页页辉煌，曾长出唐诗宋词的悲壮，曾长出阳关三叠的凄怆，也长出过“劝君更进一杯酒，西出阳关无故人”的黯然神伤……

前面出现一座古城的废址。我们停下车来，走进废城。只见一堵堵被蚀的沙墙，默默地矗立在阳光下，似乎向苍天昭示着什么，祈祷着什么，也许是回忆昔日的丰采，哀叹今日的冷落。我不是考古学家，但从残垣断壁上，也能读出几个世纪前，这里曾是歌舞声喧，车流人浪，爱的疯狂，情的轻佻，茶的香馨，酒的浓醇……眼前却是一片死寂。轻轻拂去浮沙，那墙垣下部还有烟熏火燎的痕迹，也许是戈壁驼队曾在这里躲避过风暴，孤独的戈壁之旅曾在这里做过几缕温馨的寒梦。那驼队遗落的驼铃呢？那胡琴丢失的音符呢？举目四望，依然是雄风浩浩，飞沙漫漫，依然是裸体的黑褐色的砾石，几棵红柳和骆驼刺点缀着古道一千七百年的荒凉。还有一堵被风蚀的沙柱，像纪念碑似的矗立着庄严和孤独，向历史宣告，这里是一处神秘、恐怖、狞厉而又以慈悲为怀的密宗天地。

一切都被风沙埋没了，被时间的巨浪吞噬了。

人类是难以征服宇宙的。人类只是在宇宙的缝隙中默讨着生活的偶然幸存。在宇宙面前，人类是孤独的。几千年来，人类在这里播种的文明和文化、繁荣和繁华、恩爱和愁恨、美丽和丑恶、善良和罪孽……都化为了乌有。只留下这类似月球地貌似的灰褐色宣言，只留下太阳孤独的鸣唱，只留下漠风唱给死亡的挽歌！

一位哲学家说过：人类的悲哀与宇宙的存在是两个极端，人类的意识大于他的存在，宇宙的存在大于它的意识。

宇宙之神啊，你对生命永远保持着那种高傲的淡泊、冷酷的仪表和狂妄的自尊。在宇宙眼里，人类不过是黏附在地球表层的微生物，宇宙的尺度从来不须衡量人类的行程和人生的历程，即使对秦时皓月汉时关，对五千年华夏历史的辉煌也不屑一顾。但是，在这狂风的起跑线上，在这起伏跌宕的瀚海潮头，在这无边无际的空旷和寂寞中，宇宙之神也是孤独的，是那种无法宣泄的悲哀和难以倾诉的孤独。

我在戈壁滩上漫步。太阳已西斜，热浪开始退潮。

身前是戈壁，身后是戈壁，左边是戈壁，右边也是戈壁。我浑身长满戈壁意识。我不是随着戈壁走，而是戈壁随着我走。

荒凉，荒凉！荒凉得残酷、残忍！然而在这荒凉之中，我却看到一切都是平等的，废墟比之灯火辉煌的大厦，瓦砾比之繁华的商业区，穷鬼乞丐比之亿元豪富，庶民百姓比之达官贵人，体现出更多的平等精神和民主意识。这是一切都处于湮灭中的平等，是一种无可奈何的平等，是宇宙之神随意创造的一种平等。

蛮野的豪风，粗粝的阳光，宇宙的宏阔，史前的苍茫，构成大戈壁的庄严和肃穆，构成一种不屈不挠地创造无数激越与奋争的瞬间的永恒。

四维空间只剩下一维。不，还有我！有我在，大戈壁便增加了二维。我正处在洪荒炽情的拥抱中，我正处在亘古沉寂的热恋之中，我和宇宙之神肩并肩地站在遥远的地平线上，四周弥漫着“古从军”乐曲的那种迂回悲壮。此时此刻，只有我和宇宙之神在谈心、聊天。宇宙之神伏在我的肩头，悄声说：“大戈壁最美的风景是晚霞，不信，你等着瞧。”

宇宙之神并未说假话。当大戈壁的黄昏降临之时，的确是一帧美丽悲怆的大风景。且看，远处那一道道起伏跌宕的沙梁，那是夕阳点燃的一条条火龙。火龙在晚风中飞跃腾动，发出一种萧萧的鸣叫，给大戈壁增添无限生机和壮观。而遍地的砾石，红光灼灼，热烈动人，像是谁遗弃的无数元宝。至于那阔大的天空，则开满绚丽的血红的野罂粟花——那种美丽的带有毒性的花！那是献给大戈壁热情的吻吗？大戈壁也似乎年轻了，到处是深深浅浅、迷迷茫茫的金碧辉煌，而那骆驼刺和红柳也开出星星点点的红花，结满星星点点的红果，更添一抹斑驳富丽的景观，给人以庄严、神秘的感觉。

夕阳沉去了。我站在暮色中，只觉得自己也化为一朵花，向大戈壁倾吐着爱恋之曲；化为一棵草，一棵树，向宇宙颂扬着生命之歌！

1993 年 8 月

本文选入《百年游记精华》（人民文学出版社·林非主编）、《百年游记》（台湾版）、《大学语文》、高中语文新课标读本、全国多省市高考模拟试题以及近百种中学生读物、优秀散文选集。

【阅读提示】

所谓戈壁就是又板又硬又粗粝的泛着盐碱的不毛之地。戈壁是蒙古语，意思为“难生草木的沙石地”。一切生命在戈壁面前都是静止的。大地变成了一个没有生命而灰苍的瀚海，狂风肆虐。你所感受到的只有空旷和苍凉。

但戈壁不只有孤烟、落日，不只有荒凉、冷酷，它还有坦荡的襟怀和铮铮傲骨。戈壁是坚强的，走进戈壁，就走进了辽远、坦荡。

诗人荒煤曾高度称赞作者郭保林“用浓郁的情感、用奔放的诗的语言描绘，打开人们的心扉，激发人们去玩味思考”。作者通过对戈壁滩的历史和现状的描写，揭示了人类在宇宙面前的渺小，同时赞颂如此渺小的人类坚忍不拔的精神和在历史上所创造出的辉煌的文明，是对生命顽强的一曲颂歌。思绪之奔放，意境之深远，感情之热烈，文笔之隽永，磅礴中有精致，粗犷中有细腻，一下子仿佛把我们带进了戈壁滩那神奇的世界。

草原无标题

一

你曾用稚嫩的嗓门歌颂过故乡的平原；你曾用圣教徒对上帝的虔诚，搜罗人间最华美的字眼献至母亲膝前；你曾书卷山河，笔走龙蛇，寄意日月星辰，放歌长天流云；而今你又一脚踏进草原。草原，草原！面对整幅整幅铺卷而来的草原，你惊愕得双目发呆；你沉默得成吨的语言堆积喉咙，却喊不出一个字来！

是苍茫、雄浑、凝重、奥博、旷莽、壮阔……这些沉重如山的字眼使你感到茫然？是旷古的沉寂，如渊的寂寞，使你不敢启齿，唯恐弄出一点声响，亵渎了这庄严和肃穆？也许初来草原，视点成了盲点，蛰伏在心头过多的憧憬，过多的情感，一时难以从蛹中挣破？

草原在你梦里生长了几十年。你在王之涣、高适、岑参的诗里，一唱三叹地吟诵过草原；你在徐悲鸿卷卷画轴里阅读过草原；你在敕勒歌苍茫的旋律里寻觅过草原。而眼下，整幅整幅的草原就铺在你面前——高高低低的草，高高低低的山，高高低低的空旷，还有高高低低的静谧，却不见刁斗报警的惊惶，不见胡笳羌笛的呜咽；不见落日照大旗，不见大雪满弓刀；冒顿单于的包帐安在哉？鲜卑人茹毛饮血的篝火安在哉？一代天骄猎猎大纛安在哉？……青山叠叠依旧是，风萧马鸣依旧是，边草漫漫依旧是。

你想拨开浓密的草丛打捞历史的残章，却见草丛下埋葬着岁月，岁月下面依旧是苍茫岁月。历史远去了，连影子都难寻觅。抬头看，一只苍鹰在头顶盘桓；放眼望，发情的绿草炫耀着生命的欲望，你愣了一阵，索性坐下来，把眼睛交给碧绿的风景。

二

风弹拨着草浪，洋溢着无边的涟漪；没有喧嚣，却泛滥着无边的温柔；一条河流轻轻悄悄地蜿蜒而去，扭曲的腰肢展示着处女的丰韵；成群的百灵鸟唱着恋歌在云空飞翔，一曲蒙古长调驮着片片阳光飞来；驮着牧马少年的多情和牧羊少女的浪漫飞来；远处绿蒙蒙的山丘，浑圆的轮廓，跌宕的曲线，依然是一种大写意的粗犷豪放。

蓝天、白云、绿草、牛群、马群、羊群，色彩鲜亮柔和，辽阔空旷，雄浑博大，老子庄子时代是这样吗？秦皇汉武时代是这样吗？唐宗宋祖时代呢？那位白发苍苍的历史学家却絮絮叨叨向我讲述——这片古老的土地曾经喊喊杀杀恩恩怨怨两千年，疯疯癫癫爱爱恨恨两千年。鲜卑人来了匈奴人逃；突厥人来了羌族人跑。大大的舞台，小小的世界，复仇的烈火，厮杀的刀剑，美丽的残暴，疯狂的爱恋，春的妩媚，夏的雄健，秋的苍凉，冬的暴虐，都在这片土地上交替上演。秦汉的长城，宋明的边关，九曲十八弯的黄河，险巇峻峭的阴山，既没有隔断王昭君的声声琵琶，也没阻挡一代天骄的马蹄。南方的天鹅和北方的大雁都在这舞台上联欢……古老的游牧文化和凝重的农业文明忽然发生相撞，隆隆的撞击声里，崛起一棵巨大的蒙古树，且根深叶茂，蓊然苍郁，覆盖了欧亚两个大陆……壮哉，这神话般的土地！

草原，一个繁富多主题的长卷，谁能读懂它博大深邃的内涵？

三

到草原上走一走吧，这部永恒不朽的经典，尽管玄奥精深，像谜语，像非洲土著的岩画，像河洛图，像神秘的甲骨文，但是——

这里日出日落，月朔月望，草枯草荣，花开花谢，让你读懂什么是沧桑，什么是嬗变，什么是永恒，什么是瞬间，什么是福祉，什么是苦难，什么是坚韧，什么是浪漫，什么是如梦如幻邈绵无尽的岁月；

这里风流雾走，云飞星驰，雁阵横空，马萧莽原，使你读懂了什么是自由，什么是旷达，什么是潇洒，什么是狂放，什么是雄浑，什么是博奥。辽阔得使你感到没有中心，没有了中心，也就失去了权威；

这里花默默开，草默默长，水默默流，云默默飘。生命在默然中走向成熟，又默默地消亡。这一切又让你读懂什么是寂寞，什么是缄默，什么是孤独，什么是淡泊，什么是悲怆，什么是凄凉。沉默是一种力量，沉默中预示着生命的崛起，孤独中繁衍着无穷欲望……

这里，阳光没有被楼房切割，风没有被高墙刁难，声音没有被巨垣囹圄，色彩没有被尘埃亵渎。这一切又让你读懂什么是古朴，什么是自然，什么是爽真，什么是坦诚，什么是冷静，什么是沉着。当你冷静之后，可以吟诵一首抒情小诗，也可高歌一曲汉大赋……

啊，草原，如梦如幻如诗如画的草原！

你走进草原，你会心潮沸腾，思接千载，神游八极。你脚下这片绿风土，埋葬着呼韩邪单于的满月的冷弓，埋葬着成吉思汗的金戈，埋葬着十几个民族的档案，埋葬着大汉的威严、盛唐的光泽……这是一部绿色的史诗，神秘、充满诱惑的史诗。当你拣起一片陶片或一枚缀满锈斑的剑戟，轻轻一敲，会听到远古的声音，那声音很冷，很苍老，但依然能分辨出旌旗猎猎，战马萧萧，甲戈森然，角笳互动……还有一代代雄魂在悲泣，还有一枚循着夕阳的驼铃，还有阳关三叠的古韵……草原，你生长着野性和温柔，生长过仇恨和爱情，浸淫着鲜血，浸淫着泪水，你滋生着荒芜，也滋生着辉煌！你既宽广又狭隘，你既沉寂又躁动，既坦诚又含蓄，既富丽又贫穷。啊，这片神奇的草原啊！

四

走进草原，你可无拘无束，任性纵横。青草在你脚下微吟，阳光在你脸上微笑，清风在你耳鬓絮语，绿水在你身边袅娜。你可躺在草地上，四肢舒展，贪婪地吮吸草的香醇花的芳馨，好浓好酽啊！你醉了，你和蓝天大地融在一起，化为一颗无灵魂无思想的花和草。不，那绿草和繁花本就是你的兄弟姐妹，你可以和它们聊天，也可相对无语。当然，它们会用温柔的爱熨平心灵的褶皱，热烈的吻滋润你龟裂的情感，用它包含奥义深邃的思想，启迪你的智慧，超度你的灵魂……

当然，这无边无际的辽阔，会使你的思想化为一片空白。空白便是遗忘。遗忘是一个艰难的工程。只有在这草兄花妹之间，你才可以忘记衔着芦笛满街乱跑的童年；忘却用发酵的血酿成爱的苦汁；忘却挣扎跋涉在事业泥沼的艰难；忘却将生命之树移植竞争之林厮杀拼搏的痛苦；忘却失眠、焦躁、尔虞我诈的困境；忘却阴毒、冷酷、残忍和狡诈以及从潘多拉魔盒里释放出来的一切罪恶；忘却向来控制得有条不紊的思考的步骤；忘却被粗粝的生活灼伤的心灵疤痕……

你知道，大自然胜过一切宗教和哲学，是人类的摇篮，无论在生命之旅遇到何种困厄和劫难，只要你向她发出孩子式的呼唤，母亲（包括大地和草原）都会向你敞开温暖的怀抱……

五

路，蜿蜒漫长，缭绕在无边无际的地方，那淡紫色的远方，广阔的地平线托起一轮年轻的辉煌，浅金色、玫瑰色、粉桃色组合的天空显示出公元前的静谧。

走在草原，你顿时变得年轻，变得风流潇洒，像风中的旗，像天上的流云，你的灵魂也化为一缕清风，时而在草地上撒欢，时而面对苍穹微笑。

这时，你稍稍冷静一下，便体味到人的胸襟应该像草原：容得下鲜花芳草，也应该容得下荆棘林莽；容得下鸟韵虫吟，也应该容得下风雨雷电；容得下流水牧歌，也应该容得下厮杀和哀号；容得下古老的宗教，也应该容得下年轻的现代哲学——生活不是诗，不是十六岁花季的浪漫。

但在壮阔苍茫的背景下，又使你像哲人般深思：宇宙是什么？生命是什么？人是什么？多么复杂而庄严的命题啊！

一千里的沉寂，一千里的空旷。没有烟云，没有风景，无涯的蓝，无垠的绿，蓝与绿交融渗透，织出创世纪时的静谧。在庞大的静谧里，你看到了生命之流、意识之流在这里交汇，你听到了自己心灵的潜流也在汩汩流淌。

这时，你想到埃及的金字塔，巴比伦的史诗，古希腊的神话，印度的《吠陀》，波斯的《阿维斯塔》，喇嘛经的箴言，《易经》的玄奥，马雅人尚未破释的“铭文”——这就是生命的起源，是文明创造了生命，还是生命创造了文明？而今，时间的巨斧，把生活之流、文化之流、心灵之流、幻梦之流都砍得七零八落，又被时间的巨磨研成细末，消失得无影无踪。

但是宇宙却无动于衷，既不怜悯，也不幸灾乐祸。它依然高傲冷漠地注视着万物，注视着人类。它深知，摆在它面前的一切可以睹见的形体——有生命和无生命的，包括思想精华、思想之花，一切存在的现象都是它无形的永恒的祭坛上的贡品。它在慢慢地咀嚼和品尝，然后把它们消化，化为无垠广漠中的一部分。只有这时宇宙之神才无声地笑了……

但是，人类毕竟是有灵魂的草，有灵魂的花。这些从天庭驱逐下来的男男女女，他们在大地上的一切奋斗、一切牺牲、悲戚、欢乐、沉思、搏斗、厮杀、跋涉、挣扎、追求……都源于超自然的局限，为了达到幸福的彼岸，获得生命的超度！

你在草原上走着。前面是草原，身后是草原，视线的起点是草原，归宿也是草原。严严实实的大地，高远深邃的大天，起伏跌宕的山阿，被蜃气鼓荡的地平线—— 一幅多么悲怆的大风景！

在这大风景里，你却发现了一只蜥蜴，一只小小的蜥蜴，这种比人类还早出世若干千万年的虫豸，也许它是恐龙的后裔，也许它是恐龙家族的另一分支，恐龙早已消失，蜥蜴尚在。恐龙倘若有灵在天，它不会感到悲哀。生命既是无头无尾的瞬间，又是无头无尾的永恒。

这时，你才读懂草原这部生命启示录。它原来是宇宙奏鸣曲中的一个音符。走在草原上，你可唱一支宇宙之歌，跳一支宇宙之舞。宇宙在你心里，你在宇宙怀里。你和宇宙化为一体。你会读懂宇宙的全息诗篇。

本文入选《散文海外版》及多种优秀散文选集。

【阅读提示】

读书万卷，行程万里，郭保林曾多次到内蒙古来采风，写出散文集《一半是蓝，一半是缘》，在散文界产生很大影响，好评如潮。著名文艺评论家冯牧撰文给予高度评价，著名学者林非写信发在《文汇报》上给予热情祝贺。这篇作品是以第二人称写出的“草原放歌”。作家以他独特的风格，诗性的语言，诗化的机制，赞美草原的苍茫、雄浑、旷莽、壮阔……草原是繁富多彩的长卷，游牧文化和农耕文明的撞击，游牧民族与中原民族的融合，一幅幅历史的画卷在作者笔下“电影蒙太奇式”地展开，给读者以辽阔的想象和深邃的思考。

作家热爱生活，热爱大自然，他大半生走遍中国许多地方，他散文不是一般的游记，作者热情狂放，诗歌形象飞动，带有浓郁的抒情色彩，抒情写景是郭保林散文最拿手的，也是最受读者称道的表现手法。“大自然给人类的启示是无穷无尽的，光的色彩、声音、形状、情趣和氛围，无一不是艺术家的灵感源泉。”作者借对草原风景静观默察，感悟人生，感悟历史，形诸美文，犹如梦幻一般迷离。

穿过荒原之夜

太阳畏罪自杀之后，天空和荒原洒满斑斑块块、淋淋漓漓的血，暮霭匆匆赶来，胡乱地收拾着，随即，夜晚便汹涌澎湃地扑来，带着一种巨大的神秘和恐怖。天与山，山与荒原在融合，人与物在融合。头顶上的乌云也趁机作乱，迅速地膨胀，狂妄地扩张。在云与云的罅隙中，不，在乌云尚未吞噬的蓝色荒岛上，星星停停泊在上面，孤独地战栗着。远天闪烁着一道苍白的光，这光也怀揣着沉重的忧患和无可奈何的惶恐。闪电，像躲在乌云背后的魔鬼，不时恶狠狠地伸出一把长剑，舞动几下，又仓皇匿去。

路，延伸在夜黯中，呈现一道微茫的痕，如同荒原一根裸露的肠子，一条醒着的神经，汽车辗过去，荒原发出咯吱咯吱的怪叫，是刺疼它的灵魂了吗？车灯冷静而沉着地切割着夜幕。谁知，汽车闪过，那黑血淋漓的伤口立即愈合了。黑色的神秘。黑色的恐惧。黑色的诱惑。黑色的浪漫。那夜色很纯，很真实，伸手即可撕下一块。

这荒原的夜呀！

山，蹲踞在遥远的晚天，像卧驼，像蛰龙，像睡狮，山顶上的树、草、灌木丛都成了几抹黑色的写意。河流在夜黯中闪着冷冷的光，呜呜咽咽，是祈祷还是诅咒？谁也听不懂，但声音粗犷、浑厚，一种远古创世纪时代的苍凉和悲壮。风躲在山凹里睡着了，天空、大地、山脉、草和树，都处在涅槃之中，等待着一次新生。但从它荒旷的躯体上，依然弥漫着一种磅礴的生命力，一种雄性的悲怆之气。

汽车缓缓行驶。

大夜如盖。白天看到的奥博辽远的大荒原恢宏的地平线也模糊了，我们钻进一个巨大的迷宫，钻进一个深沉的黑夜里，又像撞在一个无比坚硬而又硕大无朋、还带点滑腻腻的物体上。时间凝固了。我们处在荒凉夜色狂热而冰冷的拥抱之中，处在远古洪荒时代神祇生活的世界。我想女娲和盘古眼睛中的世界也定然如此。盘古却能挥动神斧，横砍竖劈，让清明之气上升为天，让浑浊之物坠落化为地，我们却无可奈何。

一只夜枭被惊醒，从车窗前飞掠而去，嘎嘎的鸣叫声，瘆得人头皮发麻。远处飘忽着蓝色的火星，是磷火，还是荒原狼的眼睛？

白天听人讲，这里是王昌龄的古战场，是成吉思汗纵横驰骋的舞台，曾上演过一出出雄雄烈烈凄凄惨惨的悲剧和壮剧。暝蒙中，我眼前总幻化出一轴轴战云密布、鼓角齐鸣的巨大的战争浩幅——战马萧萧的悲鸣。戍楼刁斗凄婉的边声。烽火狼烟的苍凉。落日大旗的悲壮。月夜羌笛与觱篥的互动。浊酒万里的乡愁。醉卧沙场的凄凉和绝望。……可是纵目四野，怎不见孤城守更的灯火？不闻报警的刁斗？胡笳悲怆的旋律呢？《关山月》幽怨的音韵呢？……孤独的狼已经老去，忧郁的马头琴已经老去，老猎人的故事也长满苍苔。宁静无息。天地融入虚无，万物都无法在时空的意义上分解。只有荒原通过无数的启示和暗示，把人与自然沟通，把历史与现实沟通，把灵与肉熔铸在一起。

我曾经漫步故乡八月田野的月夜，芬芳温馨的夜气使我如痴如醉，衣襟上也沾满了禾香、果香；我曾经穿过树影婆娑的山林之夜，淋淋漓漓的月光给我带来凉沁沁的抚慰；我也曾领略过海边的夜晚，无边黛色的海水带着犬牙交错的节奏，拍打着感伤的人生和寂寞的命运。而眼前是荒原，身后是荒原，车左是荒原，车右是荒原。四面八方都抖擞着野性和荒蛮，弥漫着雄性的远古气息。古老的荒原，古老的荒原意识，这就是一切。

不知怎的，我想起英国画家老克罗姆来，他就喜欢荒凉，他认为荒凉比繁华、比文明更真实、更接近自然。他总是以极大的热情，以轻快奔放的笔触，淋漓尽致地画出诺威奇的荒凉景观……

汽车抛锚了。

我跳下车，独自向近处一座小山包顶上走去，在闪电的辉耀下，举目环顾，尽是荒凉覆盖着荒凉。蓬乱的野草和纠结盘桓的藤萝，像魔鬼爹着的头发，一汪泡子似的野水，犹如这荒原之神浑浊的眼睛。一尊巨石矗立着，光秃秃的，无论从哪个角度看，都难以寻觅四季轮回的印痕。这是女娲补天遗留下的魔石，还是人类始祖亚当驾鹤时天崩地裂溅落在此的怪物？

风醒了，从山凹里窜出来，时而像狂怒的雄狮长啸，时而像受伤的野狼呻吟。被夜风捉弄的灌木丛犹如披头散发的的巫师手持刀剑，狂舞疯蹈，口里念念有词；乌云受惊，烈马炸群似的四处乱蹿，天空裸露出斑斑驳驳的黛蓝，黑绿黑绿的星星恰似怪兽的眼睛向荒原扫描，起伏的山岗犹如花斑黑蟒在蠕动。一棵孤独的树，盲目自尊地耸立在黑暗中，野草或奴颜婢膝，或麻木愁苦，或凶残狡诈地蛰伏着，时而发出虚伪的喧闹——这是一种大境界，浩浩荡荡地显示着一种磅礴之气，苍茫之气。浅浅的水吟，低低的草啸，神秘的咒语，虔诚的祷告，混成一片宇宙的全息。荒古的悲凉，史前的苍茫，使我感到惶恐，仿佛魔鬼们在黑暗中给生命举行热热闹闹的葬礼。

我没有资格责备荒原，也无权批评这荒凉，因为我懦弱而浮浅，我却有觊觎这荒原的好奇心。我弯下腰，摸起一块石子，小心翼翼地向黑暗掷去——想测试一下夜的浓度和深度，但黑夜并未被砸破，荒原之神却有了回声——草丛中倏然蹿出一只小兽，是狐狸还是野兔？一跳一跳，遁入更浓的夜黯中。我心里一惊，许多荒诞的传奇和古怪的传说便纷沓而来……

剪径的强盗。火拼的马贩子。莽汉大碗豪饮的狂号。披头散发女人的淫笑。弱者被杀的惨叫。逃犯。情妇。恶棍。英雄和丑类。恩人和仇人。生与死。爱与恨。残虐的厮杀。凶悍的亲吻。美丽的暴力。野性的温柔。令人发指的愉悦。白骨累累。血污斑斑。孤鬼幽魂。悲悲切切，凄凄惨惨，从四面八方漫溢过来，铺排开来，展示着人类从童年到暮年的天真、善良、狡诈和凶残……

荒原旷世的悲哀深深刺疼了我密如蛛网的大脑神经，我的眼睛变得迷离和迷茫，我的身子也轻轻地浮了起来，仿佛穿越时空，走进生命的远古时代：那凸起的峰峦，凹下的沟壑，耸立的怪石，毛发纷披的树木和混乱不成章法的灌木丛都幻化了——是古代埃及法老的巨墓，还是荒原大神的陵寝？是宇宙巨大的祭坛，还是白垩纪生命起源的纪念塔？是张牙舞爪的腊玛古猿，还是引颈长号的恐龙？是大地之母隆起的丰乳，还是天神之父勃起的雄性生殖器？是创世纪竖下的标志，还是洪荒太古留下的固定资产？我茫然不懂，但我依稀看见：辉煌和屈辱从荒原上轻轻走过，野蛮和邪恶从荒原上蹀蹀躞躞走过，大喜和大悲从荒原上踉踉跄跄走过，献身于繁衍的雌性和献身于创造的雄性从荒原上步履沉重地走过……

荒原用它的躯体孕育了生命的悲壮和豪迈，用它的巨手托起了沉重的历史和人类赖以生存的宇宙空间。

荒原是一个自由自在的神。

荒原是古典宗教和现代哲学的注释。

……

汽车修好后，我们继续行驶。

我们在荒原上奔驰，夜色却前堵后截地追赶我们。

不知何时，远处天际出现一片亮光，是灯光，月光，还是晨曦？只见荒原夜色踟蹰不前了，继而缓缓后退，撤退时仍不失那种恢宏豪迈的气度。

本文发表在《中华散文》，后选入多种选本。

【阅读提示】

读完这篇散文，使我们想起十九世纪欧洲印象派画家的作品。印象派画家强调光和色的融合和变幻，流动的风、摇曳的影、颤动的空气，用极写意的笔触勾勒出画面的主题，隐约可见物象的姿态、形构，影影绰绰、朦朦胧胧、斑斑驳驳，既具有生机勃勃的动感，又用丰富华美的色彩表现精神上的活力。印象派之父莫奈的《日出》《睡莲》就是代表作。郭保林的《穿过荒原之夜》就是一篇“印象派风格”的散文，乘车穿过茫茫荒原之夜，荒原的景物若隐若现，只留下模糊的印象，引起作家无边无际的想象，所见所思，形诸文字，构成一篇富有哲理意识、宇宙意识的美文。荒原是造物主的“手稿”，未经过人类的删改和艺术加工，仍呈现远古的历史和荒原文化的自然意义，给人一种寥廓的想象，多维的审美体验。

杭州的柔和与坚硬

一

湿湿的阳光，湿湿的风，细心地调和着这座城市的情绪，不浮不躁，不叱咤、不纵横，连空气里都弥漫着一种温馨、平和、淡定的元素。山绿得滴翠，水绿得流碧，山的刚强，水的温柔，山的肃穆，水的缱绻，构成一种美的和谐。

一走进杭州我就感到眼花缭乱，幻觉丛生，那水光的潋滟，那山色的空蒙，那春花秋月，那春柳夏荷，是抄袭了唐诗宋词，还是唐诗宋词临摹了它的神韵？一切都那么陌生，又那么熟谙，连钱塘江的大潮都不知源自柳永的词意，还是发自苏东坡的诗韵。

杭州是一个多才多艺的杭州。

杭州是一个多姿多彩的杭州。

鲁迅不喜欢杭州，他说杭州是个阴柔的城市，并规劝郁达夫不要迁居杭州。鲁迅的观点有正确的一面。的确，杭州弥漫着粉黛之气，阴柔之气。“波渺渺，柳依依，孤村芳草远，斜日杏花飞”，一派南国水乡的旖旎风光。那里市列珠玑，户盈罗绮；那里三秋桂子，十里荷香；那里烟雨霏霏，水蜿蜒，山隐约，谁能不陶醉沉溺于天堂圣境里？

“山色空蒙雨亦奇”，这简直是杭州的土特产，是江南独特的景观。下雨了，或春雨潇潇，或秋雨霏霏，山、湖、树木、房屋，都罩进一片烟雨中，若隐若现的雨纱，更增添了杭州的灵气、仙气、女性的娇气，空气里似乎飘荡着千年积淀的爱和美丽。

我再次造访这个南国名城，正是秋天下雨的日子，连绵秋雨迷迷蒙蒙浸润着城市，天潮潮，地湿湿，天上飘着雨丝，地上淌着溪流。雨丝斜斜地飘，斜斜地飞，如帘如幕，如梦如幻般的空灵迷离。到西湖看看，在这烟雨里荡舟泛湖，那简直是一种行为艺术或是一种艺术审美，人在画屏中，舟行幻景里。沿着苏堤、白堤走一走，杨柳堆烟，湖水泛碧，静得不起波皱，雍容平和，宛如处子，山如青黛水如绸。

湖是静水一潭，江是奔腾一川。江河的生命有方向感，有精神向度，有追求的目的；湖则失去了方向感，也缺乏精神追求。她囿于一方，静是静了，却丧失了生命的奔腾之势，生命力之张扬。

西湖是山水的尤物，而桂花又是杭州的芳魂，那浓郁清新的桂花香飘满湖面，弥漫在大街小巷，整个杭州都在诗风词韵中，飞扬着自己的灵感。望着烟雨中的湖水，雨霭朦胧，云雾朦胧，一只只画舫在烟波里款款地游弋而来，船上不时传来女子银铃般的笑声，恍惚间，我看见湖桥上走来一对衣袂飘飘的男女，顶着一把油纸伞，碎步蹣跚，那是许仙和白娘子吗？袅袅的身影，出现在袅袅的柳浪中，隐隐传来他们柔婉的唱腔……那油纸伞下承载着永久的承诺。痴情的湖水不会因爱的真诚热烈而干枯，高高的雷峰塔却因强烈的“爱震”而倒塌。白素贞能否与她日夜思念的郎君终成眷属？而今雷峰塔的重建，是否再次摧残爱的幼芽？烟雨中的山，烟雨中的塔，动人传奇，美丽的爱情故事，依然感动着一代代后人。

二

我漫步在苏堤上，湖水轻轻地叩击着岸石，发出燕喃莺语般的声音。堤上植满杨柳，柳丝亭亭拂拂，依依冉冉，如瀑如帘，如喷泉，堆绿生烟。西湖的春天给人欣慰的温暖，夏天给人一袭清凉，秋天送去一片萧条，但不伤感。走在堤上，我眼前总是幻出一个少女的身影，长裙曳地，发髻高耸，佩环叮当，衣襟窸窣，袅袅走来，那不是苏小小吗？大凡性格阴柔的城市总是绵绵不绝地飞扬着爱的烟花。

苏小小是南朝的名姝佳丽，南国一颗红豆，让千百文人墨客夜不能寐，辗转难眠化为一首首相思的绝唱。她有一首诗，千百年来传诵不衰：

妾乘油壁车，郎骑青骢马。
何处结同心，西陵松柏下。

苏小小风流美慧，国姿天色，倾倒天下男子，十五岁艳名远播，十七岁遇情郎，爱恨离愁未成眷属，十九岁正是豆蔻年华，玉殒香断，只留下芳魂一缕，伴随着青山绿水。苏小小性情柔中有刚，不愿嫁给达官贵人，甘愿流落秦楼楚馆，成为大众情人。

苏小小和阮郁有过一段情缘，西湖的杨柳一抹春色，“春林花多媚，春鸟意多哀。春风复多情，吹我罗裳开。”但是繁华如梦，烟花易散，两个人并未走向婚姻的殿堂。一株临水摇曳的水仙，只能用清香弹奏一曲千古词韵。

唐朝的诗人杜牧、刘禹锡，路过苏小小的墓都诗兴大发，写下动人的诗章。苏小小是人是仙还是妖，都不重要，但留下一个少女追求自由展示个性的形象。她有山水之灵性，天地之造化，是文人雅士的一个梦，是水中月，是雾中花，一个美丽的传说，是美的礼赞。她不愿囿于富贵之家，做一只金丝鸟，囚在金丝笼里，她向往自由，愿放逐在大自然山水之中。她是一个精灵。“人之相知，贵乎知心，岂在才貌？何况我爱西湖水，假如我身入室屋，岂不从此坐井观天！”苏小小以歌妓为生，终日与文人雅士诗酒唱和，看破了红尘，抛弃了世俗，一只自由的金丝雀在青山绿水中飞来飞去，她的歌声使白云停留，使湖中的鱼儿浮上静听。她高洁高傲的人格使才华盖世的男人彩云追月般缠绵在她身边。她死后，芳魂不散，缭绕在杭州山水云气间。

这芳魂竟然穿越数百年，来到大宋朝，司马光的孙子司马才仲曾做梦梦见苏小小。苏小小在他帐前唱一首歌：

家在钱塘江上住。花开花落，不管流年度。燕子又将春色去，纱窗一阵黄梅雨。

斜插犀梳云半吐，檀板轻敲，唱彻黄金缕。望断行云无去处，梦回明月生春浦。

这纯粹是荒诞的故事，是司马才仲写的一首相思词，哪里是苏小小的歌音？你看西湖才女的情愫一直波荡到宋朝文人的梦中，真是人间尤物。

这梦长长的，你无法唤醒梦中人。

杭州的柔婉更多地表现在文人墨客的诗文上。

白居易出任杭州刺使正是唐穆宗元和十五年夏（820年），宪宗驾崩，穆宗登基之际，朝野紊乱，朋党纷争，互相倾轧，穆宗皇帝又不是励精图治的角色，穆宗实际上是宦官拥立的皇帝。他荒淫放荡，沉溺于酒色，不管朝政，朝廷更加昏暗。官僚们互相倾轧，一般朝士各有攀缘，白居易不愿意卷入矛盾的漩涡，主动提出外放，皇上任他为杭州刺史。

白居易在杭州时也的确为民办过一些好事、实事，譬如李泌任郡守时开凿的六井，后因年久失修，皆堵塞失用。白居易为解决百姓饮水问题，加以疏通淘浚。长庆四年（824年）任期期满，被召回长安。白居易生性风流，任期期间偎红依翠，带着歌妓舞女泛舟西湖，五天五夜不归，放荡之极，世所罕见。他游山玩水，参禅、学道、饮酒、征歌逐色，写了大量的艳诗，淫言媟语，再也看不到中青年时期那些关心民瘼、针砭时弊、忧国忧民的讽喻诗了。他变得颓废、消极，只求享乐，他在杭州写过一些脍炙人口的诗，如《钱塘湖春行》：

孤山寺北贾亭西，水面初平云脚低。
几处早莺争暖树，谁家新燕啄春泥。

乱花渐欲迷人眼，浅草才能没马蹄。

最爱湖东行不足，绿杨阴里白沙堤。

那是早春时节，春水新涨，杨柳泛绿，在山色空蒙、水光潋滟中，早莺新燕飞来飞去，莺声呖呖，燕语喃喃，唤醒万物从沉睡中苏醒过来，乱花迷眼，春草萋萋，一片生意盎然。孤山在后湖与外湖之间，峰峦耸立，上有孤山寺，也是游览胜地。

白居易在杭州任职三年，写了大量吟咏杭州山水的诗词，他有一首《忆江南》词，可谓传之千古的绝唱："江南忆，最忆是杭州。山寺月中寻桂子，郡亭枕上看潮头。何日更重游！"

其实白居易诗中写的白沙堤和现在流行的白堤是两回事，在白居易未任杭州刺史前就有白沙堤，人们为纪念白居易将白沙堤改名为"白公堤"，巧在都有个白字，很自然，白堤便流传开来。

杭州给白居易留下难忘的记忆，一山一水，一草一木，为官三年，一朝离去，心中充满无限恋情："处处回头尽堪恋，就中难别是湖边"，"未能抛得杭州去，一半勾留是此湖。"

唐朝杰出的女诗人李冶与杜甫是同时代人，她存诗十八首，刘长卿却称之为"女中诗豪"，李冶诗《明月夜留别》意境开阔，情采飞扬：

离人无语月无声，明月有光人有情。

别后相思人似月，云间水上到层城。

李冶是浙江人，我想这首诗很可能在杭州写的，是写西湖之月的，明朗而朦胧，辽阔亦深远。也许西子湖的三潭印月、平湖秋月，激发了诗人的灵感，诸多情愫涌满心头，不吐不快。月夜清宵，往往是佳人们相会的良辰美景，也是怨妇思君的绝佳之时，当然也是少女怀春之际。天上明月，地上佳丽，春宵一刻，明日将天各一方，能不悲伤，思绪绵绵？人生自古伤离别……

我想，那天夜晚，少女李冶和情人泛舟西子湖。月华如水，凉风习习，水光月色，湖波浩渺，湖天空阔，一种梦幻的美，一种扑朔迷离的美。李冶望明月而生情，写下这首小诗，是很自然的了。

三

得山水之趣味者，白乐天之后便是苏东坡。苏东坡曾两次来杭州任职，一次是杭州通判，即副市长兼法院院长；一次是知州，就是杭州一把手，前后六年。杭州山水赋予了苏东坡不少诗文，他在这里结识了与湖山并秀的王朝云，成为他人生最后的伴侣。朝云，钱塘人。苏东坡是在一次宴会上认识朝云的，朝云时年十二岁。十二岁的小姑娘，天资美丽，聪明伶俐，能歌善舞，又擅琵琶，颇受苏大学士喜欢，便将朝云赎身脱离官籍，收为家中侍女。苏东坡原配夫人王弗早逝，后夫人王闰之是王弗的堂妹，对朝云也颇喜爱。苏东坡便让朝云姓王，随夫人姓。王闰之也天不假年，苏东坡被贬惠州后，便命归西天。朝云自然成为苏东坡的侍妾，苏东坡也爱朝云，写下好几首诗词歌咏朝云："琵琶绝艺，年纪都来十一二。拨弄幺弦，未解将心指下传。"

苏东坡在杭州任知州时，不携名妓即名僧。潇洒放荡，度过他仕途中最动人的岁月。杭州山温水暖，林木葱郁，湖光山色，一片锦绣。苏东坡非常热爱杭州山水之美。这里一石一木，一花一草，常激发他的灵感。他诗潮澎湃，赋诗填词，倾泻对大自然的情愫。他的诗思弥漫在山野江湖之间，泼洒在林木葳蕤花草繁华之中。苏东坡常常放足杭州城外，古刹名寺，古墓碑亭，芳林野水，都是游乐之地。杭州山水之美令他无比惊叹，三年间他几乎游遍了杭州山山水水，名胜古迹。他大发感慨。甚至想到死后愿葬杭州："平生所乐在吴会，老死欲葬杭与苏。"杭州、苏州都是如诗如画的人间天堂。他对西湖的感情更笃，常到湖中"望湖楼"上宴饮。西湖岸柳依依，笼烟堆翠，湖面上波光浩渺，阳光朗照，点金飞银，更是风光醉人。熙宁五年（1072 年）六月二十七日，苏东坡和几个朋友在湖楼相聚，一边饮酒，一边观赏风景。忽然狂风大作，乌云磅礴，大雨如注。南国的天气就是这样，霎儿风，霎儿雨，霎儿晴。瞬间风停雨息，一片残荷零乱。苏东坡诗情大发，一连写了五首诗，描述了西湖夏日雷雨的景象。“黑云翻墨未遮山，白雨跳珠乱入船。卷地风来忽吹散，望湖楼下水如天。”这首诗并非苏东坡诗的代表作，却道出苏东坡对西湖的爱。

苏东坡常带随从，从西湖出发，沿北岸到灵隐寺、天竺顶；或由南岸出发到葛岭，在虎跑泉品赏名泉沏的名茶。西湖和城郊有寺院三百六十多处，他的衣摆和袈裟飘动在一起，他的笑声常回荡在禅房里。他和高僧大师谈经论佛，滔滔不绝，口角生风；有时又出现在乡野酒肆，和樵夫闲话桑麻，他陶醉于山水之乐，沉溺在自然之美感。游累了便在寺院里竹躺椅上呼呼大睡，鼾声如雷，声震屋瓦。小和尚见他背上有七颗痣，排列有序，像北斗七星一样，颇感惊奇。老和尚说，苏东坡是天上星宿下凡，在人间暂时作客。苏东坡在杭州留下多少诗文我未统计，但我知道他离开杭州写过一首诗，给继任者晁端彦介绍游历杭州应该注意的事项，实际上是一篇导游词，很长，我只引录前四句：

西湖天下景，游者无愚贤。
深浅随所得，谁能识其全。
……

下面逐一介绍名胜古迹，游览景点。

虎跑泉位于西湖南隅白鹤峰下，泉水甘洌醇厚，与龙井茶并称西湖“双绝”。苏轼在病中也不忘虎跑泉，有诗云：“道人不惜阶前水，借与匏樽自在尝。”

锦山秀水的杭州给诗人无限的灵感和慰藉，而苏轼又为杭州人民做了许多好事，留下丰厚的政绩，杭州成了苏轼的第二故乡。

杭州由唐宋两大诗人白居易、苏东坡出任刺史和太守而闻名天下。这是杭州的福分，而后者两次杭州任职，更添了杭州的知名度。“上有天堂，下有苏杭”，不仅是指山川秀美，风光妖娆，更令人歆羡的是人文历史的深厚，诗词歌赋的丰赡。潮起潮落，载沉载浮。杭州确实是文人墨客歌舞升平之地，才子佳人流连风月之场，西湖畔有梅妻鹤子的林和靖的孤山，有镇压白娘子的雷峰塔，雷峰塔上看落日夕照也是一大景观。苏堤春晓，平湖秋月，柳浪闻莺，断桥残雪，南屏晚钟，曲院风荷，三潭印月，还有湖畔桂树香樟，风帘翠幕。树上栖一只鸟，载一朵云，或垂下一片蔼蔼清荫，都是诗画的集锦。

这里吴越娇娃，南国佳丽，个个花容月貌，人人妖娆，杨柳舞风一样的柔情绰态，隔花莺啼娇滴滴的话语……怎不使那多情公子、文人雅士流连缠绵。

我从来不相信文人编排的什么八景、十六景，甚至四十八景，这是文人的无聊之作，鲁迅也很反感，是硬凑数。俗话说看景不如听景，听景是经过文人墨客艺术加工的景观，带有主观审美色彩。

杭州的确是一个美丽的城市，山婉约，水明艳，歌台舞榭，亭园曲槛，勾栏教坊，酒肆店铺，应有尽有。南宋时期，杭州达到鼎盛时期。整个杭州成为一个大花园、大都会、大舞台。可谓家家灯火，户户管弦。有位诗人林升写道：“山外青山楼外楼，西湖歌舞几时休？暖风熏得游人醉，直把杭州作汴州。”

风烛残年的南宋王朝在西子湖畔，柳浪丛中歌舞升平，风流慷慨地苟且偷生。壮士的长啸，猛将的高歌疾呼，在社稷危亡、国运衰微中，怎能惊醒满朝朱紫的梦呓？又怎能震撼一颗颗麻木的灵魂？岳武穆的热血、激情，那惊世之作，能乱了西湖舞步？能止断声声弦歌？

杭州是以西湖为主体的城市，漾漾湖水飘逸着灵气和怡人的女人味。南宋迁都，更注入汴京文人墨客的文弱柔腻基因。那风中烟柳，那映日荷花，那清馨月色，那画舫兰舟，都有一种脂粉气、女人味。名媛才女、名姝佳丽，个个兰心慧质，舞低杨柳楼心月，歌尽桃花扇底风。鲁迅奉劝郁达夫不要居留此处，担心郁达夫会沉迷在花柳丛中，醉倒娼楼妓馆，染上西湖的烟水气，写不出气势恢宏、阳刚雄健的诗文。鲁迅的意见，颇具一定道理。这里的风太柔，这里的水太软，千百年来孕育的越人软语呢喃。这里的园林只适合散心，没有谁闻鸡起舞，横戈执戟，抚剑长啸。吟咏西湖的诗人太多了，唐朝的不说，宋朝的柳永、林和靖、王安石、苏东坡、周邦彦等等，连大名鼎鼎的欧阳修晚年也栖居于此，他的《六一词》大都是在杭州作，作品多为男女恋情，儿女私情，甚至床笫之欢的淫诗艳词。“残春一夜狂风雨，断送红飞花落树。人心花意待留春，春色无情容易去”。（《玉楼春》）“别来已隔千山翠，望断危楼斜日坠。关心只为牡丹红，一片春愁来梦里。”这里红残花落，斜日栏杆，春光易逝，春梦闲愁，看似吟咏自然，实则情有所寄。最有代表性的是歌咏西湖风光的《采桑子》十首：“谁知闲凭阑干处，芳草斜晖。水远烟微。一点沧州白鹭飞。”格调清新，语言精美，是写西湖山水的上乘之作。多少诗人钟情西湖，诗词歌赋写遍了杭州的山山水水。不知是这山这水启悟了诗人的灵感，还是诗人赋予了杭州山水的诗性。

北宋时期，由于宋王朝重文轻武的国策，使得整个国家变得温婉低靡，骨骼软弱，毫无阳刚之气，文人墨客，把艳词丽句揉搓得醉人迷人，把笔墨调润得柔和、衰弱、哀婉，常以艺术题材竹、石、梅、兰、水仙、藤萝抒写情怀，诗词创作追求绵丽蕴蓄，缠绵悱恻，婉约、脂粉气很浓。宋朝一开头就是一个亡国之君的悲情抒怀，整个宋王朝都笼罩在一片凄婉的氛围中。文学艺术是时代精神的折射，也是诗人艺术家心灵之光的映照，其审美取向不是朝着粗犷、豪放而是向着文秀、雅致方向发展，温柔细腻、典雅含蓄，以此陶冶人们的性情，哪能是北方游牧民族金戈铁马、雄悍强健的对手？

到了南宋，文人的精神追求更是驱向残缺美、含蓄美，精致化、世俗化，内敛、收缩、雅致、低婉，一派夕阳西下、残山剩水的苍凉。虽有辛弃疾、陆放翁的披肝沥胆、折金裂石之声，却淹没在斜阳正在烟柳断肠处的靡靡之音中了。

四

江南是个内涵丰厚的词，它身后是大片的水光涟滟，是长长的潺潺湲湲，是热热闹闹的杏花，是霏霏潇潇的春雨，是江湖吞大荒，山川多明丽，是泛着青光的小镇石板路，是记忆，是想象，唐诗的幽香，宋词的风情，是苦涩的爱情，是温柔的吴侬软语，是缠绵逶迤的藤萝和桂花的馥香，是香樟树的气息，是菰蒲的摇曳，水藻的袅娜，江南处处铺满米氏的水墨山水……

我在杭州寻寻觅觅，在历史深处打捞没有被风化、软化的残简断章，温柔的杭州仍然有豪气、浩然之气，且不说越王勾践卧薪尝胆、图新励志的故事早已化为这座城市的基因。走进逶迤跌宕、林木葱郁的山中，会摭拾到越王铸剑的故事。樵夫渔夫、山野之人在大山深处升起炭火，炯炯的目光盯着炉中的铁碇化为寒光闪闪复仇的利剑。一股阳刚之气仍蒸腾在山水间。

春秋时著名的铸剑大师欧冶子，他不是杭州人，是湖北佬。欧冶子不仅懂得镶嵌技术，且能用金、银、锡等混合，熔加外镀防止剑生锈。他为越王铸了五柄宝剑：湛卢、巨阙、胜邪、鱼肠、纯钧。剑戟铿锵，使一个倾圮的王朝，拔地而起，置敌人于死地。

北宋王朝的覆灭并没有引起南宋小王朝的历史反思，并没有接受历史的血腥教训，主战派与主和派仍是南宋王朝激荡、撞击的主题。阴柔与阳刚，诗情与战火，豪迈与低婉，仍然是山水自然之美与“还我山河”的对峙和争斗。主和派一味地屈辱求和，向金国纳贡赔款，也就是用金钱买平安。对金朝来使宣读文本，宋高宗赵构必须匍匐在地，以儿臣的姿态来接受诏书。南宋抗金的四大名臣都惨死在巨奸大恶秦桧手下，功高盖世的岳飞，屡遭贬谪的李光，在开封保卫战中屡建战功的李纲，为反对议和绝食而死的赵鼎。

岳飞率领岳家军转战南北，与金军交兵屡战屡胜，敌人闻风丧胆，连金兵元帅兀术发出了“撼山易，撼岳家军难”的感叹。绍兴十一年（1141 年），岳家军大破朱仙镇，收复中原在望，但以宋高宗赵构、奸相秦桧为首的投降派，却连发十二道金牌，将其召回，并解除兵权，同年又以“莫须有”的罪名逮捕入“大理寺狱”。于是出现一出惨不忍睹的悲剧：赵构派大力士进入大牢，佯称让岳飞洗澡，骗至刑房。大力士用铁锤猛击岳飞两肋，肋骨断裂，五内俱裂，岳飞口吐鲜血而死。岳飞刑前已写下：“天日昭昭，天日昭昭”八个大字，卒年三十九岁。二十年后，孝宗即位，为其昭雪，赐谥武穆，宁宗时封为鄂王，理宗时改谥忠武。

岳飞墓在杭州栖霞岭。

有了岳飞墓杭州便增添了一份骨感。

岳飞不仅是武将、元帅，还是一位诗人、书法家，可惜诗词存世不多，且是气壮山河爱国词章。千古流传的名篇《满江红》，可以看到岳飞对敌寇的无比痛恨，对国耻的悲愤，对恢复中原故土的坚定信念。一个忠心耿耿、气贯日月的民族英雄形象卓然而立。后世诗论家大加称赞：“何等气概！何等志向！千载下读之，凛凛然有生气焉。”

襄阳大捷后，百姓欢欣鼓舞，岳飞也想趁此良机，乘胜长驱直入，收复更多失地，这时朝廷却召岳飞班师回朝，岳飞心怀悲愤，当时驻军武昌，岳飞登上黄鹤楼，触景生情，写下《黄鹤楼有感》：

> 遥望中原，荒烟处，许多城郭。想当年，花遮柳护，凤楼龙阁。万岁山前珠翠绕，蓬壶殿里笙歌作。到而今、铁骑满郊畿，风尘恶。　兵安在？膏锋锷。民安在？填沟壑。叹江山如故，千村寥落。何日请缨提锐旅，一鞭直渡清河洛。却归来、再续汉阳游，骑黄鹤。

岳飞站在黄鹤楼上，凭栏遥望，故国山河一片破碎，中原满目荒芜，激愤之情油然升起，恨不得挥师北上，歼灭胡虏，收复中原，统一大江南北。

其实在杭州南宋小朝廷，像岳飞这样耿耿精忠的人物很多，诗人胡铨便是抗战派的一面旗帜。胡铨是个刚直果敢的人，坚持抗战主张，每次见到皇上必谈恢复中原之大事。有人劝他和大多数人保持一致，那意思是朝廷大多数是主和，你何必主战？胡铨激昂慷慨，“只有断头将军，无降将军！”

胡铨曾指名道姓地揭发投降集团的首要分子秦桧、王伦、孙近三人的滔天罪行，并毅然表示“义与秦桧等不共戴天。区区之心愿斩三人头，竿之藁街”，并主张“羁留虏使，责以无礼，徐兴问罪之师”，否则，“臣有赴东海而死尔，宁能处小朝廷求活邪！”胡铨疾恶如仇的高风亮节，大义凛然的骨气，惊星撼月，感天动地，那种置生死于度外的忘我境界，真如同征战沙场、马革裹尸的将军，至今读来仍令人肃然起敬！

胡铨还写了大量诗词，表达抗金、誓扫胡尘的豪情壮志。胡铨得罪于秦桧卖国集团，被贬被谪。胡铨被贬途中，来到长江岸边，押送他的兵丁突然抽出利剑，想一剑结果他的性命。胡铨大义凛然、视死如归的英雄气慨反而震慑了兵丁的歹念，使之不敢轻举妄动。

那时活跃在杭州的文人墨客，也以诗词做武器，投入反求和、主抗战的斗争中。张孝祥、张元幹等人对高宗赵构信奸佞、杀岳飞、订和议极度不满，发出："天意从来高难问，况人情易老悲难诉"的感叹。1141 年张孝祥得悉高宗赵构杀害岳飞，并签订《绍兴和议》，悲愤之极写下著名词章《六州歌头》："闻道中原遗老，常南望，羽葆霓旌。使行人至此，忠愤气填膺，有泪如倾。"张孝祥虽没有仰天长啸，却发出"幽咽之声"，也是很沉痛的。一次次收复失地、重振宋王朝的大好时机都葬送在投降派手中，能不激起抗金将士、爱国诗人的悲愤和怨怒？爱国志士请缨无路，报国无门，中原父老"南望"王师之急切心情，怎能不使诗人们"忠愤气填膺"！

谁言杭州山暖水温，一派阴柔绵软？杭州的刚烈，杭州的悲壮，杭州的复仇烈焰曾燃烧每寸江河，每片山林。杭州曾停泊过一个屈辱的小王朝，但杭州没有媚骨，却有披肝沥胆的情怀；杭州曾弥漫过低靡、幽婉、醉生梦死的雾霭，但也有烈日当空、凌云之气、"雪洗虏尘静，风约楚云留"、湖海生豪气的氛围；也有过"剪烛看吴钩""醉里挑灯看剑"的悲肃，以及怨深仇重的沉郁情绪。

这是支撑城市的钢铁骨架。

五

我漫步在西湖三台山麓，这里风景秀丽，林木蓊郁，满山流光溢彩，那浓绿的叶子，厚墩墩的，密密的。阳光的脚步比猫步还轻，跌进树丛里被摔得粉碎，满地是一片大大小小的菱形、圆形、方形、多边形的光斑，泄露了上天的秘密。

山径蜿蜒，游人很少，风吹来林涛澎湃作江河之声，这是大山深处孤独的歌唱。这里安葬着明朝一位政治家、军事家于谦的灵魂。祠堂那尊高大的塑像，伟岸、肃穆，目光深邃，正气凛然，使人望一眼竟感到自己形秽藐小。

于谦是钱塘人，生于斯，长于斯，终老于斯。他的一生大起大落，使明王朝的历史充满悲剧性。于谦少年壮志，青年仕进，勤政廉洁，保卫京师，秉垂青史的高风亮节和悲壮人生不是给杭州抹上一道血性的色彩吗？

走进于谦祠，石碑牌坊有一副楹联，上书："血不曾冷，风孰与高。"另一副楹联更说明杭州既有花明草绿的阴柔，更有惊涛裂岸的阳刚："赖有岳于两少保，人间始觉西湖重"。岳飞三十九岁的人生官至少保、枢密副使。无独有偶，于谦亦官至太子少保兼兵部尚书，二位少保皆以功高盖天，而又含冤被害，且归葬于山明水秀的西子湖畔。谁说西子湖只漾起鱼鳞般细纹？谁说湖畔杨柳只会随风依依？"湖海平生豪气"，依然荡漾这山水间，关塞如今风景依然展示世人面前。这里也曾有"骇浪与天浮"的壮烈。

"千锤万凿出深山，烈火焚烧若等闲。粉身碎骨浑不怕，要留清白在人间！"这是何等高洁的情操，何等光明磊落的人格！

西子湖畔有了岳王墓、于谦祠，那些莺歌燕舞，烟花的浪漫，只是疏烟薄雾的缭绕，而发自大地丹田，源于湖山肺腑的依然是浩然之气！

在"土木之变"时，满朝朱紫惶惶如热锅上的蚂蚁，连皇戚贵胄哪个不失魂落魄，要举室南迁？于谦一柱撑天，挽狂澜于激流，组织京城兵民，指挥大军抗击瓦剌匪兵的进军，在血与火中保卫了京城，并沉着大度地安排朝事，推出新皇，这是定海之针，天下以免大乱。

但于谦并非善终，当瓦剌释放英宗回到京师，英宗不仅不感激于谦的大勇大烈，守住了朱家江山，反而以谋逆之罪，将于谦杀害，这简直是惊天奇冤！

于谦祠多次毁于战火、地震，杭州人不会忘记于谦，毁了修，修了毁，毁了再修，这是西湖之魂，是城市之魂！

"江山自雄丽，风露与高寒"。"幽壑鱼龙悲啸……海气夜漫漫。"张孝祥写在抗金前线镇江的词《水调歌头》，其词意移用到杭州亦很恰切。

阴柔与阳刚，轻薄与浑厚，清风与海气，婉约与豪放，浑然一体铸成杭州多元性格。

大宋朝从亡国之君李煜的悲戚低吟开始，到无名氏的咏雨词，实际上也是一首衰词，“破我一床蝴蝶梦，输他双枕鸳鸯睡”为止，结束了一个王朝的辉煌与荏弱，光荣与屈辱。梦醒后，已是山河破碎，“一川风月谁为主”了。

六

杭州左江右湖，又面临东海，不仅有西湖之柔美，还有钱塘江之壮美，东海大潮惊涛拍岸苍莽之美。

钱塘江在这里流向大海，这是南国的一条著名的江河，上游是郁达夫赞美的富春江，富春江的上游是新安江。新安江发源于皖南的群山万岭中，一路穿山越岭，奔腾而至杭州。

杭州处处流翠泻绿，草木葱茏繁茂，叶片肥厚，色相饱满。远山近岭湿雾氤氲，气象翻腾，形势浩荡。

杭州人很懂得生活，也会生活，家家窗台上摆着造型千姿百态的花盆，花盆里是南国常见的花卉，那花有的温柔雅致，像一首首小令，但大多数花开得恣肆放荡，花瓣挺翘，呈现一种傲气，一团团，一簇簇，红黄紫白，满枝颤巍巍，水珠盈盈。

杭州最令人壮观的莫过钱塘潮。苏东坡有诗云：“八月十八潮，天下壮观无”。这算不上诗，是句大实话，缺乏诗意和想象力，若不是出自苏东坡的口，怎能流传至今？

钱塘潮一扫杭州锦山秀水的阴柔婉约之气、粉黛之气，使天地间充满至刚至烈至强至大的雄气、豪气、苍莽之气。

那是怎样的一幅景象啊！

海苏醒过来，它要翻身了。远处在海天连接的地方，隐隐约约看到一道黑线缓缓移动着。这时太阳已沉沉西斜，残照里，那黑线似乎变成了一条横亘天地的巨龙，御风破浪，滚滚而来，哪里是移动？是奔驰！夹雷裹电，轰鸣着、吼叫着、呐喊着，天地间灌满大海沉郁的啸声。近了，近了，那海浪直立起来，雄气浩荡，一堵奔驰的水墙，一道巨浪筑起的万里长城向岸边奔来，大地撼动，群山战栗。潮水传来壮阔、令人惊恐的海天共鸣。越来越近，越来越响，潮水终于撞到海坝，越过高高的海坝，瀑布般的海水倾泼下来了！暮色降临了，那潮水更是疯狂，更加宏肆，潮水拍打着堤坝，那摧枯拉朽、惊星撼月之雄势，那吞蚀一切、消灭一切之狂妄，人在它面前，显得多么渺小，多么卑微啊！

面临大海，耳闻目睹这壮观的海潮，这响彻寰宇的澎湃之声，回望灯火万家的南国之城，谁言杭州柔弱无骨？谁说杭州只是满城粉黛，一湖莺声燕语？谁说这个城市只有烟花万点？杭州的浩气、杭州的刚烈、杭州的雄健之风，依然弥漫在天地间！

大海呼啸着、奔腾着，带着凌厉强悍的北方气息又钙化了南国名城。

此文选入中国作家协会主编 2016 年《中国随笔精选》。

【阅读提示】

这是一篇出色的文化散文，许多评论家评郭保林的文化散文是“诗人作家的文化大散文”，他的语言充满激情和诗意，他描写历史人物，再现历史场境，叙述历史带着诗人的眼睛，发掘历史上的真善美，以及崇高的人文精神、高尚的人格情操，给读者圣洁的审美意识。

本文以生动细腻、富有诗意的笔触赞美了杭州的温婉、柔顺的城市风格，通过风物描写历史文化，自然风光的描写，让你感到城市的美丽，但作者笔锋一转，又通过历史人物、历史事件的描写，道出这座江南文化名城的刚烈、倔犟、不畏强敌、正直、耿介的一面，这不仅是城市的风格，更是人的高贵品格。

通篇文采绚丽，诗情盎然，是难得的文化美文。

在秦汉长城之巅，历史对我如是说……

正是苍黄万里，落木萧萧；正是夕阳澹澹，暝晖漫漫；正是秋风絮絮，胡雁横空。我来到乌兰察布草原深处，来到狼山脚步下，寻觅秦汉长城的遗迹，打捞历史的残章。

不见烽火狼烟突起，牛角号声呜咽；不见“欲饮琵琶马上催”的仓皇急迫，不见鸣金伐鼓旌旄蔽空的豪迈壮烈——这里是一派浩大宏阔的宁静，一片雄浑苍茫的沉寂。彤彤暮云，灿灿落霞，峭拔攒蹙的崖壁，峥嵘嵯峨的山峰，如溶红的戟，饮血的剑，展示着一场鏖战厮杀后的肃穆；大原荒荒，六合茫茫，偶有一曲牧歌从草梢上滑落，也如一粒雨珠坠入沙漠，无声无息地湮灭。

寂寞古战场。

我曾去过八达岭、山海关，观瞻过古长城的恢宏雄姿，那是明洪武皇帝派大将徐达在秦汉长城倾圮的根基上重新整饬修建的，其宏伟壮观，堪称世界之最。我曾感叹，那是人类的标志，也许只有这长城才配得上五千年文明古国的称谓；也许五千年文明古国必须有这长城，犹如古埃及必须有金字塔，这是一部凝固的历史。

当年，秦始皇帝“奋六世之余烈，振长策而御宇内，吞二周而亡诸侯，履至尊而制六合，执敲扑而鞭笞天下，威震四海”，修长城，划疆界，奠定我中华民族统一根基，是非功过早有定论。而今，在这狼山深处，层峦叠嶂之中，秦汉长城犹留一痕，如巨龙蜿蜒腾动，那石砌的城垣，虽不及八达岭之雄伟，风剥雨蚀，石棱坑坑洼洼，布满老年斑，但气韵依然磅礴，风骨依然凛凛。

我攀援而上，手触石墙，虽无城门的巍峨，关楼的雄峙，却也壮我游兴，添我豪情，登上长城之巅，纵目驰骋，胡天穹庐之下，有这雄伟嵯峨的古长城，更衬托出时空的苍凉，岁月的悠远。我摭石击墙，不是预测未来，而是叩问历史：那刁楼呢？烽火台呢？戍边将士雄风犹何在？“醉和金甲舞，雷鼓动山川”的壮烈犹何在？斜阳深处蔓草生烟的古战场犹何在？那战云密布、觱篥胡笳震天，战马萧萧，杀伐拼搏，剑戟相击，那月夜羌笛与更鼓互动，浊酒万里的无边乡愁，醉卧沙场的悲怆，又在哪里？

荒原漫漫，西风浩浩，天地萧萧。凄凉中含有悲壮，宏阔中注满孤寂。我想唱一曲《折杨柳》，呼唤苍茫的历史，我想奏一支《关山月》，倾诉边塞的哀戚，却没有胡笳凄婉的和声，没有铁马冰河的旧梦，没有守关灯火点点……只是残阳依旧。但见荒原深处斜径上走来一位骑人，倒使人领略了马致远小令的意境。

历史已踉踉跄跄而去，岁月已蹀蹀躞躞走过。时间压着时间，重重叠叠覆盖了昨天，留给我的只是一片广阔的空白，而落晖在这空白上涂抹着更加悲怆的色彩！

我沿着古长城缓缓而行，古石垒垒，沉重苍老。我想，每块巨石之下，准压着一颗灵魂，天风罡罡，草木呜咽，该是古灵魂的哭泣和叹息吧？一排胡雁横空南飞，雁唳声滴落下来，溅起一片辽阔的沉寂。

前方是一座烽火台，它已历经了两千多个春秋，已失去当年凛凛之威风，倾圮在斜阳蔓草丛中，瑟瑟战栗在秋寒里。传说，古代守边将士把鸡粪、狗粪和狼粪与柴草混合点燃，烟径又大又直，遇风而不散，故名烽火狼烟。

“秋到边城角声震，烽火照高台”。只有站在古长城烽火台上，才感到雄浑、苍凉、博大、沉雄这些字眼的凝重和深邃，边塞的遥远和悲壮，才感到岁月的斑驳和苍茫，胸中也自然会荡起思古之幽情。

凭高酹酒。我囊中无酒，却有香烟数支。我点燃一支，悠然吸着，烟氲袅袅处，依稀看到一位老人从苍茫的云端冉冉走来，霜发拂拂，银须飘飘，面颊如丹，双目如炬，拄一拐杖，上雕龙头麟角。

“孩子，你来寻找什么？”老人道。

“老人家，我来寻找历史。”我答道。

老人呵呵笑了，花白的长须一颤一抖：“历史嘛，是个怪物，比大海浩瀚，比高山巍峨，比宇宙宏阔，每天每个时刻都是历史，它无处不在无处不有，它在你面前，又难以寻觅！”

老人的话使我莫名其妙，我疑惑不解，便问：“你看，这长城不是历史吗？”

“哈哈哈，”老人摇摇头，放声笑了，“不，这长城是人类的一种文化，埃及的金字塔，希腊的古庙，玛雅文化巨大的石碑，澳洲土著的岩画，中国原始彩陶上的龙凤鱼龟，商朝青铜器上的饕餮，非洲的面具，中世纪的教堂，耶稣，佛，菩萨的造像，都是你们人类小小聪明才智的结晶，是一种艺术。”说着，老人用手指了指，“孩子，你看那关、楼、堞、台，不像西洋五线谱上跳跃的小蝌蚪吗？不信，你用手指弹弹，这长城会奏响一支古曲呢！”老人说着又笑起来。

“老人家，你的话我更不懂，当初，秦皇汉武，唐宗宋祖为何调动千军万马，不惜财富和人力，搞这种艺术？”

“傻孩子，你们人类既是聪明的圣灵，又是愚蠢的恶魔，包括你们的始祖，从亚当夏娃到伏羲女娲，从春秋战国到荷马时代，从成吉思汗到拿破仑，从华盛顿到尼古拉二世，以至今天的两伊战争，历代帝王君主，为了开拓疆域，掠夺财富，进行了数以万计大大小小残酷野蛮的战争——当然，有正义的、非正义的。正义的战争使社会聪明、强大、进步、繁荣，使世界发展它的雄奇，山川焕发它的才能，人类得到自身的完善，你看，这长城内外，广漠大原，既沉淀了千秋万代的精英，也淹没了许许多多扭转乾坤的风流人物……”

我听罢，不觉感慨：“老人家，历史真是无情啊，该留下的留下，该淘汰的淘汰，天地浮浮沉沉，春秋来来往往，想当初，不可一世的秦皇汉武今日安在哉？不是化为土冢一丘，荒草漫烟吗？他们能想到今日边塞是另一番明媚风光吗？”

“这就对了，孩子，我一生经的沧桑，那些血流成河的战争，那些呼啸呐喊排山倒海的挺进，那些催人泪下的人间悲剧，那些愚蠢纵横捭阖的丑恶表演，都不过一缕云烟，在这浩浩宇宙间化为一声轻轻的叹息……”

“老人家，你的话有道理，可是人类奋搏、挣扎、厮杀还有何价值？”

“价值还是有的，”老人沉吟道，“人类的发展，就是从愚昧走向聪慧，从野蛮走向文明，从残缺走向完善，从丑恶走向圣贤。你看见了吗？繁华正是从荒凉中诞生，青春正是从腐朽中滋长，高楼大厦是从沼泽荆棘上耸起，辉煌从废墟中分娩……这些伟大的诞生和伟大的分娩，历经了怎样严峻的苦难，高山在硝烟中抽搐，原野在战火中战栗，江河在厮杀中呜咽。旌甲披霜，落日大旗，马鸣萧萧，悲笳互动，为了现代文明的分娩，你们人类流了多少血啊，滔滔涌涌，这是一条血河啊，从古流到今……”

我痛苦地沉思着，我的心灵像经历了一场强烈的地震，我深深吸了一口烟，我想继续和老人交谈，却见老人从烟雾中蹒跚而去，我大声喊道：

“老人家，你尊姓大名？”

烟氲中隐隐传来：“历史……”

我如梦如醒，恍然顿悟，想不到在这秦汉长城之巅，和历史老人做了一次谈话。

历史远去了。留下的是一派苍凉悲壮的景观：落木萧萧，晚风悚悚，乱草瑟瑟，纵目远山近岭，莽苍雄险的狼山山脉，承载着一条腾飞跃动的巨龙，那气魄，那雄韵，横亘苍穹，与天神相通，与星河相息，浩浩然，煌煌然。虽然，“不教胡马度阴山”已成历史的笑柄，但它毕竟是一种文化，是东方巨人的象征。凭高御风，谁能不遄思邈邈，激情跌宕，而油然升起一种民族的骄傲、尊严和自豪感受，继而产生一种创立伟业的宏图大志呢？

此文选入《阅读大中国》等多种优秀散文选集。

【阅读提示】

写长城往往不能回避长城历史，因为登临长城本身就是用心灵去触摸历史。这篇散文没有再一遍一遍地重复史书上确凿的事实，而是大胆地展开想象，为我们呈现了一场与历史老人之间的对话。与历史的对话也是和自己心灵的对话。当作者站在无比宏阔的历史视野中观照长城，斗转星移、沧海桑田，所有的血雨腥风都变得那么微不足道，因而也不再面目可憎。无论你怎样评价长城的是非功过，长城和它所代表的历史都孕育了一种坚忍、顽强的民族精神。和其他一切历史遗存一样，长城已经不容置疑地成为现代文明诞生和发展的前提和基础。

天堂之水天上来

粗大而肃穆的线条，若隐若现在海水般的青蓝之中，冰川雪峰道道白光凌空腾起，和辐射而来的阳光迅速交配，很快分娩出一种惊心动魄的透明物来……那是雪山之父的精液吗？点点滴滴的，窸坎镗鞳之声，在涅槃般巨大的静寂中显得厚实深沉。这是在为大地撰写的历史，还是为人类谱写的力量之歌？那滴滴点点汇成流苏般的小溪，向荒旷的大地寻找他生命的乐园。干涸的大地上腾起股股沙烟，宛若飘浮的世纪的衣袂。

这景象使我惊呆了，我的大脑一片空白，记忆消逝了，时间凝固了，甚至连我身边的季节也僵枯了。空旷的四野只有风不时发出几声战栗的凄惨的啸叫，像被什么野物咬了一口。好半天，我的大脑才开始启动思维的齿轮，缓缓地转动。我冷静地打量着，睁大眼睛扫描着眼前这阔大的冷漠的雕构：刀法粗犷，棱角尖锐，雄健苍劲，山顶上凝固着白云，白云上面是冷漠的蓝天，高渺深远。从眼缝到我连成一体的那线雪峰，我听到白色的透明的液体在大放厥词：“我是欲望之神，今晚谁敢为它划定疆界！我是哲人心里的暴力，今晚谁敢为它圈定范围！”尽管它出言不逊，但一条河流还处在子宫发育期，它还没有资格嚣张。它的生命是孱弱的，它的梦还是缥缈的。

一条条小溪像放大的精子，蠕动着，寻找大地的子宫。

蓝天、白云、冰川、雪峰、草甸、荒原，还有古老的太阳，苍茫的风，一切都显得肃穆、庄重、坚实，而又透出点虚幻。

这就是大江之源吗？这就是诞生我们民族第一条大河的各拉丹冬雪峰吗？哦，巍巍然，一尊天神；峨峨然，一座倚天长剑。这种大气象大境界，必然会有大手笔大造就。我站在雪峰冰川脚下，只觉得晕眩、心悸、惶恐，又有点木木然。西部的盛夏，原始的太阳，很古典，但依然充满激情，阳光辐射在冰山雪峰上，闪烁着冷漠和孤寂；风用很陈旧的方式摇撼着荒原，荒原沉默不语。我站在高原的阳光和风里，心里涌动着一种生命的苍茫感和精神的孤独感。我突然感到人类是何等卑微，改天换地，让高山低头，让河水让路，人类发出此等狂嚣是多么荒谬，面对渺渺大天，茫茫大地，人，你只能感到敬畏！

万籁俱寂。

天地间是一种涅槃般的静寂。

听到了吗？那万古荒凉的静寂里，有簌簌的声响，微弱缥缈，像疲惫的贝多芬有意无意间抛下的一只只透明的音符，像黑格尔一粒粒“精神的种子”，晶莹剔亮，那是阳光之父和雪山之母交媾分娩出来的……那是千万年的梦幻，千万年的憧憬，千万年的积累和创造啊！

冰川、冰塔、冰窟、冰舌、冰柱、冰碛、冰笋，千姿万态，娉娉然，婷婷然，巍巍然，如剑如戟，它吮吸天地之灵气，日月之精华，博大宏丽中渗透出一种凛然之寒气。

这里是一片原始的鸿蒙，一片野性而又冷酷的土地，是一片雄悍而又孤寂的土地。偶有稀稀落落的牦牛草、羊草，星星点点，斑斑驳驳，点缀着万古荒凉。廖廓。旷博。敻远。高古。还有令人觳觫的肃穆。巨大的静，气势磅礴的静，富有质感的静，笼罩在天地间。这静给人一种悲壮感、恐惧感。仿佛走进时间的童年、历史的开端，你根本想像不到，一条驰骋万里、雄涛澎湃的大江巨川的根竟然扎得这么深远，这么高危。

在这寂天寞地里，你会体验到什么叫时间。时间是一部幽深博奥的哲学。时间有声有色，有角有棱，有质量，有重量。时间，你看不见，摸不着，但时间就在你身边，你必相信时间，依偎时间，时间有着巨大无比的创造力，时间能造就一切，毁灭一切，又包容一切。谁都无法逃脱时间的爱抚和追捕。

走进这赤裸裸的大自然，夕阳中，我站在一座高埠上，驰骋视线，环视这冰山、雪峰、流水、荒原：天之遥，地之远，山之高，水之长，我一下子流出泪来……

苍山如海，残阳如血，这大风景、大地貌、大空间是我精神之旅的一种超越，且被各种窘迫所困惑，被各种庸俗所缠绕，我能走进这风光博大宏丽之境，我觉得我的灵智像“开光”一样——不见佛光，是天光、云光，是大自然之光。这里的“奶酪”还未被人挪动。一切都处在原生态、原始态。凡是人类涉足的地方，大自然都会讨厌的。人类的聪明和强大既是大自然的悲剧，更是人类自身的悲剧。

在这里云自飞翔水自流，花自开落草自荣，没有遭到人类的染指，大自然显得很纯净、很天真。小草是天真的，小花是天真的，草叶花瓣儿上的水珠是天真的，鸟儿的鸣叫，水的流韵，天真得没掺进一丝杂音，连流淌的时间也是天真的。

天真是童年的代名词。

来到这里，你仿佛感到时间正处在童年。

童年，总是快乐的、天真无邪的，童年最富有天性，没有被陈规陋习制约，没有被名缰利索束缚，没有被世俗红尘所污染，没有被灯红酒绿所诱惑……童年是生命的最纯净、最灿烂、最富有生机，是花的季节，是诗的年华。

各拉丹冬，藏语，意为尖尖的山。

各拉丹冬的西南侧是大型冰川，冰川的冰舌由阳光和风雕塑成壮观的冰塔林。晶莹、空明、清丽……那细细的冰牙，倒挂的冰棱，壁立的冰墙，蘑菇状的冰崮，幽深的冰窟，鬼斧神工，是一个冰雕玉琢的世界。那是西王母苍苍白发凝结的冰封？是伏羲的白髯飘逸而凝固的冰川？千丝万缕的寒光和太阳金线交织成灵光弥漫的冰川。

有生于无。此时你真正体悟到这种大哲学的真谛。原来，这条莽莽苍苍的大江巨川竟然在这里发育、生长出来的。这一切都没有规则，那晶莹的水珠犹如夜露镀亮的黎明，像玫瑰花映红的爱情，圣洁，华贵，幽美，令人心旌摇曳。在这天地间巨大的宁静里，呈现出一种生命的萌动，撞击命运之门的声响，从空宇浩渺中传来……是一曲气势磅礴、雄浑宏大的乐章的前奏。

上天赐予的最初的一粒粒水珠，是按照神祇的旨意，汇聚在一起的，抛掉自身的渺小、卑琐、单薄和孱弱。当它们的躯体赋予了一种精神，赋予了一种信念，它们的灵魂开始升腾了，它们的血液开始了喧哗和骚动，它们自由地碰撞、融洽，你拥我抱，你牵我扯，于是它们形成一个集体，或者是一个小小的部落，于是荒原上出现一条条银蛇般的小溪，自由自在，无拘无束……

我静静地倾听着生命临盆的那种美妙的乐章，白色的精灵是从冰山母体上脱落，蓝色的梦在荒芜的土地上撒欢歌唱……

金灿灿的阳光把一切都变成发光体，肉眼不敢看。那锋利的光芒犹如钢针，会把眼睛扎瞎，会把皮肤刺伤。在这里阳光不是虚无，是物质的、有形的。这里一切与生存有关的事体，甚至养育人类的大自然也变得邈远、空幻。

天地无言，冰川不语。只有浮动的梦，一枚透明的初恋，羞涩而又异样的执著，异样的坚韧……

那是个充血的白昼，阳光狂欢的夏日，太阳雄健而狂妄，气势磅礴而又大度豁然。阳光下的草甸是一片偌大的沼泽，斑驳的水洼，构成了一幅畸形的图案，闪闪烁烁，光怪陆离。是一种怪异的和谐，冷漠的明媚。那水洼像写满了明亮的颂辞、晶莹的祝福，随着欲望的膨胀、灵魂的躁动，水面产生了眩晕的舞蹈。于是大地的沉默破裂了，它们用透明的触须探寻新的世界，蹒跚地寻找生命的通道。

于是最初的水滴，终于成了领队，率领着它用天文数字排列的兄弟姐妹形成一条条河流，一条条阳光下野性的自由自在的河流，孤独的跫音渐渐远行，清澈的浪花自言自语，向冰川雪峰举行最庄严的告别仪式……

这些野性的河流，严格地说是溪流，它们还未形成真正意义上的河流，但它们本能地知道团结的力量，集体的功能，下意识地汇聚在一起，形成最初的河流。

这就是沱沱河，这就是长江伟大而平凡的童年。

本文选入《中国散文年选》，高中生文学阅读能力考查试题，多省市选为高考模拟试卷。

【阅读提示】

这篇散文节选自郭保林的一部长篇散文，在这部作品中，作者站在穿越时空的宏大背景上，以汉大赋的结构，散文诗式的抒情笔调，交错描绘“自然”与“人文”两条长江，向读者展现了苍茫雄浑的大江巨川以及辉煌璀璨的华夏文明。在作者的笔下，苍茫雄浑的大江巨川浩浩荡荡奔涌而来，变幻着日月，交错着时空，叱咤着风云，呈现给我们的是旖旎的景观、多彩的风情、丰赡的故事，让我们领略的是天地之大美，日月之轮回，人文之沧桑。《天堂之水天上来》是写长江源的自然风光，长江由各拉丹冬雪峰冰川融化的一滴滴而汇成流苏般的溪流，在荒旷的大地上，寻找生命的乐园。

作者笔墨纵横，大气磅礴，激情滔滔，以诗意的笔触，灿烂的文采，描绘出大江之源雄伟气势和壮丽景观。这长江大梦的起点。

根之魂

我读过东山魁夷的名画《根》。那是怎样一幅震慑灵魂的画卷啊！整个画面是一棵庞大无比的树根，没有躯干枝叶，是裸露的根，虬虬蟠蟠，纵横交错，你撕我咬，纠缠错节，苍老雄健，坚韧倔强，辐射出强大的生命力、磅礴的创造力和所向披靡的进取力！想象得出，它深扎泥土和岩石之荒陬，虹吸天地之灵气，支撑着一棵傲岸怆然的生命！凭着这庞大的根，这苍苍古树什么狂风暴雨，酷霜飞雪，烈日严寒不能抵御？这是力量之本，这是生命之母，这是万物繁衍之血脉！

走进苍苍莽莽的黄土高原，走进蓊蓊郁郁的松柏林中，走进中华民族“人文之初”的黄帝陵，我想起了那幅名画《根》。

桥山位于渭水之北，是陕北黄陵县一座黄土山丘，这里埋葬着中华民族的始祖轩辕黄帝，使这片高原厚土更添其雄厚、壮伟和磅礴之气度！

地方志记载：“上古，黄帝崩，葬桥山。”传说黄帝农历二月初二在沮水河畔的沮源关降龙峡出生，所以民间便有“二月二龙抬头”之说。他所居桥山，定名“桥国”。他驾崩时乘坐天帝派来接迎的巨龙升天，民众挥泪相送，但怎么也挽留不住，只撕拽下一片衣襟，葬埋在桥山，这便是“天下第一陵”的黄帝陵。

七月，陕北高原的阳光并不是想象中的炎热，从蒙古高原吹来的风带来大草原的清爽和潮润，给人以惬意之感。这些年退耕还林，退草还牧，黄土高原已不是昔日的荒塬秃岭，漫山遍野是苍苍莽莽的森林，郁郁苍苍，炫耀着高原厚土的盎盎激情，勃勃生机。

看黄帝陵最好先拜谒轩辕庙。轩辕庙经过整修，更显得庄严肃穆，远远望去，一座翘檐飞瓴青砖碧瓦的古典建筑，气势恢宏，巍峨于一丘土山上。石砌的台阶，一层层铺上去，像天梯似的，登上最后一层台阶，只见巨大的黑漆殿门横镶蓝地金字的扁额，笔迹端庄古拙："人文初祖"，赫然耀目。没有导游介绍，我已猜想，那是清朝某年间撰写的匾额。清代建筑，皇宫的匾额都喜欢用蓝色衬地，金粉抒写，那是一种象征，一种信仰。

轩辕氏是黄河远古时期一个部落的首领，也就是被称为"人文初祖"的首领。大殿内除了一些碑刻，正中壁前便是一尊泥塑。头戴"朝天冠"，身着宽袍的坐像，那就是黄帝了——其实细看，黄帝像极其平凡，不像一些庙宇的神祇的形象，倒像陕北高原的庄稼老头，朴实、慈祥、憨厚、亲切。

我在黄帝像前的香炉里，敬献了一束檀香，跪在垫子上，恭恭敬敬地叩了三个头。这位中华民族的始祖，统一了黄河流域华中平原上万个部落，开疆扩土，奠定我中华民族的根基，功高于山，德深于海，成了万代敬仰的宗族祖先，神的偶像。他的身后便是一部浩浩荡荡的二十五史。

走进大殿的后院，令人震惊的是"黄帝手植柏"，那简直是世上罕见的巨柏，柏树之王！粗大的躯干瘤节累累，树皮斑斑驳驳，经历五千多年的风霜雨雪，依然苍郁蓊然，雄莽葳蕤，庞大的树冠，遮天蔽日。它本身就是一部生长着的历史，或者说是中华文明史的另一个版本。据当地百姓讲：这柏树"七搂八扎半，二十四疙瘩不上算"，那意思说七八个人都搂抱不过来。看到它，会想到中华民族崛起于世界民族之林，是立于世界发展史的一座丰碑，气势雄强，冠压芳林。

这是一棵神树，是中华民族之魂。

轩辕庙大殿前面的院子里，竖着历代皇上祭祀黄陵的勒石碑碣。每当国家发生战争，或者取得历史性的巨大胜利，抑或是新皇登基，总忘不了到老祖宗陵前祭祀，祈愿祖宗保佑。辛亥革命胜利后，临时大总统孙中山亲自撰写祭陵词："中华开国五千年，神州轩辕自古传。创造指南车，平定蚩尤乱。世界文明，唯有我先。"香港、澳门回归，也曾勒石纪念，向老祖宗汇报这悲喜交加百年夙愿的实现。

黄帝究竟是人还是神？后人并不追究。在始祖黄帝时代，中华民族文明的曙光已透露出一缕苍茫的白曦，正是茫茫九派的神州大地，部落漫布，荆天棘地，天地浑蒙，狩猎、食草根、穿草衣、裹兽皮的上古时代。各个部落间战事频繁，你争我夺，打打杀杀，喧闹不已。发祥于黄土高原的轩辕氏部落在上古时期是较大的部落，酋长是轩辕氏，据说他有四个妻子，都在上古文明中做出巨大贡献。第一个妻子发明了养蚕；第二个妻子发明了骨针、筷子；第三个妻子发明了镜子；第四位妻子发明了梳子等生活用品。他的臣属个个都是天才，都是很有作为的发明家。传说，祝融发明了火，钻木取火他是首创者，从此结束了茹毛饮血的历史；伯益教人掘井汲水；宁封子塑陶器，于是出现了系列产品：碗、鼎、罐、盆……后来才有秦砖汉瓦。这是一场泥土的革命、泥土的升华；风神发明了指南车，人们在这颗小小星球明晓了东西南北，苍茫的大脑里出现了初识世界方位的概念；共鼓与狄货造舟船，江河巨川不再是人类难以逾越的障碍；胡巢和于则发明了制鞋帽，原始的手工业的萌芽开始钻出僵硬板涩的泥土，展叶吐绿了；聪慧的仓颉开始用结满厚茧的手在兽皮上、甲骨上、岩石上，制造符号，创造文字，于是结绳记事的时代开始落幕，一个具有文字符号的文化时代开始了；隶首应该是上古时代的数学家，据说是他发明了算盘，应用数学原理来探索未知世界；伶伦作乐律，于是杭育杭育的劳动号子有了节奏，狩猎归来，古人们围绕着篝火，开始舞蹈歌唱，作为人类情感的载体诞生了；杜康是酒神，是他发现树的果实、禾稼的种子，经过人工或自然地发酵，会出现芬芳的气息，挤出琼浆般的汁液，于是这种令人心醉的液体从而源远流长，后来竟然波涛汹涌地灌满华夏大地……也就是说黄帝率领他聪明能干的臣属部众在黄河岸边，在黄土高原上，于上古的冥冥之夜，点燃了农耕文明的曙光……

黄帝的部落成了强盛的大部落，生命的繁殖需要开拓生存的空间，于是便同牧羊人的部落——炎帝部落展开一场场战争，最后炎帝不得不率领他的部落迁徙到现在的四川盆地，巴蜀的深山老林；其他一些小部落如蚩尤部落并不甘心失败，在古华北平原上，也即今天的河北省涿鹿一带，蚩尤部落与黄帝部落展开了一场血腥的厮杀。

黄帝的部众先是彩绘面首，吹牛角为龙吟，想吓退蚩尤，但并未取得效果，“蚩尤作大雾，弥三日，军人皆惑，黄帝乃令风后法斗机作指南车，以别四方，遂擒蚩尤”。蚩尤被灭后，黄帝乘胜前进，很快风卷残云，统一了黄河流域各个小部落，轩辕氏便成了开天辟地的众望所归的中华民族的首领。

离开轩辕庙，向西不远处便是举世闻名的黄帝的陵寝所在地桥山。

满山遍野是巨大的松柏树，林涛轰鸣，如雷贯耳，苍苍莽莽，浩然壮阔。走进松柏林，更令人惊心动魄，那树根深扎于大地，树杪直薄云天，古拙、苍健、傲骨嶙峋，庞大的根系，支撑着参天巨树。看到它，你会想到气势磅礴的生命进行曲，轰轰烈烈历史奏鸣曲！上下五千年的风云变幻，大自然的炼狱般的苦难，也经历了人寰的兵燹、战乱、天灾、人祸，而今依然郁郁葱葱，展示着顽强的生命力。

我漫步在陵前的柏树林里，呼吸着古树粗犷的气息，北国是属于树而不属于花的世界，这里蒸腾着阳刚的氤氲，弥漫着皇天后土的浑厚凝重之气。我想只有这黄土高原才能孕育峨峨巨柏，参天之木；只有这巍巍巨树才能撑起这寥廓的天穹！

那真是气吞日月，势压九州！

我走进柏林里捡不到一块阳光遗弃的金币，只有风从树隙间穿梭而来，虽是炎炎盛夏却有清凉之感。

陵冢是一个很大的土丘，陵前有碑亭，上书三个大字“黄帝陵”。亭后有明嘉靖年间镌刻的“桥山龙驭”的石碑，保存完好，笔迹雄浑苍健，大气磅礴，展示了一派王者的器宇风度。

陵前还有一座土丘，名曰“祈仙台”。传说好大喜功的汉武帝北巡六郡，十八万精骑护驾，甲戈森森，马鸣萧萧，旌旗猎猎，可谓气吞九天，威震四海。汉武帝归来，路过桥山，忽然想起黄帝升仙之事。这位器宇宏瞻的皇上，日夜冥想长生不老，像黄帝那样化仙升天，便传诏，驻跸休息，祭祀黄帝陵寝，祈求祖宗保佑国运昌隆，祈祷始祖保佑他日后成仙。又命十万将士一人一担土，一夜筑起祈仙台。

那祈仙台分九层，是一座九转高台。刘彻登台祈仙，需要更衣沐浴，便脱下盔甲挂在一棵树上，那树居然就此长出通身斑痕，犹如戎衣上的甲片，斑斑驳驳，后人称为“挂甲柏”。

祈仙台依然在，挂甲柏依然在，这位威加四海声震九垓的一代霸主成仙之梦早已支离破碎，连他的骨殖也早已化为一撮泥尘融入高原厚土了。

黄帝陵修建于何朝何代？陪同游览的陕西朋友也茫然不知。但我知道，从汉武帝之后，历代王朝都不断修葺，并种植松柏，以防水土流失。唐朝重修扩建，宋朝开宝年间因雨季沮水泛滥侵蚀，宋太祖赵匡胤下旨将轩辕庙移至桥山东麓，即现在的庙址。以后明清至民国时期，多次修葺，规模越来越大，树木越来越多，构成这莽莽苍苍林涛澎湃的景观。

陵园管理者是一个老汉，典型的陕北高原农民的装束，他用扫帚清扫着树丛下的落叶。我坐在一块石头上，邀老汉聊起天来。

老汉说：“黄帝是神啊……黄帝年轻时也是干庄稼活出身。”老汉半天又嗫嚅道：“黄帝……就是黄地，黄土地呀！”老汉的话语无伦次，但一句话：黄帝，就是黄土地！却如雷贯耳，我的心战栗了。是啊，是黄土地孕育了我们世世代代炎黄子孙，离开土地，人类还能繁衍发展吗？水有源，树有根，这苍莽辽阔的大地，是我们祖先、是我们人类生存繁衍的产床啊！

我告别老汉，行走在柏树林中，脚踏陵园厚土，眼望着这山色、水色、树色，抚摸着一棵棵古柏，好像触摸大地原始的脉搏，听见远古的呼唤。靠近它，我只觉得浑身上下一无所有，因为有一种慑人的力量，一种震撼心魄的雄势，使我感到卑微和渺小；耳听那汹涌澎湃的林涛声顿时又感到浑身有着力的潮涌，生命的翻腾，仿佛在无限扩大，像融进大化之中……

啊，我原来就是这莽茫浩瀚中的一叶！

“人文初祖”，这里正是中华民族历史与文明的起点。几千年来，不管何朝何代，黄皮肤黑眼睛黑头发的中国人，只要一踏进这片黄土地，就像投进祖先的怀抱，你浑身就像注入一种生命的原动力，一种超自然的神力！

黄陵背后有一座瞭望台，专供游人观望黄陵的风水地脉。我登上瞭望台，放眼四顾，整个沮河川道尽收眼底。这里背山面水，正是传统“风水学”中最佳位置。前者朱雀——沮河南岸的邱台山，陵丘后的高原恰似一个乌龟；左有青龙——那地名叫龙首，正所谓“神龙见首不见尾”；右有白虎——即“神虎见尾不见首”。把目光放得更远一点，那泛绿凝黄的陕北高原，起伏跌宕，浩浩漫漫，而天来之水——母亲河破峡谷穿莽原，一路浩浩荡荡奔腾而来，甘甜的乳汁滋润着这片高原厚土，孕育着古老文明的萌发生长。

陪我游览的朋友问我：“你看这地形像什么？”

我茫然四顾，不知所答。

他又说：“你全方位看一看？”

我目瞩远山迷蒙，近水氤氲，林木葱葱，山峦跌宕，心里依然茫然。

他说：“你看，像不像女阴？”

我一愣，恍然大悟，啊，这山、这峁、这梁、这沟、这川，山川地貌的确是一个女阴的大写意……

朋友又说，黄帝是人又是神，是天神之父，又是大地之母，是这片黄土地繁衍了我们古老的民族！

天风浩浩，流云浪浪，蓝天大地，高原厚土，在这大风景、大地貌、大境界中，五千年古老的华夏民族从这里出发，披荆斩棘，胼手胝足，双手抹去脸上汗水，用泥土涂上伤口，血汗相伴，浇灌着初辟的瘠田，一寸土地，一把血泪，开垦复开垦……几千年，几千年的艰难开拓，艰苦卓绝的劳作、挣扎、奋斗、厮杀、搏击、繁衍、发展……终于从远古走到今天！

那莽莽苍苍的千秋古柏，不正是我们屹立世界民族之林的象征吗？

本文选入《中国文学年鉴》（2006 年）、江苏省 2006 年高考模拟试卷、多省市高考模拟试题以及多种优秀散文选集。

【阅读提示】

文章从东山魁夷的名画《根》起笔，点明"这是力量之本，这是生命之母，这是万物繁衍之血脉！"这句话，总领全文，提携全篇。它启迪我们思考：我们的根在哪里？我们民族的根在哪里？我们的文明起源于哪里？

在那个混沌初开的上古年代，为了让人们告别茹毛饮血、荆天棘地的蛮荒生活，走向开化，走向文明，黄帝和他的妻子、臣工都做出了巨大的贡献：他的第一个妻子教人们养蚕；第二个妻子发明了骨针、筷子；第三个妻子发明了镜子；第四位妻子发明了梳子等生活用品。他的臣属个个都是天才，都是发明家：祝融发明了钻木取火；伯益教人掘井汲水；宁封子塑陶器；共鼓与狄货造舟船；胡巢和于则制鞋帽；仓颉创造了文字；隶首发明了算盘；伶伦创作了乐律；杜康是酒神……

这些都是真的吗？不是。这些都只是传说。虽说是传说，但我们相信这些人一定存在过。他们这些人，才是中华文明的根。黄帝是个象征。正如守陵老人所说："黄帝年轻时是个种庄稼的。"这象征了我们农耕文明的起源。"黄帝……就是黄地，黄土地呀！"则是说是这黄土地孕育了华夏子孙多民族大中国。

有一抹蓝色属于我

远方的海

摆脱黄与绿的纠缠，我走向蓝色的遥远。

季节，又一个季节的潮水从我生命的岸边退去，五月的风带来海潮的气息。远处，太阳突然停止了走动，它注视着广阔的土地升腾起蓝色的波浪。

又一个博大汹涌的海，那闪烁不安的灵魂，像巨大的鸟，拍打着有力的翅膀，向我扑来，一下子包围了我的心。蓝色的诱惑和缤缤纷纷浪的花朵，绽开了我的每个梦幻，那蓝色的波纹在我心灵的拱壁上描绘着爱的图腾。我的叹息和泪水被无情地淹没，那古老的太阳掠过高耸的山峰和礁石，照耀着浪花盛开的蓝色原野。我向你走来，你大胆地多情地送我一片摇曳的微笑……

无穷无尽的蓝色，温情脉脉的海，没有风暴，没有潮啸，没有帆影，只有鸥鸟翻飞的舞姿，只有白云梦幻般的浪漫。那是写给大海的诗笺，还是情人挥舞的手绢？

啊，爱之海，一个广阔无垠的海。你深邃辽远，你的波涛充满在我整个心灵空间。你让我欢乐，痛苦，幸福，忧伤，激动，战栗，你让我狂放，你让我拘束，你让我身临其中又难以领悟全部内涵。在这里我看到太阳的红帆日日远扬不知是谁的许诺，看望归的渔姑站成礁石形象，站成航标灯的期待，寂寞的飞梭织进某次古典的诀别；看岸上布满旗语的呼唤，海港里泊满孤独的歌声，无法解释的日子从身边一排排沉没……

当磅礴的炽灼的爱情光芒，使我天地晕眩，峰峦起伏，我们因甜蜜而苦涩，因幸福而疼痛，因欢乐而悲哀，因激动而迷惘。

天空变成静止的海。

海变成流动的蓝天。

液态的风吹着水下的帆，蓝色的气流推动着水上的舵，你和我像鱼儿似的击起如扇的波浪，我的思想在爱之海里一层层扩展，扩展……

海岸，这是陆和海、黄和蓝的吻痕，抑或是分界？陆在这里走进尽头，海在这里走至尽头？

岁月是一条无首无尾的岸，而生命的浪终归要漫过它……漫过后便凝结成历史。

浪花与礁石的梦

那天，我们在岸边礁石上坐得很晚，坐得很绝望——开花季节错过了，结果时节又一无所获，那时候的海平线出现的是“希望号”还是“青春号”的帆船？给我们打旗语的是鸥鸟还是白云？还有那片燃烧的枫叶呢？

礁石冷峻，黛青色的额头高高扬起，涂抹血光，矗入一片蓝空和一片蓝空般深邃的宁静。

远远的海面上出现许多白点，恍若几片白云散荡其间，我觉得出是几只大雁或天鹅在啄水。你摇摇头，终于看清了，那不是天鹅和大雁，是划帆板的少男少女。他们咯咯的笑声惊飞了我的大雁和天鹅。

黄昏如无涯之水，恣肆蔓延而上，青苍的山崖，醉迷了一般，在它酡红的黄昏之光里冥想。夕阳染上满地的枯叶和沙滩上的芦苇花穗了，且在一根刚直的松针上战栗、痉挛。我一时间觉得你就是一枚成熟了的最大的红浆果，且结自这冷峻的礁崖，成熟于黄昏。

你我，不，整个世界都甜蜜得晕眩。

我对你默默地爱恋，这种使人类永生不息的神秘情愫，只要你真正领受，一切痛苦都会化为百倍欢乐。在古老的大海退去以前，你会真正认识比大海更深邃、更激荡灵魂的爱情之海。

我对你默默地爱恋，就像浪花偎依着礁石，我一次次向你呼唤，我是你的岸，你的陆地，一个蕴藏着炽热岩浆的大陆。

你的眸子一次次漫过汹涌的潮水，而后又哗哗地退去。我，默默地握着你的手，温柔地向你讲述一个凄凉而美丽的故事——那是席勒的谣曲《海萝和伦德尔》，一对绝好的恋人，海萝得知伦德尔溺海而死，也跳海自尽……

我的故事使你眸子上蒙上泪翳，你凝视着夕阳淡淡的黄昏，久久不语。我知道你的心海却潮飞浪卷，而忧郁却像一条河流从我心头流过……

我说，有一行蓝色的情节不会枯竭，复活在淡蓝色的信封里情诗里；我说，有一颗闻得芬芳的星星，会镀亮你那朵摸得见的笑靥。

我还会驾一叶舢板和你一道去远征，我还会用你美丽的蝴蝶结扎好凯旋的花环。也许就在这海滩，有一段旋律还没休止。

命运如这海浪留在岸边的足迹，曲曲折折，而我的心如一枚又苦又涩的青梅果，慢慢地被风干……

那礁石有忠贞的性格，不变的风采，不塌的躯体，让风和浪雕塑礁石的魂魄吧！

浪花和礁石都在做梦。在境界与梦境之间，我完全忘记生命的存在与死亡。

海的箴言

暮色揉碎你的背影，你的背影化为细雨迷蒙的神女之峰，渐渐流逝的是你黛色的诺言，你的诺言如梦……

海的箴言在礁岩上铮然弹响，浪花的旋律没有休止符，季节的色彩却在你瞳孔里骤然变更。

你说，爱的火焰已将心灵灼伤，伤口流着血，流着泪，还流着脓，蜜蜂刚刚吻过，苍蝇的翅膀便扇起一阵嗡嗡之声。你说，你要远去了，要逃避这爱的海；你说，时间之树没有果实，风中飘飞的叶子是苦涩的泪；你说，拔断的情思已被厚厚的落叶覆盖，那脚步即使踏破岁月的封面，丢下的脚印重新生长出的情节，又怎样能撑起这倾斜的天空？

生命的乐谱上不会有断章重复，两颗心不会因等待再觉孤独。

然而，那蓝色原野上的矢车菊为谁而盛开呢？

我的眼前再不见那穿泳衣的少女，红色的小帽像成熟的苹果。

人生是一本书，这一页是最令人难忘的一页，该是烟雨霏霏、月色溶溶的一页，该是春光漫漫的一页，该是心与心相撞产生慌乱与呼吸急促的一页。

我呆立于海岸许久了，十分痛苦地欣慰于我熟悉的世界的塌落，远方升起一道彩虹，我清楚地感到我脚下的土地骚动与崛升——我的背后是山峦和村舍排成的稀疏的风景线。

置身于这海鸥和浪涛交织的旋律里，青春的渴望被起航的汽笛点燃。我爬上礁石，久久地寻觅那篇关于海的故事……

此刻，大海已是静谧的所在，任自己忘掉发声的位置，把情感融进节奏；任自己敞开情怀，把心中的积郁向天地哭述，怎能不留恋这明亮而又和蔼的蓝色舞台？

有一抹蓝色属于我

我迷恋那片蓝色的诱惑，但我不得不告别大海。

我走了，海从我身边退去，退得无影无踪，我眼前只有荒漠、高山、原野和孤独。

听不见浪花的絮语，听不见海鸥的鸣唱，看不见帆影，看不见海的痛苦痉挛和微笑的脸靥……

我累了，便坐在黄昏的山头，白杨林，暴风雨，轻风，落日，晚霞……我仰视高天，天空也沉在我的眼底，空虚地挣扎。我眼里是一片深邃的蔚蓝，我早已融进黄昏每一缕慈祥的关注里，也许是无始无终……

我虽然一无所获，但我体验了人生的最凝练也最辉煌的意义……

这时，在这里，我不怕曲高和寡。

我知道，当海顿穿过荒凉的森林，枝头上泻下的音乐之雨，会在他的心灵里奏响一曲永恒的《云雀之歌》，而那云雀的歌声会伴随着他走完多舛的命运之途，化为一片温馨的记忆；

我知道，当凡高穿过长满萋萋荒草的田埂，走进那片闪烁熠熠之辉的向日葵之林，他心灵的画布上会出现一片微笑的金黄，那是太阳的色彩，会给他凄苦的人生增添一抹暖色；

我知道，当但丁梦游三界时，他的灵魂被炼狱之火烧得吱吱呻吟之时，他并不懊悔，因为穿过地狱进入天堂，他的灵魂会得到净化和升华。

既然我已涉足蓝色的爱情之海，我心灵里面会注满蓝色的温馨，尽管这温馨里还掺杂着海水一样浓浓的咸涩……

怎能忘记，我曾经潜入你的心灵，在爱的波涛里挣扎，游动，我不知道哪里是岸，哪里是我栖息的岛屿，哪里是我的方舟。我不需要岸，不需要岛屿和方舟，我只想触动和探测人类命运魔幻般离奇莫测的黑洞；

怎能忘记，我曾用青春的爱恋染绿你海底每一座古老的荒山，我曾经用炽热的爱的火焰融化你海底每一个冰窟。在你波涛的轰鸣中，我采撷浪花的花环，将它系在你的脖颈，让我永远沉浸在你如雪肌肤的馨香之中；

怎能忘记，那位诗人的名言：“初恋是一面旗帜，在青春的街垒上高高飘扬。”我相信，爱的旗帜，会化为我生命的帆，鼓满劲风，鼓满憧憬和期待，在人生的海洋里跋涉，漂泊，我不怕孤独和寂寞，不怕岸的渺茫和遥远……

再见吧，这个使生命超越存在的神圣境界，这个使青春潮涨淹没苦难、凄楚、悲悯的情之海，你使我的心灵蜕变，变得聪明睿智，刚毅和顽强！你使我的躯体烧成灰烬，而灵魂却行迹如风，并横贯在人类永不枯竭的爱之海；

再见吧，你这充满苦难和幸福、冰冷和灼热的圣土，你这绽放着泪眼和笑靥、滋长着鲜花和荆棘的伊甸园，当我告别你蓝色的光芒，走向痛苦的荒漠，请接受我目光带给你深沉的祝福，和依依的眷恋……

当我远离大海的时候，我并不感到遗憾，因为那浩浩荡荡的碧波，曾滋润过我心灵龟裂的田野，我的田野上曾生长出浪花般的禾苗，还有像阳光一样鲜艳的花朵……

因为，有一抹蓝色属于我。

本文被选入人民文学出版社《现代名家经典散文书系》等多种选本。

【阅读提示】

这是一篇奇文，奇特的构思，奇特的语言，奇特的想象，还有奇特的意境。作家笔触摇曳，瑰丽多姿，思想深邃、曼妙，耐人寻味。

本文写一段海边恋情经历的回味，从大小标题到具体描述，都是借助海的形象来表达的。《远方的海》《浪花与礁石的梦》《海的箴言》《有一抹蓝色属于我》四个小题，对这段恋情的引起、承欢、分离、感念、分别作了与海形象相关联的意向化提示。文字略去人事交待与情节叙述，只将感情的起落消涨寓于借景抒情之中。这种变情节叙述为抒写情感流的写法，如用笛声传达心学苦乐一般，有朦胧的诗意之美。看吧：“那蓝色的波纹在我心灵的拱壁上描绘着爱的图腾”，“你和我像鱼儿似的击起如扇的波浪，我的思想在爱之海里一层层扩展”。这是借蓝的诱惑与承载写爱情之产生。用“像浪花依偎着礁石”，表达男女相爱的关系。用“你的眸子里一次次漫过汹涌的潮水，而后又哗哗地退去”，表现爱心的转变。用迷恋蓝色而又“不得不告别大海”，写与恋人分离的惋惜。用尽管还掺杂着海水的咸味，但还是觉得已涉足的蓝色爱情之海会在心灵里“注满蓝色的温馨”，表达欣慰于那值得回味的恋情。作者就这样将“景语”与“情语”交融结合，使对景物的审美感受处处表达着对恋人的感情体验。这就使歌唱得悠扬婉转而意味深长，颇具有艺术美感。

海之梦

我是平原之子。一望无际的平庸坦荡的黄与绿构成我童年生活画面的原色。对于海，那蓝色的诱惑，蓝色的神秘，起伏的旋律，跌宕的情感，还有那永恒不泯的蓝色火焰，我只能在小说和电影里去领略，去寻觅。每当我躺在故乡的平原上望着晚霞褪尽，整个天宇在夜幕尚未垂下的间隙，蓝得出奇，洁净得出奇，晶莹得可滴下水来，这时我又想起海，那是从《格兰特船长的儿女》引起的向往。于是，海的雄姿和韵律，海的旷达和壮阔，以及那海市蜃楼、海底龙宫、美人鱼……许许多多美丽迷人的神话和传说，在我少年的心中涨起层层叠叠的潮涌，溅起五彩缤纷的憧憬。还有那风帆，像蓝天上的一点雪白？是智慧的造化，还是大海的精灵？是开拓，是希望，还是发现？

于是，我常常梦见海。我的梦也被那无边无涯汹涌的波涛染成蓝色，湿淋淋、沉甸甸的蔚蓝。

青年时代，一个偶然的机会，使我在海边的一个小渔村住了五十多天。那是多么令人怀念的日子啊！于是我贪婪地阅读海，阅读这横亘天地间永恒的史卷。

早晨，我常常迎着积蓄了一夜的海风，踏着湿漉漉、软绵绵、刚刚退潮的海滩，走近海，走近视野开阔的蓝色原野，走进自然，给我坦荡与旷达，赋予我深远与苍茫，敞开心扉，接受海风庄严的洗礼，接受海蓝和天蓝宗教般圣洁的净化，用心体味一个人在自由天地奔驰的想象和豪情。

黄昏，自我多情，把海滩幻成巴黎郊外，学那个孤独散步的老人卢梭，一边在礁丛和沙石间摭拾贝壳和采撷海石花，一边慢慢遐思沉入历史，探索大自然的奥秘，寻求人生的哲理。浪花在脚下吟诵着古老的长短句，海风伴着思绪哗哗地掀动着《一个孤独的散步者的遐想》的章页。一抬头，那黛蓝色的波涛，重重叠叠，带着大海深沉的律动、沉郁的呼吸，和神秘玄奥的心声，向我走来。它要告诉我什么？要讲述什么？我不懂。我问海鸥，你们懂吗？海鸥默默不语，只用那洁白、隽秀、灵巧的羽翎笔，在这蓝色的书卷上标着句读。

我带着青年时代的迷茫和怅惘告别了海。然而，十几年了，那涛声浪语却灌满了我记忆的磁带，海光云影也集满了我思念的相册。

而今，我又来到海边。

这是一个黎明静静的海滩。偌大的一片空旷，天地间只有我，还有满目汹涌的蔚蓝。纤尘不染的蔚蓝泛滥着无边的温情。太阳之神阿波罗尚未驾临，褪色的月亮孤魂似的漂泊在遥远的蔚蓝之上。丰满的浪峰是大海母亲高贵的乳。沙滩绽开童贞的微笑，礁石上盛开着大朵大朵矢车菊的洁白，翩飞的鸥群弥漫出静谧的朦胧。远天近海呈现一片壮阔的美；宗教圣地般肃穆和庄严的美！

久违了，我的海！

我走向礁石。

礁石被海浪猛烈地撞击着，沉重而又浑厚。海却不慌不忙地后退，引诱我走向它逗留的地方。那些地方很柔软，很湿，几乎称不上陆地。无数发青的鹅卵石躺在一边，质地和礁石相似，海谦逊地从滑溜溜的石块上退去。但海深知自己的胜利，它早在那些棱角全无的石头上，留下了力量的痕迹。

浪花，一团团，一簇簇，在我身边飞扬，激溅，跳跃，歌唱，那是海的思绪吗？是海在呼唤我吗？我真想采撷一朵盛开的美丽。但是浪花在空中化为粉沫，粉沫战栗着，痉挛着，又回到大海的怀抱，于是又开始了新的歌唱，绽开更灿烂的青春。那是生命的颂歌。

我是属于海的。

海啊，你能接纳我吗？你的浩瀚、渊博、深沉、磊落、雄浑，能接纳我的怯懦、浅薄，偏狭、幼稚和虚荣吗？我多愿化为一粒水珠，投进你的旋律，唱一支永恒的生命之歌！

海浪起伏着，奔涌着。我倾听着潮声，盼望着更加惊心动魄的呐喊；我凝视着海面，盼望着它掀起更大的狂澜，波波相依，浪浪相连，我的思绪也如这海浪上下翻飞，连绵不断……

而今，我已步入中年。生命之树被黑与白的时间的轮回扭曲变形，枝头上竟未结下丰硕的果实，密密的皱纹已将青春封锁，心灵破绽得像一只没法再织补的网，额头的坎坷让荒凉的苍苔装饰得壮郁。我已变得不是我了。每当回首往事，难免感到庸庸碌碌，不仅淡泊如水，而且留下大片大片的荒漠与空白。然而我厌恶庸俗，厌恶猥琐，厌恶献媚取宠，厌恶趋炎附势；厌恶虚伪、狡诈、阴鸷、贪婪、自私；厌恶千方百计扼杀他人才华和创造力而显示自己的“尊贵”和“权势”；我厌恶人世间的一切丑陋和肮脏……我天性未泯，因为我血管里没有凝固你澎湃的激情，我灵魂里没有熄灭你蓝色的火焰，我心房里还搏动着壮阔雄沉的律动。大海啊，我多情地凝望着你青春永生的大波，目睹这声震八方的壮丽的生命奇观，我渴望能领略到启迪，我渴望跨过悲伤，达到凯旋，跨过死亡的沉寂，达到人生的豪壮。

起风了。风在滩上的树丛中穿来穿去，时而尖利地啸叫，时而低沉地喘息。迷人的呢喃，和可怖的恫吓，温柔的摩擦和粗暴的鞭打，几乎在同一时刻降临。

那涛声摇撼着整个天空，有如虎群咆哮，闷雷排空，暴雨击林，那声态的壮阔美、豪放美、雄浑美，不时令人自叹不绝，再看几十米高的礁石，席卷而来的狂浪蜂涌而至，又从高处跌宕垂落，急泻而下，其势如万峰崩裂，千岩滴穿，那气势美、动态美、韵律美，又不能不令人为之击掌……

海啊，又一次显示了你的存在，就在下面，频频放出闪电，以升腾你不灭的激情，你肆意舞蹈，淋漓的汗水蒸发为急箭般的暴雨。你永不枯竭，你是一位哲人，两鬓微霜，面露沧桑之色。你是汹涌奔腾的力的雕塑，你是力与美、动与静、刚与柔的完美的结合，你不仅具有母亲的博大和温柔，还有着父亲般威严与气魄。你的高歌与呜咽，你的纯情与雄健，你的粗犷与婉约，都使我壮怀激烈，感奋不已。

海啊，没有任何力量可使你屈服，使你慑惧。所有想征服你的都被你征服，所有想吞噬你的都被你吞噬。沙滩和礁石是最好的见证，那上面写满你浩浩荡荡的箴言和不可征服的尊严。

然而你却不改初衷，不舍昼夜，从不蹉跎，更不踌躇，千年百载地涌动着一腔激情。我想，人来到你的面前，不管带着什么样的心境，是忧郁，是廓朗，是烦恼，是愉快，是强悍，是怯懦，是豪爽，是俏丽，是深沉，是虚浮……但在这里他得到的都是奔泻与美的升华。

置身大海面前，我只觉得如此纯净无尘，如此富有生机，更觉得浩浩大千世界如此豪壮瑰丽，多姿多彩，人世间的是是非非，纠纠葛葛，烦恼，忧愁，颓废，悲怆……全被汹涌的浪涛洗涤一净，整个心灵的世界，都充满力的涌荡、力的超越、力的升腾……

我久久地站在海边，浪花打湿了我的衣裤，我全然没有一丝凉意。此时，我重新获得大海，获得新生，我已拥起海的粗犷和豪放，海的博大与温柔，海的雄浑与顽强。我的灵魂又注入了海的尊严，海的力与美。

我该回去了。

就在这时，风息了，潮退了。我的眼前忽然亮起一道金光，那金光从遥远的海天射来，迅速地漫延扩大，天边的云朵也镶上了金边。我知道，那是太阳之神阿波罗驾临了。我一眼不眨地注视着远方。熟料，我偏偏在眨眼的一瞬间，一牙，半轮，轰然一响，跳出一轮鲜红。大海碧血浮荡。转眼间，丽日腾空，海与天推出一幅更加壮阔雄浑的画面！

我生命的潮在奔涌，激情破闸而出，周身每个毛孔都勃起爱的欲望……我没有像诗人们那样面对苍茫辽阔的海空，“嗷嗷”地宣泄生命的号叫，但此时此刻，我却想起俄罗斯著名风景画家列维坦给他朋友契诃夫的信……“那天黄昏，我爬上了悬崖，从峰顶俯视大海。你知道吗？我竟然哭了，而且放声大哭，在这永恒优美的地方……”一个人独自在悬崖，看到美丽的海景，竟然感动得放声大哭，那么这个人对自然美的敏感和热爱也就可想而知了。

我也掉泪了，两颗灼热的、晶莹的泪花滴进大海，愿它播种在这蓝色的原野，开放出两颗星星般的小花朵。

当我离开海时，沙滩上出现一群赶早潮的姑娘，她们叽叽咯咯地笑着，闹着，她们的小篮里盛着海贝、海蛤、海蛏、海菜——我想，那是大海抛弃的渣滓，而我思想的小篮里却盛满了海的思想、海的哲学、海的灵魂，还有一个——沉甸甸、湿淋淋、蓝幽幽的海之梦。

【阅读提示】

郭保林散文题材极其广阔，几十年来，他在各个领域探索，写出很多“系列散文”，有故乡系列、爱情系列、沂蒙山系列、草原系列、西部系列、长江系列、古代文人情感系列、文化名城系列，本文是他大海系列中的一篇。评论家认为“这部蓝色交响乐，不仅有丰富的形象内涵，还有与之相应的多变旋律节奏与风格情调，形成一部分多情调的协奏曲。”

在这篇抒情散文里，作者借助自然景色（大海）生动、深刻、细腻的描写，倾诉人生的感悟与对社会、自然和生命情感的抒发。但作者并不着力客观形象，而重在写心灵与美景的冥合，重在富于文化内涵的艺术联想，他努力追寻与大海神魂结合的忘情陶醉与适意享受，显示出人与自然和谐的美好境界。他写自然美，又重在突出其神魄与情韵，他写涛声之美：“那涛声摇撼着整个天空，有如虎群咆哮，闷雷排空，暴雨击林”；写涛势之美：“席卷而来的狂浪蜂拥而至，又从高处跌宕垂落……其势如万峰崩裂，千岩滴穿”，其动态美、韵律美，可谓令人叹为观止。

海之月

童年时代，我曾躺在故乡的打麦场上，饱尝过平原之月的清凉和淡泊，在读书时期，我从古人的诗词歌赋里，曾领略过秦时明月的蛮荒，关山冷月的悲怆，春江花月夜的清丽，秦淮残月的萎靡，卢沟晓月的苍白。参加工作后，我也曾经丰富了我的想象，也丰富了我的痛苦。而海之月对我却是陌生的，虽然有多次接触大海的机会，但它未曾照亮我的一卷诗情。

月是美的。我想，海边的月会更美。

今日来到海滨小城，朋友邀我到海边赏月，我欣然答应。

连日以来的奔波，使我的神经处在高度紧张的状态中，今夜我要领略大自然的妙处，可以放松思想，自由自在，尽情地欣赏海边的月。让那明媚、秀丽、辉煌的月色一洗我芜杂的思绪，怎能不令人愉悦呢?

天一落黑，我们便骑车向城外驶去。

海，很快地出现在眼前了，但是暮色苍茫的海面只是一片朦胧，一片混沌，几点渔火和远处的灯塔闪烁的眼睛，更给人神秘和幽邃的感觉。

我们选择了一处地方。这是一丛礁石，裸露在水面上的石头并不高，坐上去，双脚可以伸进水里，任浪花的小嘴亲吻和咬嚼。

大海已失去白日的的狂躁和激动，变得温柔和娴静。浪花很有节奏感和韵律感，沙滩在它的谣曲里渐渐入梦了，一只晚归的海鸥从苍茫的海天飞来，在暮色中划出银白的弧线，匆匆地走向夜的道路。

海天是黑色的静默。

夜的分量加重了，黑色的风从我身边流荡过去。我的思想和记忆一下子苏醒过来。

我想起那位和雪莱、济慈同时代的、英国声震遐迩的画家透纳，他的一生为大海画了许多肖像画，《海的葬礼》《海战》《海魂》……据说，他年轻时曾经搭运煤的船或渔船去海洋体验生活，积累印象。有一次在海上遇到风暴，他让水手们把他绑在桅杆上，整整四个小时，以便观察狂风暴雨中的海上奇景。但我却未曾看到过他画海上之月的作品。至于凡高虽然画过海边的月色，却是变形的月色，他用笔厚重有力，极富气势，夸张激烈，以龙卷风似的条状笔触，一反传统的夜景那幽雅恬静的常规。我知道，那是画家内心骚动不安的特殊感觉。

我想，海之月一定有她独特的美。

正在我遐思默想的时候，远处黝黑的天幕忽然变淡了，变蓝了，蓝得让人心颤，蓝得让人想起那优美的抒情散文和美丽的爱情诗篇。身边的礁丛和身后的海榄树的枝叶一动也不动，像布贴画似的粘在海空上。远远的海面先是一片鱼肚白，那白渐渐扩大，蔓延，就像一曲乐章，由弱到强，由低音部到高音部。接着那光明的使者便在一片浩浩海浪的簇拥下走了出来，像维纳斯的诞生，美丽、动人……

远处的海面被月光轻轻地抚摸着，那初升的月光，在海上搭起一条缥缈迷幻的甬路，金色的，一头结在脚下，一头系着月儿。我真想沿着这条甬道向前走去，走进月宫，问那寂寞的嫦娥，问那酿酒的吴刚，你们可曾安好？我真想伸出手，摸到月亮的边缘，并且借着她的升力，缓缓地浮向空中。这时候，海天融合的漫宇间缥缈地轻流着美好而无声的乐章。痴迷的星星不慎跌落到海面上，散成微鼾的渔火。一望无际的粼粼波光里，潜游着只有我才觉得的喁喁绵情。

海波不惊，月亮把它的光喂给每一朵浪花，海浪张着白色的小嘴，贪婪地吮吸着月的乳汁。

月亮渐渐浮上去，衬着黛蓝色的天幕上，显出一种典雅而娴静的姿态。在晴朗、纯洁的蓝玻璃似的空中，她像被海水擦过似的，发出粼粼的青光。这时，整个大地，黑黝黝的远山，广阔的海面，冰冷的礁石，空旷的海滩，仿佛都等着她的照射，渴望她的抚爱、抚摩。

海滩被月光照得晶莹、明净，远远的谁家的炊烟，袅袅地溶进冥冥的月色里，竟弄得我眼眶潮湿。

我极目向海的地平线望去。奇怪的是，并不是整个海面都充满光辉。大海的另一面，依旧是墨绿的，好像不愿接受月亮的恩赐。

我们坐在礁石上，那月亮一点儿也不惊慌，那般安详，那般圆润。浪花在礁石上亲吻，发出快乐的呻吟。

“月光是有生命的，”我的朋友兴奋地说，“凡是有生命的东西就有思想，有感情……”

“是呀，你看，月的感情是多么缠绵而细腻……”我赞同地补充道。

“世界上唯一能与时间对抗的就是日和月了，这是永远的美，永远的希望，这是我们生命存在和延续的唯一意义。”

“人生是有限的，美是无限的，人生是短暂的，美是永恒的，我们为什么不能尽情享受这一点眼前的美呢？”我感叹道。

长年生活在城市里，楼群挤瘦了天空，灰色的水泥墙禁锢了视线，狭窄和嘈杂窒息了人们的想象，连梦幻也围上了栅栏。办公室和宿舍构成岁月的循环，人际间的龌龊和被污染的气体，使人感到压抑和说不出来的悲哀。谁说过，城市是一座监狱，一座没有栅栏的监狱。

我走出拥挤和嘈杂，来到这广阔的海滩，赏阅这迷人瑰丽的海上月色，心情也像被月色和海淘洗擦拭过一样，万虑皆无，一片空明和寥廓。

我想起古人许许多多咏月的诗篇：“海上升明月”“邻笛风飘月中起”“横笛送晚延月明”“春江花朝秋月夜”“唯见江心秋月白”“二十四桥明月夜”……古人赏月，那种凄清和淡泊的情感固然不能让人鉴取，但人回到大自然中去，回到自我中去，回到永恒的美中去，此番情愫怎能不令人畅舒？我想起了高更的名言：“我们是谁？我们从哪里来？我们要到哪里去？”这是一个永恒的谜。

回到友人家里，我睡不着，从书架上抽出一本纸页发黄的古典文学，乘兴随意地翻阅着。巧得很，竟然翻到谢希逸的《月赋》。古人用瑰丽的语言，纤细的情感，娓娓地描绘着皎白的月光，也仿佛描绘着我的心情："……白露暖空，素月流天……升清质之悠悠，降澄辉之蔼蔼……"我想，谢老夫子对月的赞叹与我们今夜对月的赞叹也没有丝毫差别。时光流逝两千余年，而美丽的思想和情感，从古人心里流淌到我们的心里，这难道不是一种令人惊奇的事吗?

窗外依然是月华如水，海涛阵阵，锲窗入室，使我的梦也变得空明而绮丽。

本文由中央电视台《子午书简》栏目任志宏朗诵播出。

【阅读提示】

古往今来的作家以月为题材的诗词歌赋，可为车载斗量，佳作累累。郭保林也善于写月，他的《我寄情思与明月》脍炙人口，此篇《海之月》独具特色。作者离开都市的喧嚣，走出繁杂的世界，和朋友到海边赏月。海空明丽、晶澈、清幽的月光确实给人美的享受，呼吸鲜洌的空气，聆听大海的涛韵，领略大自然的妙处，让明月的清辉一洗芜杂的思绪，忘却所有人世是非、恩怨、烦恼和功利，渴望融入自然，那是多么令人心醉神怡啊！本文语言优美，文笔清峭，想象丰富，既写出海边之月的清丽、迷离，当初升的月亮浮现苍茫的大海上，海上像搭上"一条缥缈迷幻的甬路，金色的，一头结在脚下，一头系着月儿，我真想……走进月宫"问候寂寞的嫦娥，问候酿酒的吴刚，这奇特的想象丰富了作品的内涵。

风也清清，月也清清

A

又是一个月圆的时节。

野菊花把小路送得很远……在郊外。

郊外有一条小河，我沿着河岸踽踽地走，水银似的月光满世界流淌，暗白的浮云在海蓝色的夜空缓缓滑过，月光从柳树丛里渗漏出来，斑斑点点地撒在我的肩上、我的脸上，我的影子在地上跳跃着，摇曳着，像一个不安的梦。

我知道，此时此刻你也会沐浴在冰清玉洁的月光下。月光也是一种诱惑，它单纯、缥缈、丰富而又深邃，月光浇在我的感情之树上，扑棱棱绽开一片花蕾，我多想采一束献给遥远的你……

月亮照着你，也照着我。

面对着这勾人心魄的月，这皎洁得万物都无法安分的月，我想对你说——

这些年我到处寻找你。寻找得好苦，好苦啊！在迷茫的烟雨里，在飘零的雪花中，在黄昏落霞的凄迷里，在疏星淡月的惆怅中……我不知道这寻找会有什么结局，只觉得心太累了，累得让人喘不上气来。

记得那年春天，是个星期天，我们去看望生病的同学大菊，她家在燕子山那边，我们一早就上路了，山路弯弯，路两旁尽是高大的树木，杉树、槭树、松树，也有橡树，密密的，遮天蔽日，路上野花开得热热闹闹，一片五彩斑斓。

早晨露水大，我在前边走，男子汉嘛！你随后，不一会儿，我的裤角湿了，你的鞋也湿了，你的小脸红赤赤的，喘着粗气，一绺刘海被被汗水贴在鬓角上。我说在这歇一会儿吧，于是我们坐在一块青石上。不知怎的，我想起维特和绿蒂，也想起梁山伯与祝英台……煞时我心慌了，心乱了，脸肯定发烧，不敢正眼看你……眼前有棵山桃树，有几只鸟儿喳喳乱叫，我拣起小石子朝山桃树掷去，鸟儿纷纷飞去。我只觉得有些伤感，有些迷惘，为什么人生总有那么多悲剧？那年我才十六岁半，朦胧的向往，青春的骚动，心灵的幼稚和苍白，使我对生活好奇又害怕……

悠长悠长的岁月从我手指缝里溜走，我想抓住它，让它在身边滞留，可是它冷冷地瞥了我一眼，头也不回，依然迈着悠然自得的步子远去了……

于是，我小心地翻开日历——那是一本落满灰尘的日历，我轻轻拂去灰尘，轻轻地抖动着斑斑点点的记忆……

（风也清清，月也清清。）

B

又是一个多梦的夜晚。

眼前没有小河，是一片海湾，是一片空蒙蒙的水和月，浪花叠叠，溅起琳琳琅琅、摇摇曳曳梦幻般的光斑。身前是海滩的空旷和沉寂，身后是一串踌躇沉重的脚印，我不敢回顾，那是我的足迹？

我该重新认识一下自己吗？

谁都可能穿过树林、蹚过小河时迷失道路，谁都可能在早晨醒来，发现自己留在夜那边，现在，你还为那种种不幸困惑吗？

遥望着海天那一丛丛云和空明的月，我想感叹自己的浅陋和孱弱，我会成为那种空浮的景致和泡影吗？那个梦，那个梦需要好深好远的眼光吗？

如水的月华洒在海面上，波光粼粼，斑斑点点，乱纷纷的思绪，像这迷离的光影，说不上清淡，也谈不上深幽，一切都是浅浅的、素素的，仿佛风一吹，那光、影、色全消失了，给大地留下一片空漠、一片沉寂，却留不下一点遐想，让人去追忆、去思索、去梦幻。痛苦，是昨天的日历，翻过去就不必要再翻过来，不要在这里徘徊逗留，泪水，不是雨水——雨水能滋润种子发芽，泪水只会浸泡酸楚楚的心，咬咬牙，把这发霉的昨天抛得远远的，然后奋然前行——这才是大丈夫的本色。

可是，我不行，我是女人。

我怎能忘记小河边那悠悠的水、幽幽的风，还有那轮满满的橘黄的月呢？

记得你说过，你喜欢月亮，我却莞尔一笑，很使你失望。她不会发光，应该把你的爱，倾吐给太阳。

——没想到，随随便便一句话，使你的眼睛出现了迷惘的泪光，你沉思地靠在小树旁……

那时，我是一个多么单纯的幼稚的女孩子啊，单纯得像一角明净的蓝天，稚嫩得像一朵二月的迎春，眼里只有花的缤纷、光的迷乱，却没有看到你那颗赤诚真挚的心……后来，我几次拿起笔来想给你写信，请你原谅，可是在爱的天平上，这句话是多么没有分量！……

有一首歌词说得好：三十岁以后才明白，其实我四十岁以后才清醒：人生、爱情和理想……

我真想抓住时光的尾巴倒甩过去，重新塑造我的青春，我的爱……

（情也深深，意也深深。）

A

月是那么圆，似乎一个泛着黄晕的大玉盘。大地也显得宽广、明媚了许多……这该是一个多么和谐、幽美的大自然啊——如果没有远处闪烁的灯光。

明月悠闲地无依无托地悬挂在那里，仿佛随时都会滑下来，周围是迷迷蒙蒙蓝的天，几颗小星，在很远很远的地方眨着眼睛，是悲泣，羞怯，还是畏惧？明亮的月光透过稠密的树枝洒下不均匀的希望，但我走在上面，却分明感到自己踏碎了一切。

情到深处人孤独。

你可知道，当初我把少年纯真的感情倾注于你的时候，其实尚未认识你。那种单方面的恋爱，使我好多好多的白天和夜晚都沉浸在忧伤和激情参半的氛围里不能自拔。每个美丽的黄昏，每个月光如水的夜晚，我在小河边徘徊，心中便盛满了对你的向往，以及无法摆脱的忧伤。

你的眼睛是两泓透明的湖，毛茸茸的睫毛和眉毛是湖畔温柔的绿草。

你是一只痴情的黑天鹅，在美丽的湖面快乐地游弋，在茂密的绿草中静谧地栖息。心，拍打着湖心，一阵阵地酿造着甜蜜的涟漪。

——一切美好的东西都锁在秘密中，没有秘密便失去了美好的东西。只有秘密才使人思索、遐想吧？为什么望着月亮，会产生许多遐想，因为那里藏着一个秘密……

——你从哪里弄来这套理论？你用眼睛盯着我。

——是我自己从梦中得来的。

——人生需要秘密，每个人心灵都藏着一角属于自己，对于他人永远是秘密的领地，人与人之间的壁垒是永远打不开的。

——不，爱的神矢会射穿的。

……于是，在那个朦胧的月夜里，在这幽幽的小河边，我带着忧心和不安向你吐露出长期压抑在心底的颤抖的秘密。

听你的将是我的心，而不是我的耳朵。

你回答的是用一串慌乱的脚步声……于是你带走了星，带走了月，花香，树影，一切都黯然消逝了，河边留下一个孤独的我。

（心也凄凄，情也凄凄。）

B

是的，在那个月夜里，在那小河边，你把心底的秘密交给了我，我没法去接——那是一个发烫的火球，一颗燃烧的心，是那样灼热，又是那样令人炫目……我一时恐惧和惶惑得不知如何是好，我害羞地跑去，回到宿舍，我蒙上被子，像害了一场病……

我好傻好傻哟，现在想起来多么可笑!

海浪喃喃絮语，海风轻轻习习，海睡去了，发出细微的幸福的鼾声。我一颗孤寂的心像天上的月，在天国里飘浮。

夜，是一块天空飘来飘去的黑布，她累了，便落下来，罩住那些河流、山冈、城市和村庄。夜的上面是太阳，要不，我在夜里怎么会看到那些白天看见过的东西呢？我说。可是我自己也觉得这种解释太像一种孩子的解释。

（应该说，是一种光的消失，一种感觉的消化，人往往会对一种东西缺乏深刻的认识，而失去吸引力。生活，本来是一个谜……）

然而，我没有忘却你，我的心也在寻找你。茫茫宇宙，茫茫人海，也许我永远也找不到你，我每迈出一步，你的影子总在伴随着我，于是我的生活便有了希望，有了色彩。

凡是有月亮的夜，你都在陪伴着我，我不孤独。

即使无月之夜，我纵然不能坐对明月，幻出你的影子来，但总能从飒飒落叶的秋风里，从绵绵絮絮的飞雪中，听到你的脚步声……

（情也深深，意也深深。）

A

自从你离开我，我的性格似乎发生了突变，不爱言笑，不爱热闹，我处处回避人，就像一只胆怯的小兔。我喜欢孤独，喜欢寂寞，喜欢一个人静静地走，看月光下的小河泛着柔柔的光，任凭一缕清瘦的风戏弄我枯萎的情思。累了，我便坐在河边，仰头凝望深邃的夜空，享受属于我的宁静和清幽，想象变成一只含情的小星星，倚在弯弯的月牙儿边，痴痴地望着人间万家灯火，体味着人间夜晚的一切甜蜜和痛苦。

记得，你说，我的一首《大海之歌》是你读过的最好的诗，它的美融合了孤独与痛苦、力量和自由，它又是无比的自然美和永恒的单一美的交织。我回信说，现在我们不如保持沉默，让小小的贝壳给嘴带来清凉。

你又说，最喜欢奥地利作曲家马勒的作品，这小子太伟大了，他为中国唐代诗人王维《送别》作曲：“下马饮君酒，问君何所之？君言不得意，归卧南山陲。但去莫复问，白云无尽时。”他还为李白、张籍、孟浩然的诗配曲。他的《第七交响乐》《第八交响乐》，不论形式、内容都很独特，使你想象宇宙鸣响的那种情形，它不是尘世凡音，而是一颗绕行天体的的行星，一颗恒星……

太阳在晨昏两极中出没，月儿游弋在朔望，北斗七星在耿耿之夜闪烁……初恋是人生伟大的馈赠！就像星星永远闪烁在记忆的天空，直到生命的迟暮，它不仅属于精神，而且属于肉体生命。

我常来这河边收敛月的足迹，摭拾爱的回忆。那一片片破碎的回忆，像散落在河滩上的贝壳，岁月的潮汐把它磨洗得更鲜亮了。

一路上，我精心地敛取，然后，将那一片片月色夹在我心灵的诗集里，珍藏久远。月色啊，我钟情你已经多年，你所恩泽的一花一草，都是我不能释手的爱物。我苦思冥想，几番试图，欲上青天揽明月，以我炽热的情感熔化你的冷漠和冰凉，但你并不理解。我狂呼，号叫，痛苦，大笑，理智告诉我，这是痴想，我却依然虔诚地眷恋你的清波，贪婪地敛取你一片片月色。月色纵能敛取，深深的思念呢？少年的梦境呢？

在热恋的土地上，你种下多少欢乐，就会生长多少忧愁。

（风也清清，月也清清。）

B

大海睡着了，发出轻微的鼾息声。一片青幽幽的光，羽纱一般地笼罩着海湾。细浪像金色的鱼鳞，一闪一闪，直荡到水天相连的远处，傍岸的渔船像一个个摇篮，轻轻荡漾着，把山、把树林、把海岛荡入梦乡。

我记得外国一个诗人写道：“没有更好的教材，比得上我们的错误。”

初恋，就像一只火柴，在燃烧的时候，开放了生命的花朵，它应该点亮人的青春，给人留下热烈、光明与灿烂，它留给我的却是一片灰烬、一片怅惘……

我不相信泪水能稀释伤感和忧郁，我也不幻想泪的波涛能带着淤泥沉沙填平痛苦的深壑，更不期望懊悔能慰藉一颗失去平衡的心，但几场难以自抑的痛苦之后，确实也使我的心不那么伤感了，我何不把这痛苦的回忆化为生命的动力？把这凝重的相思化作风帆为了那生命的余程……

夜深了，我该离开这里了。但愿人长久，千里共婵娟。

（情也深深，意也深深。）

本文选入《散文选刊》及多种散文选本。

【阅读提示】

本文选自作者散文集《青春的橄榄树》（人民文学出版社 1991 年版），这是一篇爱情咏叹调，主人公分别若干年后，回忆青少年时期青涩的初恋，那种朦朦胧胧、恍恍忽忽的情感是爱情吗？无论是痛苦或甜蜜的，初恋毕竟是人类圣洁感情的履历，谁的生命档案上没有记下这一笔呢？初恋是一抹温馨芬芳的记忆，永远开放在心灵的枝头。甜蜜的回忆，苦涩的思绪，这是心语，无声的交流，那个时代没有网络、视频，连手机也没有，人与人的感情的交流只有书信来往。

本文通篇借月光的描写抒发一缕绵绵的情思，处处表达着对恋人的感情体验。当爱的纯真向她伸来，她又感到惶恐不安，月夜、小河边，当他把心底的秘密交给她，她不敢接，她恐惧惶惑得不知如何是好，会害羞地跑回宿舍，蒙上被子，像生病一样浑身战栗。这是那个时代青年真实心理和感情的反映。心恋，是人的爱美心灵的本能表现，它不是对恋人的思虑，也不是对妻子和丈夫的牵挂，而是一种稍纵即逝或深藏于心灵的只属于自己，且难于表达、难以诉说的秘密。本文以散文的结构、诗性的语言，记述了这种缥缈的情感：爱的神秘，美的觉醒，悠扬婉转，意味深长，颇有艺术美感。

海螺，海螺在歌唱

阿珍，你听见了吗？海螺，海螺在歌唱！

那年春天，春风偷去我的小提琴，到处弹唱，使满树的嫩叶都奏响绿色的歌，海滩的小草在琴声里浅浅地微笑……

我们去看海，你说。

于是你带上画夹，我向春风索回我的小提琴，向海边跑去。按说，这算春游，你说，不，那太文雅了，我不喜欢，我们去追寻、去闯、去投……投什么？寻什么？是想把自己交给大海，还是向大海叙述什么？……唉，我迷迷糊糊地跟着你，我觉得这都无所谓，目的都是要看海。海是多姿多彩的，海是博大而富有的。

翻过那片山便是海。

那山山峁峁也如大海波涛般地涌起又跌下，起伏的山头在天际顽皮地画着抛物线，组成一个黄绿色波涛般的群体意识。但每一座山峰又有其独特的风貌，有的清瘦，有的温柔，有的奇特，有的庄严……山总是有力量的，它能引起宗教般的热诚和神话般的想象。山的褶皱里流出一方方田土。你说，那田是拼命从山里挤来的吗？要不,怎么那么瘦小而变形？那田土呈现斑斑驳驳的黄与绿，构成这春天特有的画面。不过走在这深深的山里，人的一切芜杂的情绪——苦恼呀、烦躁呀、孤独呀、惶惑呀，一切都化为一片空乏，人的心也似乎被掏空了，成了一页白纸。山，能纯化人的心灵。

那么海呢？

我们手拉着手狂奔，风扬起你的头发，飘起我的风衣，我们像鸟儿一样自由。自由的风，自由的云，旷达的高天，阒寂的山岭，还有海的蓝色诱惑。一簇簇毋忘我开放了，山野上跳动着蓝色的火焰。我俯身采下一束，放在鼻前贪婪地吮吸，像回到如诗如画的童年。

你看着我，浅浅地笑了。这笑容使人想起傍晚爬上开幕的一弯新月、美丽而深情。

山翻过去，那是一处无限的蔚蓝，汹涌的、澎湃的蔚蓝。

你的眼睛亮了，像发现了什么。你飞跑下去，那跃动的身影，像海燕，那飞泻的一缕秀发被风扬起来……

“啊，大海……”你喊着，叫着。

海浪，涌涌溅溅，用蓝白色的舌尖亲吻着沙滩，发出快乐的叽叽咯咯的笑声，被云块切碎的古老的太阳，闪烁在波光浩浩渺渺中，像亮在一个梦境的深处。风在上面犁出细密精致的波纹，远岸岛屿的轮廓漫不经心地隐隐现现，仿佛蜃楼幻影。我说，大海没有忧愁吗？没有。海是欢乐的摇篮，海里跃动着满是自由的元素。你回答得很肯定。

海滩上有座小草房，是海草搭的。小屋并不孤独，旁边还有几棵平柳树，使沉寂的海滩，富有油画的韵味。你掏出速写木，像一个公主那样蹲在地上，勾勒那小屋，那平柳斑驳的历史，勾勒海边的礁石，和远处的几点白帆。这苍凉的老树、草屋，还有黛青色的礁石，都在静静地沉思，沉思中流淌着生命的血液。

潮湿的海滩也不是单调的黄，沙粒里藏着无数颗彩色的小石头，景泰蓝、柠檬黄、鸡血红，还有牛乳白。这些色彩都来自海，谁说，海是单颜色的呢？要不，她怎么孕育出这么多五彩缤纷的儿女？我想拣几枚，谁知刚刚伸出手，那海急急忙忙赶来，把她的子女揽进自己的怀抱。海，这么博大而深沉的海也吝啬吗？

你不说话，画了一张又一张。

这时，彩虹也来凑趣，折断了海空难得的晴朗，云雾也来添彩，漫过了山腰，卖力地把我们的来路融进它的乳白，却也融不了树叶的绿和毋忘我梦幻般的蓝。于是，一帧长卷画成了。国画、油画、水彩画，象征的、变形的、写意的、泼墨喷彩的；一首首诗吟成了，田园诗、抒情诗、山水诗、交响诗，那韵律里总是蕴藏着令人难以读懂的神秘。

你累了。

你坐在沙滩上。你说，你喜欢透纳，你爱大海，爱这透明的蓝色，这变幻迅速的光和影；你说，你喜欢东方艺术的释迦牟尼——东山魁夷，无边的感受，从悠远的岁月里，伸出一支牧笛的吹颂中，得到永恒的验证；你说，你不喜欢贝奥芒，他太偏爱棕色，笔下的草地也是棕色的，他的学生康斯太希尔背叛了他，他的画上出现了绿色的草地、明亮的蓝天、银白的云朵，还有蓝颜色的海。

蓦然，你的眼睛盯着远处，好一阵。

啊，海螺，海螺，一只大海螺！你飞跑过去……

海螺，是一种永恒的音响，如同一粒饱满的银杏的种子，嵌在土地的缝隙里，嵌在历史和人类绵长的记忆的缝隙里，固执地走着生命的路。她有着钢铁的性格，风和雨，和石块只能撞响她铿锵的宣言。

你说，海螺是太阳的女儿，是精卫的妹妹，她们同一天来海边旅行，而她并没有去填海，像傻头傻脑的精卫那样把西山的石子木块一股脑地扔进海里，于是海接纳了她。海是美丽的，有诱惑力的，她只记得这一点，这是她的海，自己的海……

“童话，是你创造的？”

“不，是海螺自己创造的。”

你说，海螺，是大海的精灵，大海的形象，富有大海的思想，大海的情感。海螺，塑造了大海，博大而美丽的海……

你看，那螺纹不是大海的浪漪吗？那声响不是大海的涛韵吗？这痛苦变形的躯体，可是大海鼓动时被扭曲的脊背？……

“你成了诗人！”

“不，海螺，就是一首诗！海螺就是大海之魂！”

你停止了画笔，欣赏着那只海螺，多漂亮的海螺！

中午，太阳热烈地开放着。白嫩的阳光，馨香如出水的白莲。海面上浮动着蓝色的氤氲，像飘飘悠悠的裙裾，像少女缥缥缈缈的梦，那海浪的絮语也像女学生朗诵英文柔润的潺潺声。太阳和大海把一切色彩和线条都译成世界上最富有感情的语言了。

许久，许久，我看见你的速写本散落在海滩上，那远处的帆，还没有画完，而我则像那幅油画《收割者》中的农夫，疲累地瘫在沙滩上。我们就这样长久地傻瓜似的愣了许久。

你开始吹海螺。

你真是多才多艺。那海螺在你唇边发出呜呜的响，在群山和大海的深沉的静寂中，我似乎听到天籁的乐音，从天国传来。

你说，海螺的形象是大自然的鬼斧神工。海螺用声响塑造了大海，犹如荷马塑造了史诗，贝多芬雕塑了交响乐的金字塔，罗丹雕塑了《思想者》。我心醉神迷地倾听。

我想，也许第一阵海风吹进螺壳的宫殿时，人类也开始把唇、把情感贴在海螺边倾吐了。

海面上阳光灿烂，天空明亮而宁静。从那边跑来几个孩子，团团地围着我们，每个人的眼睛里都有两颗星，两颗蓝色的星，闪闪地望着你，也闪闪地望着你散落在海边的画稿。

我的目光在海面上逡巡，那浪花轻轻地歌唱、呻吟，水面上漂着长长的水藻，还有海芹菜和龙须菜年轻的生命。这是春天的海吗？我把一束毋忘我抛入海水，海水并不接纳，大概她不是海的女儿，花瓣被一簇簇浪花涌上来，忧伤地散落在海滩上……

阿珍，你对什么都充满激情，爱。我说。

你说：艺术家的眼睛里总是跳动着光影，色彩和线条，周围的任何事物瞬间微妙的变化都逃不过他的眼睛，艺术家的一生就是去观察、去感受、去爱。

关于艺术、海螺的争论，我败下阵来。

我随着呜呜的粗犷的声音，向前看去，前面是一首永恒的交响诗，多么雄浑的交响诗！

不知什么时候，太阳开始向西边移动，它漫过山岗，海水变成金黄、淡红色，长长的一条，像铺向皇宫的地毯，这是夕阳。它站在天边，望着变得深蓝的海洋，望着疲倦的沙滩，它给人带来成熟的笑。

海与岸相伴相随，源于天老地荒，走向幽远苍凉。每天的落日鲜润而漂亮。

不知道是否寻到了春天，混混沌沌又得了一只大海螺。

我三个月没有再拉小提琴，我梦里常听到海螺在歌唱……

阿珍，那以后你考上了美术学院，我也离开了这个小城。我们再没有机会看海。海已留在遥远的地方。

但是，海水却不时漫过来，从你漂亮的画面上，呻吟、欢笑、歌唱。那是海螺在歌唱，那声音已被什么东西过滤，没有了变形和夸张，有着异常的纯净，惊叹的美妙，诗一般的情怀和触及心扉的情感。于是它得以漫过遥远的我的心，涌入其中，那是属于你的海，你自己的海。不过有了这只海螺，我不再感到寂寞，这是你的，也是我的。

一阵凉爽的风吹过来，我觉得，这是海风送来的，它就在我的窗前流连。它带来闪电、雷雨，带来海啸、海潮，还带来渴念和激情，带来所有难以描述而又易于抹出的色彩吗？

啊，海螺，海螺在歌唱！阿珍，我们还去看海吗？

【阅读提示】

这是两个爱好艺术的青年，翻越大山，走进海的怀抱，海的辽阔和旷达，海景的壮美，奏响了少女少男心灵的牧歌，自然的美，人情的美，交织融合，浓郁的抒情色彩，诗性的语言的叙述，折射出少男少女水晶般美好的情怀，把男女主人公的形象写得如诗如画，用海螺唱出甜美的心声，把大海的美与人的美写得妙趣横生，诗意盎然。

通篇空灵优美，语言像少男少女一样清丽活泼，除给读者美的享受，又有哲理般的启示："海与岸相随相伴，源于天荒地老，走向幽远和苍凉"，"海螺雕塑了大海"，"那螺纹不是大海的浪漪吗？那声响不是大海的涛韵吗？……变形的躯体，可是大海鼓动时被扭曲的脊背？"比喻新颖、想象奇特、美丽动人。这是一首大海的抒情诗，一曲青春浪漫的歌。"海螺用音响雕塑了大海，犹如荷马雕塑了史诗，贝多芬雕塑了交响乐的金字塔，罗丹雕塑了《思想者》"，这是多么瑰丽的想象，既丰富扩大了写海的审美，又写出人物内心世界的丰满、厚实，避免了单调和浅薄。

紫罗兰，我的紫罗兰

我的紫罗兰死了，是在那个寒冷的冬天死去的。我看见它卷起自己的叶子，微微叹了一口气，死去了，带着宁静的、超凡脱俗的蓝色微笑……

我不会养花，我对任何花草都没兴趣。并非我不热爱生活，不热爱生命和色彩，是太忙了，常常忘记了给它们浇水、喷肥，许多名贵的花卉在我居室里都没享尽天年。但我却对你送给我的这盆紫罗兰怠慢不得。再忙，我总想着给它浇水；再累我总不忘记给它施肥；太阳毒了，我把它搬进屋里，天冷了，我把它移到阳光时里。我珍爱这一抹温馨的抚慰，这一盆蓝色的诗意，就像珍爱蕴藏我心底的初恋，就像珍爱你给我第一个吻的甜甜的记忆。

我知道，你非常喜欢花，喜欢这蓝色。你说，蓝色是圣洁、高雅和纯净，能给人流畅、明快，净化人的心灵的色彩。你告诉我，希腊神话传说中，司美司爱的女神维纳斯，因情人远行，分别时泪涌泥土，来春发芽，就是紫罗兰。

我喜欢紫罗兰，喜欢那长长的枝蔓，顺着花盆边缘像瀑布一样泻下去，然后画一道圆的孤，显示着生命的力度；我喜欢它浑身流淌着凝重的紫血，却敞开胸怀，接受阳光和雨露的沐浴，谁说这紫血不是幸福的结晶？我更喜欢那花朵。像一颗颗蓝色的小星星，像一首充满灵感和文采的散文诗。

我工作累了，就痴痴地坐在花前，细细地领略它的色和香，那纤巧而半透明的花瓣便吐出一缕幽幽芳馨，给我一颗疲惫的心带来抚慰；我仿佛看到你婷婷的倩影从花朵里冉冉走出来，那风吹花摇，窸窸窣窣，莫不是你对我絮絮细语？于是有一道清流通过我干枯龟裂的情感……这时，我禁不住吟起周瘦老的一首小令：

一阵紫兰香过，似出伊人襟左。恐被蝶儿知，不许春花远播：无那，无那，兜入罗衾同卧。

白天，我把它放在案边；夜晚，我把它放在枕前；有它伴随，我的梦也是蓝色的、温暖的，像五月的天空。

啊，紫罗兰，紫罗兰，我曾用你花的眼睛观察过人生，用你花的耳朵倾听过风的絮语，用你花的叶片感受过光的变幻……

我的紫罗兰死了，是在那个严寒的冬天死去的。它无声无息伴我度过了春，度过了夏，度过了秋，用它蓝色的美丽，清淡的幽香。而今，它死去了，悄悄地闭上了眼睛，那枯萎的花瓣上还留着一缕忧郁的凄楚的蓝色笑意……

……记得，那年春天，我来到你居住的那个美丽的海滨城市，我不想打扰你，不想在平静的心湖里再掷一块石子，荡起无休无止的涟漪。也许命运和机缘吧，在熙攘的人群里，我们相遇了：

“哦，是……你？”

“呀，是……你！”

一声惊喜，一声欢愉，两颗曾经思恋的心一下子撞溅出火花。

你邀我回家。一座普通的楼房坐落在海的衣襟上。两个小小的套间挽住了十几个春秋。你依然爱洁净，紫罗兰的床单，紫罗兰的窗纱，透出素洁幽雅的气息。我们相对而坐，默默无语。只有两颗心在怦怦地跳，只有意识在汩汩地流。

——中午，他不回来?

——他不回来。

——那我以后再来做客吧。我感到局促，我觉得不能像从前那样亲密相处了。

——已经呆了很久了。

——可是，我还没听到你的心里话。……你应该骂我，我对不起你……你的声音哽咽了，终于控制不住的泪水涌进了眼眶。

我温柔地望着你，真想张开臂膀，把你拥抱在怀里，吻你那含泪的眼睛，抚摸你那颤抖的双肩，可是我镇静住了我的情绪。

——要说心里话，我只问你一句，他爱你吗？

你默默无语，好久将目光移向窗外。

窗外是一片蓝色的温柔的大海，静谧的海湾，长堤，古塔，垂柳，落下的影子像一幅透明的画，清绝、秀绝、媚绝。而我的目光却落在窗台上，那上面摆着一盆紫罗兰，正在阳光下怒放盛开，弥漫着一种宁静的香雾和暖洋洋浅紫淡蓝的光晕。

——生活如意吗？

——人生本来就是不如意的，没有事事如意的人生，何必寻那个如意呢？

——我们为什么不争取如意呢？

——那代价太大，我们都要失去很多，很多，结果，还是不如意……唉，过去的事，都忘记吧！

——能忘记吗？那是爱的童年。

——人不可能回到自己的童年。

——但谁也不能忘记自己的童年。

——我的童年已经死了。

——不，它却活在我的心中。

有如鲜花，离不开芬芳，我割不断对你朦胧的记忆，你脉脉的柔情，有如青藤附着阴郁的大墙。十几个春秋，鱼沉雁落，青鸟音绝，我的思恋啊，常常像漂落海上的一叶小舟，茫茫的海水，哪儿是它温暖的港湾？你可知道，这些年来，在生活和稿纸这两道陡峭的阶梯上，我曾经是怎样攀登过？我曾经穿过炎热荒僻的戈壁滩，用充血的双手扒开砾石，吮吸潮湿的沙子；我曾经在巉岩陡壁上，抓着棘荆，胸脯贴着大山尖棱的骨骼攀爬；我曾经战战兢兢涉过结着冰的河水，冰凌渣子划过我的双腿；我曾经在风雨弥漫的旷野上，迷惘，彷徨，徘徊，看不见温暖的灯光，听不见亲切的话语，四面是一片黑暗凝固的夜……我觉得疲惫了呀，我多想停下来，躺在温软的草地上，揉揉走肿的脚，让疲乏的心也歇歇。也是为了你，我才没受这一切的诱惑，继续走那条艰难的永远走不完的路！

你的笑和泪都是无私的给予，就像阳光照亮我心中黑色的土地。

为了你，我才不断地完善着和充实自己。

我的紫罗兰死了，是在那个寒冷的冬天死去的。我没想到它竟那样快地离开我。它没有怨恨，没有痛苦，那干枯的花瓣上只留下一抹沉静的凝固了的微笑：仿佛说，明年春天，我再献给你一束蓝色的抚慰……

……车站。拥挤的人流，喧嚣的声浪。我坐在候车室里，等待生活的又一个转折时刻。我怕你流泪，没有向你告别。长长的连椅上坐着一个孤独和寂寞。

啊，你来了，还是穿着那件蓝色的风衣，尽管风衣已经破旧了，但你穿在身上，依然像天使般美丽。我看见你挤过人丛，向我走来，你手里擎着那盆紫罗兰，就像高擎着一面圣洁的旗帜。

你气喘吁吁地坐下来，先是埋怨我不辞而别，男人的感情什么时候才能变得细腻？又嘱咐我：这盆紫罗兰请你带回去，放在你案前，当你想我时，就看看这盆紫罗兰，如果忘记了我……（我急忙用手堵住了你的嘴，我不想听下去面的话语）。

我盯着你的眼睛，你的眼睛分明泄露了你心底的谜——我只想对你说，在你旅途寂寞的时候，我的爱仍会追随着你，在路旁开成一串淡蓝色小花……

你要我经常给你写信，最好每封信里都夹一朵紫罗兰。

我默默地点点头，一一记在心里。

火车开动了。

一列车爱载去了，你的。

一列车爱留下了，我的。

而今，你送我的紫罗兰死去了，亲爱的，你不生气吧？你不埋怨吧？我的爱，也像迷途的羔羊，在凄清的旷野上，咩咩地呼唤。我觉得我的心枯萎了，就像经霜的花朵凋零了！我呼唤我的蓝天，我的太阳，我彩色的田野，我温馨的紫罗兰！如瀑如潮的爱，难诉难倾！

我的紫罗兰死了，那纯净的灵魂里有着爱的微笑。我记起英国诗人雪莱的诗名：

花儿的芳香，已经散尽，
它像你的吻，曾经向我吐馨，
花儿的颜色已经暗淡，
只有你在时，它才鲜妍。
我哭了，我的泪不能使它复生，
我叹息，它再不会向我吐馨，
我也将接受这样的命运，就如花朵，
无所抱怨，而保持沉默。

【阅读提示】

爱情像一个永远猜不透的迷，因为人的内心世界十分复杂、丰富。这篇以赠送花树传递人类伟大的感情，展示出一个广阔无限神奇变幻的世界。正如林非先生评论："从这里可以咀嚼和升华出丰厚的人生体验，向情感、诗意、哲理或道德的高度攀缘。"作者善于捕捉生动的细节，写得那么深切动情、纯真雅致，体现了一种高洁情趣。谁不为阴差阳错地失掉良机不结果的爱惋惜呢？他用娓娓动人的文字，情感浓郁的笔触，撰写出青少年时代初恋的甜蜜和痛苦，创造出鼓舞他们去奋力追求的美好境界。

曹植：一曲梵歌千古愁

一

阴郁的天空，浮动着浓浓淡淡的云，冷冷的雨丝时断时续地飘零着，路边的庄稼叶子凝结着泪一样的水珠，空气里弥漫着很伤感的情调。秋意浓了。这样的季节，这样的天气，来叩访一个华严而苦难的诗魂，是很符合我的心情的。

陈思王曹植的墓在前面山上。

山叫鱼山，不高，不足百米，但毕竟是山。累累岩石筑就山的风骨，山的尊严。因为山的孤独，山上的草木也流露出忧郁和忧伤。黄河从山脚下滔滔流过，涛声浪语抚慰着一颗孤独的灵魂。他仍在沉思，眉额紧蹙，目光忧郁，俯视着黄河，思虑什么呢？已经两千年了，愁肠还未化解？心中郁垒还未消融？

曹子建生命定格在 41 岁的高度上，属于中年知识分子早逝。按照现代人的生命观念，如果人生四季是春夏秋冬，那么曹子建并未领略生命秋之繁华、冬之静穆。他的生命在枝繁叶茂的盛夏戛然而止。那个时代人对生命充满恐惧感、绝望感。朝不保夕，朝生暮死，是司空见惯的寻常现象。所以诗人们常常发出感叹："人生天地间，忽如远行客"，"人生寄一世，奄忽若飚尘"，悲凉和慷慨是建安时代文人普遍性的情感。连一代枭雄曹操都发出"对酒当歌，人生几何，譬如朝露，去日苦多"的绝望和无奈。在诗人眼里，天地的空间无穷，时间的无限，人生只像一粒随风飘忽的微尘。

面对着这种生之艰难、死之可畏的残酷现实，文人们反而变得十分通达、洒脱、任性、放荡不羁，甚至把生命作为一种赌注，与黑暗较量，使生命在绝望之中放出璀璨的光芒。

曹植是那个时代的骄子。他和他的父亲曹操、皇兄曹丕团结了一批文人，以诗会友，诗侣酒酬，“酒笔以成酣歌，和墨以资谈笑”，成了这些精英们的生活写照。面对死亡和长剑，面对白骨蔽野和腥风血雨的大视野，他们长歌当啸，生命的感触趋于敏锐，情感的层次趋于丰富，人生的体验趋于深刻。他们是白茫茫大地上的几朵鲜花，他们傲视风雪，鲜艳而纯贞，大度而潇洒，在苦难和绝望中尽显风流，在寂寞和孤独中张扬生命的个性，为那个时代留下希冀的微笑。在世俗阴霾中渗透的几缕霞光，一直辐射到今天的苍穹。

曹植以公子之豪，常与王粲、陈琳、徐干、刘桢、阮瑀、应玚、杨修、邯郸淳等人宴饮游乐，谈诗论赋，通达无拘，其乐融融，品位高雅风流，为此后竹林七贤、兰亭诗会开了先河。

那时曹丕未做皇上，曹丕、曹植兄弟虽有龃龉，但矛盾并未激化，太子之争只是一股暗流。在邺下之会上，曹丕、曹植自然是中心人物，东道主、公子敬客，丕、植均无居高临下之感。他们趣味相同，平等相待，超越功利，前无古人的平等意识，传统的尊卑观念，全看破打破了。他们顺情任性，无视礼法，豁达狂放，没有汉儒的清规戒律，每个人鲜活的个性，淋漓尽致地表现出来，洋溢着生命的自然与丰满。

曹植文学上的成就，在三曹中最为杰出。他和父亲及兄曹丕开创了一个辉煌的建安时代。建安时期凡是有点名气、才气的诗人都荟聚在曹氏集团周围。建安七子，像北斗星一样璀璨绚丽，却又烘托着曹氏这个月亮。

曹子建出生于 192 年，即汉献帝初平三年，那是汉末最混乱的年代。以董卓为头目的西凉军阀，已经裹胁着献帝和公卿大臣从洛阳迁都长安，而讨伐董卓的军阀集团风起云涌。一时间，真像《红灯记》中李奶奶所言，天下大乱哪！作为关东群雄之一的曹操，参与了这场讨伐董卓的大战，曹操这支武装力量并没有根据地，也并不强大，他只能让妻子儿女随军转战东西。

曹子建的童年就是在马背上度过的，在军营帐篷里长大的，是在簇矢如蝗、腥风血雨的大环境中成长的。公元204年（建安九年），曹操击败敌手袁绍，占据邺城为根据地，才将妻子儿女安顿下来。这时曹子建已经十三岁。十三年哪，“生乎乱，长于军”。但这并没有影响他文才的发展，他十余岁便能诵读诗文数十万言，定居邺城后，他的才名鹊起。

曹植的少年时期却是极富有纨绔、公子哥儿的浪漫气息。曹操喜欢这个小儿子的超人才华，非凡的灵气，奇妙的想象力。他隆鼻大眼，修眉阔额，英姿潇洒，风度翩翩，十足的白马王子气派。虽然远方战火不息，血雨飞溅，他却在邺城这暖巢里过着衣食无忧富贵奢华的生活。他白马金鞍，腰佩宝剑，衣着鲜丽，随从成群，走马京都外的山野，弯弓射猎，依马写诗：“白马饰金羁，连翩西北驰。借问谁家子，幽并游侠儿。”这个时期的曹植除宴饮游乐，就是吟诗作赋。他的《游观赋》就是他这个时期生活的写真：“静闲居而无事，将游目以自娱。登北观而启路，涉云际之飞除。从熊罴之武士，荷长戟而先驱。罢若云归，会如雾聚。车不及回，尘不获举。奋袂成风，挥汗成雨。”还有《斗鸡篇》《公宴》《侍太子坐》等那种豁达豪放、奢华糜丽的生活：“公子爱敬客，终宴不知疲”“清醴盈金觞，肴馔纵横陈”，一派纸醉金迷的公子哥儿的真实生活写照。

他的文学才华很快传播开来，人们给他起了个外号“绣虎”。虎是山中之王，他是有文采的“老虎”，岂不是文坛之王乎？

对于曹植的文才，曹操初感怀疑，以为是一些帮闲文人的捉刀代笔，他要当面考一考。那是在邺城铜雀台新落成之际，他率领诸子登台观景，要他们各做一篇赋。果然，曹植第一个交卷，文辞华美，气势磅礴，骨奇高绝，曹操拍案称赞：这孩子真是才气非凡。曹操在用人上从来是唯才是举，心里不禁暗想，要立曹植为太子。

多么潇洒，多么狂放，他满眼是蓬勃的春天，满眼是鲜花锦簇的风景。春风骀荡，艳阳丽日。少年啊，只有少年才有这样的激情，这样的想象，这样的诗意！

二

曹植作为贵族少年，走马斗鸡，宴饮游乐，吟诗作赋，才华横溢。他出口成论，挥笔成章。诗文骨高清奇，如出水芙蓉、山涧幽兰，气质高华、卓荦超群。许多大臣都在曹操面前称赞他的才气。再有他老朋友的两个儿子丁仪、丁廙兄弟在曹操面前极力吹捧，曹操的念头似乎更坚定了些。但曹操并未宣诏，按而不发，这固然与曹操性格多疑有关，也是选太子必须谨慎。曹植任性放达，轻狂风流，或纵马郊外，射猎追杀；或狂饮浪醉，耽溺声色，“游目极妙伎，清听厌宫商”。连美妙的舞伎，动人的歌曲也看厌了，听腻了，只能和一些纨绔少年走马斗鸡，追兔捕雀，挥洒黄金般的时光。这时期他的诗也缺乏强烈的现实社会内容，但也写了些歌颂友谊、对生活不幸者抒发同情的诗篇。这些诗，似乎比较严肃，也有一定的思想艺术价值。

你才华八斗，你出口成章，你卓荦超群，能不引人嫉妒吗？

曹操本有长子曹昂，但在公元 197 年（建安二年）征战张绣时战死了，不得不再择继承人。他先看好曹冲，但曹冲不久病死。曹操又将目光转向曹植，意欲立曹植为太子，这一下触疼曹丕的神经。曹丕、曹植一娘同胞，都是卞夫人所生。亲骨肉之间，一场难以避免的矛盾暗流般湍急。曹植一开始占有相当大的优势，他非常自信，自己才华过人，深受父亲赏识。

他是翩翩公子，风流倜傥。我想曹植准是一个美男子，峨冠博带，衣饰华贵，走起路步履稳健而富有节奏感，像每一步都踩在一个音符上。他站在云杉树下，是一棵高耸云天的杉树；他站在竹林里，就是一棵亭亭玉立劲拔挺直的青竹。

任何优点都是缺点的继续。造物主偏偏又给了曹植轻狂、傲慢、任性的缺点，他才气过人，又难以自控，常常做些出格的事。

才气是双刃剑，它既能成就一个人，也能毁灭一个人。

有一件事使曹操非常恼火。公元 217 年（建安二十二年），曹操远征在外，曹植留守邺城。曹植喝醉酒，就私自坐着王室的车子，打开正门司马门，在“御道”上奔驰起来。这正是犯了大忌的，司马门只有帝王本人在举行大典时才可开启。曹操以法家治国，对这种严重违法行为，极为恼怒，立即下令杀了掌管王室车马的公车令，并说，这事使我“异目视此儿矣”，并在诏令中告诉大臣们，这个儿子不能成为我心腹，表示了他对曹植的极端的失望。

其实曹操还想重用曹植，给他悔过的机会，任命他为南中郎将、行征虏将军去救被关羽围攻的曹仁。这是曹操给爱子曹植的一个赎罪机会，并准备召见曹植，予以诫敕。这个机会可以缓和父子间的矛盾。可是这个机会被曹丕破坏了，曹植被曹丕灌醉而不能前去听敕受命。曹操再次发怒，“悔而罢之”。

曹植拙诚，曹丕巧诈，他们天性不同。曹丕恰恰会利用他的缺点表现自我。他是“御之以术，矫情自饰”，工于心计，善于权术。他表面上装得老实，一方面引导曹植犯错误，一方面笼络人心，利用自己的地位，让一些大臣、老臣为自己说好话，造舆论。其实政治家和阴谋家并无严格的界限。

曹操虽然挟天子以令诸侯，但他并没有僭越为臣之畛域，他始终不称帝，尽管大汉王朝已气数将尽，名存实亡，他完全可以取而代之。公元 220 年（建安二十五年）正月曹操卒于洛阳，曹丕继位魏王。长达十年的王位之争，以曹丕的胜利、曹植的失败而告终。曹植意气风发的少年人生华章已被历史轻轻翻了过去。

从此，曹植的命运乐章便涂上了悲剧的色彩，一直演绎到生命的终结。曹丕自幼习经史百家之书，又喜骑射，志趣在统治之学，且受道法、纵横诸家阴谋权诈捭阖之术的影响。当了皇帝更任性放纵，隳乱礼制，对臣下也多有刻毒寡恩之道。严格地说，曹丕并不遵守儒家标榜的“仁孝”。

曹丕一上台就开始迫害曹植的行动。第一步，就是先除掉他的羽翼，断其手足。丁仪、丁廙是曹植情同手足的幕僚，这两个人曾向父亲极力推荐曹植当太子。他早已怀恨在心，找个“借口”，除掉二丁全家男口。丁仪苦苦哀告求饶，但曹丕不予理睬。曹植看在眼里，痛在心中，但无力相救。曹丕做了皇帝就开始直接迫害曹植，先是把他贬为临淄王，赶出京城。曹丕对每一位诸侯都安插一个“监察使者”，诸侯的一言一行，使者可直接奏报皇上。监督曹植的使者叫灌均，是心毒手狠的家伙。他上疏言曹植“醉酒悖慢，劫胁使者”。曹丕看了奏疏，大怒，立即降旨，召曹植回洛阳，交百官议罪。当然那满朝朱紫大都是看皇上的眼色行事，有的主张免为庶人，有的主张“大辟”。但由于曹植生母卞太后从中干预，曹丕不得手，只好下诏，改封为“乡侯”，也就降级使用，由县级侯改封乡级侯，封地安乡。曹丕的其他弟兄大都是“郡侯”，是地市级一把手，唯有曹植是个乡镇长。曹操在世时，曹植食邑万户，是当时唯一的“万户侯”，而今曹植被降为“千户”。曹丕虽没有下毒手，但曹植在京期间也对这个“才高八斗”的胞弟百般刁难。

这就有了七步成诗的故事。曹丕拿来一幅画，画上有两头牛相斗，一头牛掉进枯井，曹丕令曹植诗配画，但诗中不得有“二牛斗墙下，一牛坠井死”之类的字样。曹植沉思片刻，脱口而出：“两肉齐道行，头上带凹骨。相遇块山下，欻起相搪突。二敌不俱刚，一肉卧土窟。非是力不如，盛气不泄毕。”

群臣皆惊。

其实这首诗诗意并不超迈，并没表现出曹子建的才华，说得刻薄一点是平庸之作，竟也惊动了朝野。第二年秋冬之际，曹丕又导演了一场“百官典议”，抓住曹植一个小毛病，上纲上线，批倒批臭，并令其迁居鄄城旧居，闭门思过。曹植又免不了天天写检讨、请罪。由于卞太后的干预，再加曹植认罪态度好，曹丕也挑不出什么毛病，即任命曹植为鄄城王，食邑也增加两千五百户，比诸兄弟低一等，在物质待遇上也比诸王“事事复减半”。

曹子建早就有七步成章的盛名，曹丕又命他用“兄弟”为题再做一首。曹植不假思索，随吟一首：“煮豆持作羹，漉菽以为汁。萁在釜下燃，豆在釜中泣。本是同根生，相煎何太急？”

曹丕闻之，潸然泪下。

一场刀光剑影的骨肉相残的悲剧就此画上句号，而一首千古绝唱传遍天下，妇孺皆知。曹子建天才之光像一道绚丽的彩虹一样，横亘中国文学史的天宇。

从此以后，曹植的文学创作在黄初年间，一改建安初期那种公子纨绔之气，斗鸡走马、宴饮游乐的题材也一扫而空。曹植性情变了，文风也变了，他忧郁，他悲愤，他怨怒，他的诗里反映受迫害生活的抒忧发愤的情绪。所以，后人评价曹植后期诗作：“忧伤慷慨，有不可胜言之悲”。

三

曹子建和建安七子一样，虽然他们的行为践踏儒家伦理、毁灭儒家纲常，但他们灵魂深处仍然有一座儒家殿堂巍然屹立：那就是建功立业、入世修身的理念，齐国治天下的宏伟理想，为国家做一番贡献的壮志豪情。

社会地位和生活的改变，也改变了曹植的文学创作。他的笔一扫斗鸡走马、宴饮游乐的纨绔气、公子哥儿的轻狂气，而是出现了被迫害、被压抑的悲愤悒郁之气。这时的作品正如谢灵运所言，“颇有忧生之嗟”。诗思更加深沉，格调更加遒健，情绪亦更加悒郁。《赠白马王彪》真实地记述了兄弟相残、骨肉相杀的悲剧。那是公元 223 年（黄初四年）五月，洛阳的牡丹已经繁花如海，洛河岸的杨柳泻绿滴翠。阳光明媚，春风骀荡。这真是诗的岁月，花的季节！一切都那么美丽动人，生机蓬勃！兄弟朝会，张灯结彩、喜气洋洋，更是鲜花着锦。但是，朝廷里忽然阴霾布空，阴风凄凄，剑拔弩张的气氛十分浓郁。曹植的同母兄长曹彰被曹丕毒杀暴死。兄弟诸王从各地来京朝会，曹丕假惺惺极尽皇兄之谊，相邀曹彰下棋，而旁边放些毒枣，曹彰误食而暴死，给这次朝会蒙上一层恐怖的阴影。到了七月，诸王还国，曹植与白马王曹彪同路东归。谁知刚出洛阳不远，监国使者便追了上来，要他们二人不得同行、同宿，要分离，单独行动。于是二人分手，临别时，曹植做了这首诗，此诗写得沉痛之极，“有不可胜言之悲”。诗作对于曹丕的阴毒、残暴给予强烈的谴责，对于那些监国使者，痛斥为爪牙、鸱鸮、豺狼、苍蝇，倾泻一腔愤慨。

曹植不仅是建安时代天才的诗人，而且是一位杰出的散文家。他的名篇《洛神赋》早于《赠白马王彪》。公元 222 年（黄初三年），曹植离开京师，路经洛川，想起民间传说中洛神的故事。洛水女神宓妃是一位美丽多情的女神，作者想到洛阳，又联想到宋玉对楚王说巫山神女之事，灵感忽至，写下《洛神赋》千古名篇。

曹植带着随从来到洛水之滨，凝神张望，只见一川流水，滔滔而去，阳光照耀，河水浪花溅溅，满河飞金点银，如梦如幻。他仿佛看到洛神，仙裳飘举，环佩窸窣，身姿婀娜，凌波而来。其后，是他们互赠礼物，洛神和她的同伴在空中和水上自由游玩。这时风神敛翅，河神命波浪平静，水神击鼓，创世神女娲也在歌唱。曹植与洛神乘着驾“六龙”的云车出游，一叙衷曲。最后曹植与洛神在洛水的舟中思慕不已，离岸乘车远去时，还回头张望，无限依恋！

一个五彩缤纷的梦，一个美丽的神话。曹植的《洛神赋》是一曲梦幻之歌，这里写的洛神实际上是甄氏。这篇《洛神赋》中的女主人公是以甄氏为模特，并非曹植子虚乌有浪漫想象。甄氏者何许人也？这位美人甄氏原是袁绍的爱妻。当年，曹丕跟着曹操攻破了冀州城，不顾曹操的禁令，曹丕闯进了袁家，见着这位美人，便请求父亲要娶她。其实曹操也一见钟情，又不能与儿子争风吃醋，只好答应。曹丕还作诗《善哉行》：“有美一人，婉如青扬。妍姿巧笑，和媚心肠。知音识曲，善为乐方。哀弦微妙，清气含芳……离鸟夕宿，在彼中洲。延颈鼓翼，悲鸣相求。眷然顾之，使我心愁。嗟尔昔人，何以忘忧。”美女任何时代都是稀少资源。曹植对甄氏也有相思之愁，曾写诗《美女篇》赞美甄氏美人“罗衣何飘飘，轻裾随风还。顾盼遗光彩，长啸气若兰。”这种怨慕之情最终化为一曲千古绝文《洛神赋》。那洛神女子，天高地远不可及，泽畔停驻，让你不忍扰碰。这女子头戴金钗，腰佩翠琅，“明珠交玉体，珊瑚间木难。”是水中之月，雾中之花，是佳人又是天仙。

那是落木萧萧的秋日，曹植下榻在驿馆，一豆青灯，铺开绢帛，笔走龙蛇，墨飞色舞，一位姿态绰约、花容月貌的女子跃然纸上：“翩若惊鸿，婉若游龙。荣曜秋菊，华茂青松。仿佛兮若轻云之蔽月，飘摇兮若流风之回雪。远而望之，皎若太阳升朝霞；迫而察之，灼若芙蕖出渌波……”极尽铺排藻饰，描绘出一位光艳四照、天姿丽质的美女子形象。

这首抒情小赋，对后世影响很大，极富抒情味，在魏晋时期对抒情小赋的创作，起了推动发展的重要作用。

四

曹植毕竟是贵族出身，温室里长大的苗儿，他没有李白“天子呼来不上船”的诗胆，也没有苏东坡“一蓑烟雨任平生”的豁达，更没有辛弃疾夜里挑灯看剑、栏杆拍遍的凌云之志。

经过种种磨难，曹植已不是那种轻狂放浪的翩翩公子，也不是那种诗心似火、引吭高歌的诗人。俯视茫茫，寂寥空阔，曹植处在不寒而栗的孤寂境地，能不产生“人生如寄”的渺茫之感？苦难和孤寂使一个天真无邪的少年患了“忧郁症”，沉默寡语。有时他也扼腕长叹，沉溺于笙歌美色之中。他四顾，“美女妖且闲，采桑歧路间”，他满眼是：“顾盼遗光彩，长啸气若兰。”

曹丕虽然对曹植不直接迫害了，但也绝对不重用，让他在那一亩三分地里闭门思过吧。

我完全想象得出曹植幽禁封地的孤独和寂寞、苦闷和彷徨。秋天落叶的飘飞，冬天暮雪的曼舞，春天残红的凋零，看落霞秋鹜，能不念及远在京都的老母？望星夜孤雁，嘹唳的雁鸣，凄厉肃然，怎能不使他忧伤、孤愤？空有八斗才华，一腔豪情，却无处挥洒。报国无门，壮志难酬，这是人生最大的痛苦。

他的忧郁仍不失贵族气，是法相端严的忧郁。

这种忧郁蕴含着忧伤、忧愤、忧怨、忧国忧民的绝望和悲哀。

他把灼人的痛苦深深地埋在心中。

曹植作《幽思赋》宣泄了他心中的郁垒。

如果我和曹植是同时代人，见到曹植会拍着肩膀安慰他：子建兄，凡事要想开一点，你写你的小诗、小赋多自在呀，不在其位，不谋其政。操那闲心干吗？澎湃之后的安静其实也是一种美；灿烂之后归于平淡，不也是人生的一种境界吗？

无色的斑斓，无声的喧嚣，使曹植的余生只得安安静静地吟诗，安安静静地写些小赋。小小庭院，春天的海棠，秋天牵牛花，夏日浓荫里一树蝉鸣，夜晚满庭月色。

慷慨悲壮转而为秋水弱柳文风。

曹植不仅是个天才的诗人，还是位精通声律的作曲家、音乐家，尤其熟稔佛教音乐——梵呗。他在东阿陈思王位上，除了吟诗就是研究梵呗。“梵呗”就是一种佛教的歌赞。曹植这期间不仅创作了大量的乐府歌辞，又创作了四十多章赞呗，皆以韵入弦管。曹植创作的《鱼山呗》，被时人记载：“既通般若之瑞响，又感鱼山之神制。”后人称，“用汉语唱梵呗，始于曹魏陈思王曹植。”

我完全想象得到，那是仲夏黄昏，夕晖在天，飞萤缭绕，曹植在院子里置一机案，手弹筝弦，左右侍女或怀抱琵琶，或手执玉箫。歌女对月长歌，音质凄清悲怨，如丝如缕，如怨如诉，清雅哀婉如空中传来一曲仙乐。曹植屏气静听，眼泪刷刷地淌下来。远处的寺院已被暮色吞蚀了，只有高大的银杏树尖上还闪烁着几滴霞光。风，吹过田野，吹过黄河，涛声梵韵，沉稳、悠扬，缥缥缈缈，连接晚霞和初月，缭绕盘旋，最后消失在天之涯、地之角……

此曲只是天上有。这是天籁。

曹丕在位仅六年，这位经过禅让而登上大位的魏文帝便崩逝，其子曹睿继位，即魏明帝。曹丕之死无论如何对曹植是一幸事。他长期被压抑，被郁积的怨气、怨愤、怨怒该消一消了吧。他相信侄儿曹睿不同于他爹，对皇叔曹植确实态度会有所转变。果然，曹睿先是把父亲在世时用过的十三套衣被赐赠老叔，接着又把老叔从荒僻、贫穷的雍丘，调到黄河岸边土地肥沃的东阿，物质生活有了很大的改善。你老叔该满足了吧？实际上曹睿并未从根本上改变父亲的政策，在政治上曹植仍然没有地位。曹睿仍然按照父亲的“既定方针”，把他禁锢在封地，使他不能与闻朝政。你一边“养尊处优”吧！

曹丕是人，曹植是“仙”；曹丕可做天子，曹植只能是颗流星，让人叹息哀婉。曹操选定曹丕做太子，并没走眼，曹植只能做诗人，专业化的诗人。曹氏父子都是杰出的文学家，且不说开一代诗风，曹丕的诗情意清新，为诗为赋皆流光溢彩，从他的诗中已遥望盛唐的气象。曹植则不然，一生如明月，月光流泻于地，是清冷凄凉。尽管少年狂放，人到中年却悲观、孤寂。他的诗也是唯美主义，是空中月，是波中影，是枝头风，有“寒塘渡鹤影”“冷月葬花魂”的凄绝。

但是，人是个怪物，尤其才华过人的人更是怪物。物质生活的穷困和窘迫似乎并不怎么痛苦，痛苦的是不能实现自己的人生价值，不能为国建功立业……他焦虑，他痛苦，一颗曾经冰冷的心复苏后，更加热烈、躁动。他渴盼生活给他一个舞台，一个生命的支点，他试着向他侄儿魏明帝呈上一份奏表——《求自试表》，强烈要求曹睿给他一个机会。表文说：“如微才弗试，没世无闻，徒荣其躯而丰其体，生无益于事，死无损于数，虚荷上位而忝重禄，禽息鸟视，终于白首，此徒圈牢之养物，非臣之所志也。”表文激情淋漓，声泪俱下，说自己犹如笼中之鸟、圈牢之物，生活虽富裕，却不能为国效劳，盼皇上恩赐一职，能济国惠民。并在表文中一再向曹睿表白忠心，言之凿凿，辞之耿耿，可剖肝切腹，“闲居非吾志，甘心赴国忧”，“与国分形共气，忧患共之”，希望为国效劳。然而轩辕不见，神龙不出，曹睿无动于衷。曹植只好幽禁在他的封地。

直到公元232年（太和六年）正月，曹睿把诸侯王——大都是他的叔伯辈——召集洛阳。这是曹植自上次朝会的八年后，第一次晋京。曹睿比他爹聪明，依然热热哈哈，带着老叔游逛洛阳，看看京都新面貌，还问长问短，赐酒食，赐水果。曹植很想当着老侄的面，倾诉心中的苦闷，希望政治得以重用，但曹睿装聋作哑，充耳不闻，始终没答应给曹植在朝廷安排一个官职。谁知，这次朝会之后，曹植的封地迁徙陈地，曹植心情更加郁闷，精神极其痛苦，怅然绝望，到位不久，便一病呜呼了。卒年四十一岁。临终前对身边亲人和侍从说：“要薄葬，其墓在东阿。”

为何曹植将自己的坟墓选在东阿？是对故封的眷恋？抑或是对黄河岸边的小城情有独钟？还是做东阿王时是自己诗文创作丰硕的年代？前边说过，曹植在东阿作过梵音乐曲，或许他期望那凄悲超乎天然的梵音，仿佛仙乐，和着黄河的涛声浪韵，在冥冥中，伴随自己孤独凄悲的灵魂？一曲梵音千古愁！

曹植并不屑于翰墨、辞赋，然而命运之神阴差阳错，文学却成为实现他人生价值的最好途径。

他要戮力上国，流惠下民，建永世之业，留金石之功，岂徒以翰墨之勋绩为君子哉！然而，他建功立业的雄心壮志始终没有得到施展，短短一生只能纵横翰墨之间，徜徉诗丛赋林。他在文学创作上留下千古不朽的绩勋。他在《薤露行》中写道："……孔氏删诗书，王业粲已分。骋我径寸翰，流藻垂华芳。"

《三国志·曹植传》载："初，植登鱼山，临东阿，喟然有终焉之心，遂营为墓。"

我徘徊在墓前，历史在我脑海里喧嚣着。

空中的云翻卷着，雨似乎变大了，淅淅沥沥，敲打着花草和树木的叶子，叶子痉挛般战栗着，发出细微的叹息声。没有游客，山是一片沉寂。脚下的黄河，水面宏阔，浑浊忧郁的波涛，无声地漫过去，漫过去，是一章章远逝的历史。

曹植死后，曹睿送给一个谥号"思"，世称为"陈思王"，它的意思据《谥法》："追悔前过思"，又解释为"思而能改"。陈思、沉思，一个天才的诗人，一个苦命的诗文大家，就长眠东阿小城，做永恒的深思了。

曹植像一道流光，带着忧郁的色彩，消失在历史的幽暗中。钟嵘在《诗品》中盛赞曹植："骨气奇高，词采华茂。情兼雅怨，体被文质，粲溢今古，卓尔不群。嗟乎！陈思王之于文章也，譬人伦之有周（文王）、孔（子），鳞羽之有龙凤，音乐之有琴笙，女工之有黼黻"，简直把曹植推向了诗圣的地位。

南北朝的谢灵运，狂放不羁、恃才傲世，但面对曹植极为谦恭："天下才有一石，曹子建独占八斗，我得一斗，天下人共分一斗吧！"

我走下鱼山，雨停了，夕阳从云隙中艰难地挣扎出来，颜面惨白，恹恹如病。黄昏近了。我无言地回望着山顶上的坟墓，它已经淹没在杂草丛中。

此文获首届曹植文学奖。

【阅读提示】

文化大散文首先是散文，是具有文学意义的散文，应该是历史和文学、文学和思想的有机融合，应该带着对历史的敬畏，对所写事和人物的真挚的感情，这种感情包括喜、怒、恨、爱。作者在这篇探访坐落于东阿曹植墓地时写的散文，很有情致和现场感的融合，写出了曹植的性情深处的东西，这是极为难能可贵的。

曹植受曹丕排斥，曹植被放逐，曹植被冷遇，在东阿做了个千户侯，可以说是他的不幸遭遇的归宿，又是他艺术梦想的渊薮。

曹植不仅是个天才的诗人，他能诗善赋，其《七步诗》和《洛神赋》等篇什，让他名噪千古，此外他还是位精通声律的作曲家、音乐家，尤其熟稔佛教音乐。他在东阿写下了一曲梵呗，对后世的佛教音乐发展有着很好的启迪。这梵呗，仿佛仙乐，和着黄河的涛声浪韵，在冥冥中，伴随曹植孤独凄悲的灵魂，令人慨叹。

作家对曹植的探访手记没有拘谨于成论，除去书写曹植的不幸遭际，而是呈现了更多的情感挖掘，收笔于黄昏天的冢墓，为千古之愁营造了一个很有效的语境，这里情景交织，浑然一曲悲怆的命运交响乐，甚为感人。

嵇康：慷慨与苍凉

一

山阳。白鹿山。

一千七百多年前的仲夏之夜。

一片茂林修竹，夜风飒飒，竹叶婆娑。清夜耿耿，幽篁戚戚。一轮明月从东方山顶上露出脸来，宛如蝉翼般的清辉，洒入竹丛，光影摇曳，斑斑驳驳。林间空地上有石桌石凳，石桌上酒盏、菜肴，杯盘狼藉，石桌旁歪躺着、坐着三五条汉子，月光下飞盏流觞，或浅唱低吟，或狂啸怒吼。吐纳风流，才华艳发。为首者名嵇康，字叔夜，一个“岩岩若孤松之独立；其醉也，傀俄若玉山之将崩”的人物。

嵇康是谯国人（现安徽宿县），走近他的故乡，不能不想起文学史上一簇光彩熠熠的星座群，像北斗七星一样闪烁在中华文化史的苍穹上。他们被称为“竹林七贤”。他们的名字镌刻在大理石般的文学史丰碑上：阮籍、嵇康、山涛、王戎、向秀、刘伶、阮咸。他们以独立特行的人格，高蹈伟视，放浪形骸，诗侣酒酬，采薇山阿，散发岩岫。绝羁独放的生活方式，震撼了一个时代，也震撼了历史，他们许多诗文成了千古绝唱。

竹林七贤生活的时代是魏晋交替的时代。那个时代腥风血雨、鸡鸣不已，是瓦釜雷鸣、黄钟毁弃的时代。大道凌迟、小人驰骛，这些高士们遁隐林泉，不涉世务，世人皆醉我独醒，举世混浊我独清，“冲净得自然，荣华何足为”！

长林丰草，固然是隐士的乐土，但大隐隐于朝，中隐隐于市，以隐士的心境居于闹市中心、庙堂之上。风暴的中心往往是安静的，这是隐士最智慧、最高超的生活方式。“居官无官官之事，处事无事事之心”，一个官宦能做到这点，在那个悲风凄雨的时代能安然无恙，其处事态度可谓达到炉火纯青、老到练达之境地。

魏灭晋生。司马氏家族逐渐战胜了曹氏家族，大肆屠杀曹氏家族和余党，血溅簪缨，尸横庙堂，天地昏暗，阴风怒号。在曹氏政权被司马氏夺得的过程中，司马氏动员士人入朝做官，为司马氏政权服务。不服从者，敢抗拒者，皆杀之。

隐逸是躲避现实的最好方法。

嵇康过着长期的隐士生活，这个卓荦超人、声名闻达的文人士子，先后隐居山阳、河东十几年，就是不出来和司马氏同流合污。他追求仙人的生活，遨游人寰之外，徜徉乎太清之中，结友于灵岳之上，弹雅琴而清歌，餐琼枝而漱朝露。这是一种矫拂人性的行动，只有神仙世界的圣水才能洗涤心灵的痛苦，消释人类的灾难。

嵇康和阮籍都追慕神仙，他们要遐逝飞升，以摆脱黑白混淆、贤愚不分的名利场、官场的羁绊，消解心中的殷忧之情，在神仙世界里获得精神的超脱和解放。这对后世的李白影响极大。一生好入名山游——这种强烈的追慕仙人的意识和情结实际上是悲剧情结，仙境毕竟是虚幻的、不存在的。人们追求不存在的东西，而且不得进入的境界，这岂不是让心灵遭受更大的痛苦！苦难的镪水浸蚀着一颗伟大的灵魂！

嵇康追求超世拔俗、优游天外的神仙生活，遨游在五岳之上，嬉戏于神仙之间，假游仙以寄慨，托真人以为邻，寄欢愁于幻象，寓情意于烟云。真是浪漫得深沉，浪漫得顽冥。其实，浪漫有时与幼稚、纯真有共同点，在某些时候还近似愚昧。实际上他们的心灵在痛苦中战栗着，正如鲁迅批评的那样，人不可能拔着自己的头发离开地球。

嵇康生于223年（黄初四年），卒于262年（景元三年），只活了39岁。

嵇康先世本姓奚，因避怨仇，逃亡浙江会稽上虞，后来迁至安徽铚县。铚县有嵇山，家于其侧，以嵇山命姓氏，故改姓嵇。

公元232年（太和六年），曹操的一个儿子曹林被封为沛穆王，后来嵇康娶曹林之女为妻。嵇康与曹魏宗室联姻，种下了人生悲剧的种子。他不但成了司马集团的仇敌，而且在曹魏集团也不受重用，甚至遭打击排挤，曹丕、曹睿对同姓诸王从来忌刻，监视他们的活动，遏制他们的势力。嵇康虽然做了曹家的女婿，也只被封了一个中散大夫的虚衔，一些大的政治活动都没资格参加。嵇康成了风箱中的老鼠，两头受气。

嵇康只好隐居在山阳（今河南焦作市附近）。嵇康服“五石散”，据说久服此药，可以强健筋骨，延年益寿。其实“五石散”毒性很大，吃下去浑身燥热，神思恍惚，若狂若痴，很像今人吸食鸦片或摇头丸一样。在那个时代，魏晋风度，在许多人看来，是一种真正的名士风范，竹林七贤莫不表现出一派“烟云水气”，而又“风流自赏”的气度，超拔脱俗，道风仙姿，曾被后人景仰。

鲁迅曾说：服食“五石散”是从何晏开始流行，以至隋唐，名士们趋之若鹜，历经五六百年。又说：“晋朝人多是脾气很坏，高傲，发狂，性暴如火的，大约便是服药的缘故。比方有苍蝇扰他，竟至拔剑追赶；就是说话，也要胡胡涂涂地才好，有时简直是近于发疯。但在晋朝更有以痴为好的，这大概也是服药的缘故。”

“五石散”究竟是什么东西？由哪些药物成分构成？“五石散”也叫“寒石散”，是东汉张仲景发明的，是医治感冒伤风一类的药。

“五石散”是“石钟乳、石硫黄、白石英、紫石英、赤石脂”五味药合成的一种中药散剂。“五石散”的药性非常猛烈而复杂，不仅要靠“寒食”（冷食）来散发，而且穿薄而宽大的衣服，辅以冷浴、散步、饮酒等活动散发药物的热量。所以魏晋文人雅士大都是风流倜傥、宽袍大袖的飘逸风姿，即使这样也不堪忍受药性的燥热，于是赤身裸体——竹林七贤的刘伶就经常脱光衣裳在屋里走来走去。他自称“天生刘伶，以酒为名”，其言行狂诞狂放尤甚。人见之，伶曰：“我以天地为栋宇，屋室为裈衣，诸君何为入我裈（裤裆）中？”这种任性、放诞，实际上是对孔子儒家学说的挑战，是对封建礼教的对抗；这种放荡的叛逆，蔑视一切律令、礼法、时俗、成规，超越虚伪的伦理，虽然美其名曰张扬了生命的个性，强调了人的真情实感，是一种对当时黑暗社会现实和门阀制度的反抗和犯忌，似乎是“耍酒疯”，严格地说，是另一种消极、颓废、绝望，也是反文明的。有一种“刻骨铭心的人生失意感、无望感、漂泊感、孤寂感、短促感、焦虑感”，是精神的自我摧残，肉体的自我戕害，是一种绝望和无奈，一种弱者的表现。

建安七子，竹林七贤，他们所处的时代是汉魏交替、魏晋嬗变的时代，那是不正常的、不能任人驰骋的时代。动荡和残酷的现实让人朝不保夕、名教崩毁、伦理失序，令人迷茫和绝望。“人居一世间，忽若风吹尘”，“日月不恒处，人生忽若寓”（曹植），连皇胄贵戚都感到孤独、绝望、悲观、凄凉、忧愁、恐惧，何况平民百姓？

二

司马氏集团得势后，曹魏政权将被司马昭取代。司马氏对曹氏家族、皇胄贵戚，不分青红皂白采取了斩尽杀绝的政策。当然司马氏集团也有一套“知识分子政策”，动员他们出来为其服务。阮籍就是一个，当了司马氏集团的高官。而嵇康硬是抗旨，隐居山阳，放浪形骸，吟啸林泉，寄兴烟霞，过着逍遥而不自在的日子。

嵇康那时已名气很大，风度很好。传说他身高七尺，端庄英俊，如玉树临风、倜傥潇洒，不假修饰就有一种龙凤般的风采丰姿。人们见到他，仿佛见到仙人、神人。

嵇康除了诗歌著世，他还提倡“玄学”。玄有玄远、玄虚二义，有点虚无主义。他们将《周易》《老子》《庄子》合称“三玄”，视若圭臬，当作“圣经”。士大夫们继承汉末的清谈之风，坐在胡床上，手执麈尾，以精心揣摩的语言，谈论那些哲学命题。

嵇康还有一篇著名的文章《养生论》。他知道神仙是无法学成的，但可以练气功，在导养上，他强调精神的作用，说精神对于形骸，就像君主统治国家，精神躁动不安，形体就会毁灭，就像昏君治国，国家一定乱七八糟。所以说，喜怒哀乐都给身体带来损害。故而，他主张淡泊，不受外界干扰。

嵇康是曹家的女婿，本身就是司马氏集团猜忌的对象。但他又写文章，笔辞犀利、冷峻地揭露司马氏集团的虚伪，嬉笑怒骂、含沙射影，司马昭当然恨之入骨，他便派了亲信察看动静。钟会是贵公子出身，善书法、玄理，曾撰写《四本论》讨论才与性的同、异、合、离问题。写好后想请嵇康评定，但又不敢面呈，便从户外遥掷嵇康院里，之后急忙跑开。这个钟会又是一位野心家，后来统兵灭蜀，在姜维的鼓动下企图据蜀称帝，结果失败被杀——这是后话。

钟会受了派遣，带了一批宾客来见嵇康，嵇康正与向秀在一棵大树下打铁，赤膀裸背，汗流水爬。钟会们的到来，他不理睬，自顾抡着大锤砸着铁锭。钟会非常恼火，只好怏怏而去。

景元二年（公元 261 年）山涛被司马氏集团任命为尚书吏部郎，成了中央组织部长，他举荐嵇康代替自己原来的官职。中央组织部长啊，位高权重，但嵇康十分恼怒，挥笔写下《与山巨源绝交书》。本是好朋友，竹林七贤之一，结果成了仇人。他“书”中谈了自己“七不堪二不可”作为不能做官的理由：

“七不堪”：一是喜欢睡懒觉，而守门差役要叫我起来；二是我喜欢独自漫步吟诗，或外出射鸟钓鱼，而吏卒守卫着不自在；三是我身上虱子多，要不停地搔痒，而官场上要求穿戴整齐，正襟危坐，衣冠肃然，还要揖拜上官；四是我从来不喜欢写信，但官场上应酬，不写信就不合礼仪；五是我不喜欢参加丧礼，而人们又非常重视这一礼节，我也从未见过丧主为此事宽恕的。我虽惊惧自责，但不会抑制自己的心意，违背自己本性，这样我既不遭到罪责也得不到称赞；六是我不喜欢与俗人交往，但做官就得与他们共事，整天宾宴聚会，应酬来往，闹哄哄，乱糟糟，臭气熏天，很吃不消；七是我爱清静，当官则忙忙乱乱，要挖空心思去谋划事情，考虑世故人情。

“二不可”：一是经常批评商汤、周武王，蔑视周公、孔子，对这些大圣大贤极不尊重，这种违背世教的言论，在仕途上绝对不允许；二是我性格刚强，疾恶如仇，锋芒毕露，有话直说，不会圆融，不会逢人便说三分话，不会说假话、套话、阿谀奉承话。

你看嵇康哪里是谈自身的“弱点”，简直是嬉笑怒骂、针砭现实，直刺官场黑暗的心脏，骂得痛快淋漓。一副傲岸不俗，独立苍茫的大丈夫气概和蔑视庸俗、睥睨官场的高洁之士形象跃然纸上！

嵇康，一个时代的叛逆者，一个不与世同流、不与统治者共谋、特行独立的人，既受当时有正义感、有良知的士大夫的尊崇，又引得司马氏集团切齿之恨的人物！

嵇康自然本性真是纯真得可爱：“头面常一月、十五日不洗，不大闷痒，不能沐也。每常小便而忍不起，令胞中略转，乃起耳。”连不洗脸、不洗澡，拉屎撒尿之事都写到“儒雅”的文章里，真令那些硕儒鸿辞的饱学之士气得嘴眼挪位，七窍生烟！

还不至于此，把劝他做官的山涛骂得狗血淋头，其挖苦、讽刺、嘲弄和傲慢，会气得山涛半死！

这名为与山巨源本人绝交，实际上是同司马氏集团绝交的一封书，是一篇向司马氏集团决裂的檄文！

嵇康呀，嵇康，这下子你闯了大祸了！

三

嵇康的《绝交书》引起司马昭的震怒，这哪里是推辞发牢骚？是对当朝政治的嘲弄、挖苦、讽刺，是对司马氏集团的“大不敬”，这一“上纲上线”，嵇康成了“现行反革命”了，于是借吕安之祸下诏逮捕嵇康，打进监狱。

嵇康身处风云变幻之际，睥睨和光同尘之流，虽因排俗取祸，却毫不畏惧。

嵇康下狱之后，引发一场全国性学潮。数千太学生游行示威请愿、抗议，要求释放嵇康，给司马昭很大压力。这时候钟会却极力劝司马昭杀掉嵇康。他说，嵇康是一条卧龙，不能让他起来。你不用担心得罪天下，应当担心的倒是嵇康其人。他又造谣说，当年嵇康准备起兵，帮助毌丘俭。钟会所拟嵇康的罪状：上不服天子，下不理会王侯，对时人毫无益处，而他的态度傲慢，伤风败俗，傲岸不羁，不杀他，“王道”就不能推行。司马氏集团为巩固政权，加强统治，疯狂铲除异己，铢戮名族，凡与曹魏宗室及其司马氏的敌对力量最有牵连的社会名流，几乎无一幸免。何况“狂徒嵇康”？

小人借助最高权力，置对手于死地，并非钟会始，也非钟会终。这一手很厉害，也是他们陷害忠良义士、借刀杀人的手段。中国历史上很多精英人物就死于这种人类渣滓手中。屈原死于子兰、靳尚之流，司马迁受宫刑固然由于汉武帝的愤怒，而朝廷上一些小人也起了推波助澜的作用。此后，又有苏东坡受李定、舒亶宵小奸佞谗言诬蔑、陷害差一点丢了性命。庸人嫉妒有才华者，小人陷害君子，恶人欺负善人，这是人性恶的表现，是人的动物性的本质的表现。

钟会的谗言达到了目的。景元三年（公元 262 年）嵇康被杀害。于洛阳城东建春门外马市，时年三十九岁。

囚车自街尾辘辘而驶向街心，看客们纷扰涌动，随着车马滚滚行进，卷起阵阵尘土，像乌云似的笼罩在洛阳东市的上空。嵇康站在囚笼里，目光静穆，像平时回家一样，观者如堵。来到刑场，嵇康被解下囚车，依然镇定自若，在刽子手尚未行刑的间隙里，他要来五彩琴，正襟危坐，弹奏一曲悲壮高亢的《广陵散》——《广陵散》是什么曲子？据说，那是一首旋律激昂慷慨、具有纵横杀伐、富有战斗意味的乐曲，气贯长虹，声势夺人，直接表露反抗暴君的斗争精神，因而常为统治阶级及其卫道者所嫉恨。后人朱熹说“其声最不和平，有臣凌君之意”。宋濂也说“其声忿怒躁急，不可为训”。嵇康却热爱此曲，说明他一生充满了反抗和叛逆精神。

刑场一片静默。

这静默有质量、有重量。这静默同样引起知音者热血奔腾。

曲尽，嵇康把琴一掷，曰：“昔日袁孝尼要跟我学《广陵散》，我婉言拒绝了。《广陵散》于今绝矣！”

刀起头落，刹那间，一道血雨腾空而起，又如梅花般纷纷飘落在刑台上，而《广陵散》的余音袅袅，还未戛然而止……

嵇康一生太浪漫了，酷爱弹琴、饮酒，啸傲清风山林。他把生活当成了艺术，他太诗化了。

一个大文豪就这样完成了他人格的造型。他诗的高雅，琴曲的飘逸，性情的傲岸旷达，追求自由的理想和信念，化为一曲《广陵散》升腾在空中。

他走了，孤单，寂寞，疲惫，苍凉，在这辽阔荒莽的旷野上，玄色的长衫，在晚风里翩翩飘动。他步履急促而又沉重。

他走了，《广陵散》成了历史的绝响。

我曾想象，嵇康端坐的姿态，静穆的外表，内心肯定卷起情感的风暴。那瘦若竹节的白皙皙的手指撩拨着铮铮的琴弦：其声时而如暴风骤雨，时而如江河倒悬，时而如海啸汹涌，时而如岩浆烈火，时而如潺潺流水，时而如流云飘逸，时而如纤丝断缕，既是休止符也是一颗炸弹引爆前的静寂。一个仁人志士对黑暗的抗争，对丑恶的睥睨，对世俗的唾弃，通过那激昂的旋律、那一条条琴弦倾泻出来，山洪般爆发出来！

我也曾经想象，当嵇康接过五彩琴时，应该是大恸大悲，泪流满面，脸色是青冷苍白。当手指滑动琴弦时，那青筋裸裸的双手，会战栗、颤抖，蕴藏在眼窝里的泪水再也禁不住，会扑扑簌簌掉下来，滴落在琴盘、琴弦上，化作音符，化为一曲激越高亢的旋律，激荡在这广阔的世界。嵇康留给这个世界的不是眼泪，不是人们的同情，不是悲戚戚的形象，是烈士、志士、义士，是视死如归的大义凛然的英雄……据说，这《广陵散》是嵇康夜遇神鬼所授，是一曲仙乐，是一曲神曲。

悲剧迟早会发生，《广陵散》的绝响，嵇康的慷慨而死，是心性的解脱，精神上获得自由。那个时代政治高压，思想必定会遭受统治者的利刃。割断你的咽喉，消灭你的肉体，了却你的清谈呻吟，使大地万籁皆寂。

四

魏晋时代始终是令人浮想联翩的时代。这个时代最黑暗，最腥风血雨，最残忍，最悲绝，最痛苦，最专制，但也是最有艺术精神的时代，也最富有浪漫主义气息的时代。诗意很浓，酒意很酣，很有尼采宣扬的酒神精神的时代。宽服、拂尘、木屐、丹药、清谈、阔论、抚琴、吟啸、佯狂，一杯浊酒融进令人飘逸的精神、清俊的诗歌、孤高的心性、璀璨的思想，还有铮铮杀伐和高山流水的琴韵以及狂狷的人格。

宗白华对这个时代有最精彩的论述：

> 是中国政治上最混乱，社会上最苦痛的时代，然而却是精神史上极自由、极解放，最富于智慧、最浓于热情的一个时代……是精神上的大解放，人格上、思想上的大自由，人心里面的美和丑、高贵和残忍、圣洁与恶魔，同样发挥到了极致。

嵇康、阮籍可谓魏晋南北朝的璀璨的双璧，他们才情卓荦，诗文彪炳于世，更以高尚的人格光耀千秋。

更令人惊异的是嵇康临刑前对儿女最放心的安排是让他们投靠山涛。而嵇康死后，山涛一直无微不至地关怀和抚养他的子女。尽管他们在理想和人生追求的目标方面有所不同，但并不影响个人的友谊。

【阅读提示】

竹林七贤，说到家，是愤世嫉俗的散淡之人，是靠酒药避世的高端文化人。尽管如斯，统治者仍然难以放过这群带刺而隐世的文人。嵇康那时名气很大，风度很好。他身高七尺，端庄英俊，如玉树临风、倜傥潇洒，不假修饰就有一种龙凤般的风采丰姿。人们见到他，仿佛见到仙人、神人。

嵇康因文字获罪，被处死刑。嵇康就是嵇康，在尚未行刑的间隙里，他要来五彩琴，正襟危坐，弹奏一曲悲壮高亢的《广陵散》——《广陵散》是什么曲子？那是一首旋律激昂慷慨、具有纵横杀伐、富有战斗意味的乐曲，气贯长虹，声势夺人，直接表露反抗暴君的斗争精神，因而常为统治阶级及其卫道者所嫉恨。嵇康钟爱此曲，并用生命完成了这一浩歌，说明他一生骨子里充满了反抗和叛逆精神。

作家郭保林行文用情深重，善于肖像勾勒，并用豪迈之气书写了嵇康演奏《广陵散》的精彩瞬间，用诗意的语言极好地渲染了故事场景，活化提升了嵇康的人物形象，毋庸置言，本文是写人物散文的，被一些著名学者、教授称之为完美的“经典之作”。

苏东坡：中秋明月在密州

一

今夜月明人尽望，不知秋思在谁家？

秋天在那个时代表现得特别深沉，特别凝重。况乎是这中秋佳节呢？

古往今来，文人墨客吟风咏月，寄情于月，望月抒怀，思念远在他乡的亲朋故友，似乎，月真的可以载梦载思载情？中秋节是月的节日，是亲人团圆的日子，更是中国历代诗人墨客一大情结。月亮因澄澈而不眩目，宁馨而不岑寂，那静谧怡人的风致、飘逸脱尘的高洁、晶莹剔透的品质，慰藉了多少悲苦幽怨的心灵，孤寂飘零的生涯？月是具象，又是意象。多如繁星的诗词歌赋里，秦风汉韵，唐魂宋魄，都融进那如绢如练的月光里了。

密州的超然台是苏轼调任知府后重修的，在城东南一隅。这是熙宁九年，他来密州的第二年。他登台赏月，又想起天各一方的弟弟子由来。子由在济南任知府，距离并不遥远，却是京城一别，六七年未见面了。苏轼是多情的，他与弟弟子由感情甚笃。我翻检了一下，他存世的二千四百首诗词，就有 200 多首写给子由的，几乎占去十分之一。这些诗词不是次韵子由，就是“和子由”“寄子由”，内容更是繁复芜杂，从子由的身体瘦弱到工作调动；从子由的官职沉浮到子由出使公务活动；从居住到生日、生子，甚至到吃肉、读书、洗澡、梳头，无不写诗填词，或致辞关爱，或言以抚慰。爱屋及乌，连子由宅院的花草树木，苏轼都一口气写了十一首诗，极尽赞美之辞。他写给子由的诗词内容几乎囊括了生命和生活的各个层面。兄弟情谊如此亲密，古今文人间实属罕见。真令人不解，苏东坡是否患有同性恋？还是大诗人过多的情感无处倾泻，把弟弟当作诗词的具象意象，至少是感情的载体，暴风雨般地泼洒而来？

苏子由，个头五大三粗，却性情温和，没有苏东坡的张扬和狂放。这些年勤勉不殆地忙于政务，也不耽误生孩子，一口气生了三男七女，满屋是孩子，家里成了幼儿园。

苏东坡在密州为官，政绩斐然，他写诗也甚多，两年间写诗二百余首，或伤感，或诙谐，或愤懑，都以天真的心情，几乎是赤子般狂放不羁，将心中块垒，一吐而快。这是他人生最沮丧的一段时光。说也奇怪，在最困难的日子里，却写出最好的诗，正中了那句“诗人憎命达”，这和他几年后惨遭“乌台诗案”，被贬黄州时期一样，是他诗词文赋创作的两个重要发展时期，使他那个时代最伟大的文学家，这是迫害者章淳之流最不愿意看到的现象。在密州两年，是他诗词创作达到成熟阶段，此时愤怒与奇酷的火气已消散，只剩下安详与顺时知命的心境，对大自然的声色显示出静谧和喜悦。

苏东坡和弟弟子由气质不同，秉性各异，形貌也相迥。苏东坡个头中等偏上，敦实、浓眉大眼，满脸赤红，搭眼一看，就知道是言语滔滔、激情澎湃、精力过人、才华非凡之人。而子由眉眼清秀，文质彬彬，不苟言笑，性格内向。东坡最显著的特点是那张嘴巴，强有力的线条，透露出能言善辩的灵敏和强健。他热情奔放，眉宇间也露出抑郁、沉思，而富有幻想状。

有一次，他兄弟二人闲聊。

苏轼：“我这个人就是管不住嘴巴，一发现不对的事情，就像苍蝇飞到碗里，非要唾弃不可。”

子由：“说话要看什么人，有的可以推心置腹，有的不可以。”

苏轼：“我是个宁鸣而死的人，有话不说不行，得罪朝廷，不合时宜，甚至得罪于皇上。”接着又说，“我这个人无害人之心，也无防人之心呐！”

苏轼是敢说真话的人，在党争激烈的年代，他反对王安石的变法，特别指出“青苗法”的推行，给百姓带来的弊端，王安石大怒，侍御史知杂事谢景温诬告苏轼居丧期间往复贾贩，经核查，子虚乌有，苏东坡没有争辩，提出放外要求。

苏轼第一次离开京都汴京是熙宁四年（1071），时年三十六岁，任杭州通判，也就是就任杭州副市长之职。上有天堂，下有苏杭。杭州是江南富庶之地，东南形胜，三吴都会，“烟柳画桥，风帘翠幕，参差十万人家”。苏东坡七月离开汴京，一路游山玩水，访朋拜友，还和弟弟子由一块到颍州看望欧阳修，直到十一月二十八日方到杭州。上任三天，就开始散怀山水，放浪泉林，孤山、灵隐、天竺，携名妓访名僧，论经说禅，品茗对弈，玩得不亦乐乎。用他的话说：“我上能陪玉皇大帝，下可陪卑田院乞儿”（卑田院，佛家语，也作悲田院，指栖流所，说得明白点儿，就是乞丐收容所）。苏轼多才多艺，才华横溢，深厚广博，诙谐幽默，感悟敏锐，思想透彻，亲切热情，慷慨厚道，不管高官大吏、皇亲国戚，还是村老樵夫、娼优歌伎，他都能逢场作戏，洒脱周旋。也就是说他有天生的亲和力，人气很旺。

苏轼是个儒、释、道三者的统一体。他儒、释、道都沾一点儿，既想“治国平天下”，又想远离尘俗，还想修成正果，实际上“是个不可救药的浪漫主义者”。

苏轼从杭州调任密州，依然我行我素，那种潇洒，那种放达，那种乐观和自由，似乎更老练、更成熟了。他依然不急不躁，五月接到调令，九月才离开杭州，十一月才赶到密州，一路上依然狎山戏水，诗俦酒侣，却没有见到他日夜思念的弟弟子由。在赴密州路上写了一首著名的词《沁园春》：

孤馆灯青，野店鸡号，旅枕梦残。渐月华收练，晨霜耿耿；云山摛锦，朝露漙漙。世路无穷，劳生有限，似此区区长鲜欢。微吟罢，凭征鞍无语，往事千端。

当时共客长安，似二陆初来俱少年。有笔头千字，胸中万卷；致君尧舜，此事何难？用舍由时，行藏在我，袖手何妨闲处看。身长健，但优游卒岁，且斗尊前。

这首词的副题是“赴密州早行马上寄子由”。

这首词创作的背景是秋天。秋风萧瑟，晨霜耿耿，苏轼骑一匹白马，家丁随后，穿过南国的山水，前往北方的途中，这是他放外后的第二任所。尽管政治上不得志，但在杭州这几年心情还是愉快的，“江南寄余生”。三十几岁的苏东坡就把生死看得很轻很淡，他阔大的胸襟视荆棘如坦途，依然放歌咏物，何况南国风光旖旎，山清水秀，怎能让他不诗情大兴？任凭它孤馆青灯、野店鸡号，旅枕残梦？我苏轼不是“寻常到处，题诗千首”的风流太守，而是一位“笔头千字，胸中万卷，致君尧舜”的政治家。词中大有无顾忌之处，苏轼并不完全反对王安石变法，只是对变法的极“左”成分有意见，王安石是有名的“拗相公”。当时的宋神宗是有作为的皇帝，他一心急于富国强兵，支持王安石变法。王安石对推行“青苗法”也做出妥协。但由于王安石仍然掌控朝政，对朝廷大动手术，调整官员，罢免、贬逐、降职，连富弼、韩琦、张方平等老臣也挂冠放外；欧阳修、曾公亮也先后退位，至于苏轼、苏辙，程颢、程颐两对兄弟早已离开朝廷。王安石一手操作，一批新人（新党）进入帝国政府的中枢要地。工安石 意孤行，不折不挠的天性，必然引来政治冲突的爆发。

在党争激烈的年代，苏轼一家走马灯似的，团团迁徙州府之间，官职起伏，仕途跌宕，生活上极不安定。在以后十几年间，他又辗转于颍州、扬州、汝州、筠州、定州、徐州、湖州，都是屁股没坐暖，又奉命转移，真是颠沛流离，如断梗残蓬，漂泊不定。在这首诗中他也亮明了自己的政治态度，宣称“用舍由时，行藏在我”。就是说，用不用我，你朝廷说了算，出世入世，或藏或行，我都要像杜甫那样“致君尧舜”。实际上，这是向胞弟子由倾泻一肚子牢骚。

还好，苏轼在密州竟然两年有余。苏轼在密州职衔全称为：“朝奉郎、尚书祠部员外郎、直史馆、知密州军州事、骑都尉”，这长长的职衔包容了他

“职”“阶”“衔”“爵”“勋”等各种名目，实际上是“知密州军州事”——即军政一把手，六品官阶。

二

大凡浪漫主义作家都喜欢咏月、颂月，中国历代文人中最典型的是李白，他不仅是酒中仙，也是月中仙。苏东坡紧步李白后尘，虽然酒量不及李白，但诗词中酒精含量并不比李白淡薄。苏东坡更是酷爱咏月，李白存诗二千首，咏月的诗就多达四百余首，苏东坡有多少，我来不及统计，但随意记起他后来贬谪到黄州所作“一词二赋”中就有寄情明月的诗句。其壮美俊逸已达至真至美的境界。“举酒属客，诵‘明月’之诗，歌‘窈窕’之章”。“月出于东山之上，徘徊于斗牛之间。白露横江，水光接天。纵一苇之所如，凌万顷之茫然”。“挟飞仙以遨游，抱明月而长终”。在《念奴娇·赤壁怀古》，竟然悲歌长啸：“人生如梦，一樽还酹江月”。

苏东坡像李白一样，天真得可爱，他得意于“江上之清风，山间之明月”，要“抱明月而长终”。他有许多诗词吟月咏月，不胜枚举：“和风春弄袖，明月夜闻箫”，“与谁同坐，明月清风我”，“可惜一溪明月，莫教踏破琼瑶”，“对酒卷帘邀明月，风露透窗纱”，“夜阑风静欲归时，惟有一江明月，碧琉璃”，“半年眉绿未曾开，明月好风闲处，是人猜”等等。在诗人眼里，月是仙境、梦幻，是玉宇、琼瑶，是最圣洁之地。月，为诗人提供了寥阔的想象空间。

我们前面提到苏辙对苏轼的规劝，苏轼是听得进去的，但总也不改，这决定于他的性格和气质。他是个感情型的人，对人对事常常从感情出发，而缺乏理性的约束和规范。这种性格和气质，导致苏东坡一生仕途侘傺，坎坷丛生，但顺境和逆境，他都当作一种福气，倜傥风流，潇洒放达，有酒就醉，倒头就睡。“一蓑风雨任平生”。这是一种气，用林语堂的话，“气”是一种哲学概念，人格的“元气”。伟人和庸人显然不同的，往往是精力元气上的差异。以苏东坡的情况而言，其意义同于伟大的精神，一个高升到无限的精神，激烈的冲动，其本身充沛的元气必须发之于外，而不可抵制。

苏东坡曾经和弟弟子由“会宿”船上，那是在颍州与欧阳修相处半个月，分别时在船上共度一夜，也是清风明月良宵佳辰，二人一觞一咏，谈诗论政，子由话不多，东坡却话语滔滔，二人彻夜未眠，只谈到残月西沉，东方既白。东坡称赞弟弟“表里渐融明，岂独为吾弟，要是贤友生”。

密州比起杭州来简直有天壤之别，这里是荒僻贫穷的山区，经济萧条，文化落后，百姓生活困苦，政府官员薪俸很低。这里桑麻遍野，荒山连绵，苏轼身为军政一把手，却常常挨饿，粮食不够吃，经常吃些枸杞、菊花充饥。公余常到郊外挖野菜。在野地挖野菜不时发现弃婴，更为严重的是民间有溺死女婴的事件。苏轼发现这问题，立即发布文告，禁止弃婴、溺死女婴，并成立慈善机构“育儿会”。他动员有钱人家捐粮，也号召州县官吏捐一部分口粮救济孤儿，“育儿会”当年就收养四十三名弃婴。但是密州又遭旱灾、蝗灾，百姓食不果腹，衣不蔽体，流离失所，饿殍遍野，百姓是“剥啮草木啖泥土”，“饥馑疾疫靡有遗”。他开仓放粮，赈灾救民，他上书朝廷，要求派人观察灾情，豁免赋税。

苏轼一上任就考察密州山川地貌，发现一山泉“清凉滑甜，冬夏若一，余流溢去，送于山下”，他在山上凿石为井，引泉下山，既可饮用，又可以灌溉农田，成为周边百姓生产、生活的不尽水源。后来他作《雩泉记》：“今民吁嗟其所不获，而呻吟其所疾痛，亦多矣。吏有能闻而哀之，答其所求，如常山雩泉之可信而恃者乎？轼以是愧于神。”他把修雩泉作为自勉，激励自己关心民间疾苦。地方官员薪禄菲薄，勉强能养家糊口。这次来密州，除了他的继室王闰之，还有他的令妾王朝云，当然还有其他奴婢，一大家人全靠他一个人的俸禄支撑，苏东坡又不是那种贪官，其艰难可想而知。但他还力所能及地收养了几个孤儿。这并不能从根本上解决密州百姓生活窘境。他一方面发放贷款，救急贫民，一方面号召大家努力生产，发展经济，密州百姓生活逐渐好转。

去年（熙宁八年，1075 年）苏东坡写下被誉为怀念妻子千古名篇的《江城子・记梦》。其实他第一任妻子王弗已死去 10 年，而今有娇妻美妾，虽生活艰涩，但比起百姓那还能过得去。然而他对已故妻子王弗的感情刻骨铭心，常常梦中相会。

王弗是个聪慧美丽的女子，有文化，夫妻间有共同语言，感情融洽。王弗父亲王方和苏轼父亲苏洵都是乡间名人，王弗嫁给苏轼也是门当户对，他们结婚后，夫妻恩爱。后来随着考中进士的丈夫出仕，先是到京都汴京，后辗转到凤翔等地。除了精心照料丈夫衣食住行，还夜夜陪丈夫读书。夜阑更深，青灯一豆，王弗侍在丈夫身旁，夏夜上茶，冬夜添炉。苏轼读书，偶有遗忘，她就从旁提醒。苏轼竟然不知道她读过那么多的书。她是书院长的女儿，苏轼知道她识字，却没有想到她居然“熟读”到能提醒丈夫的程度。

王弗不仅会读书，而且能察人。苏轼“有交无类”，对谁都不设防，王弗经常耳提面命，告诫他谨防小人，特别是那口蜜腹剑、奸邪谗佞之辈。有一次苏轼和章惇同游终南山诸寺。章惇是福建人，比苏轼大两岁。此人胆大心狠，曾是苏轼挚友，也是残酷迫害苏轼，欲置于死地的恶人。他们抵仙游潭，下临绝壁万仞，岸甚狭，横木架桥。苏轼不敢过，章惇则平步而过，蹑之上下，神色不动，以墨濡笔大书石壁上曰：“章惇苏轼来游”。后来，王弗就提醒丈夫和这种人少交往，章惇“日后必杀人”，因为他不怕死，还有什么可惧怕的？敢于玩弄自己生命的人，也敢于玩弄他人的生命。果然，密州被贬黄州，这位身居高位的“挚友”成为苏轼的死对头，下令逮捕苏轼入狱的巨恶大奸。

结发妻子的死，给苏轼带来终生的悲痛，王弗未过三十岁亡故，是苏轼人生沉重的打击。十年之后，这伤痛仍未愈合，每每想起，黯然神伤。来到密州，春日踏青，秋日登高，身边少了爱妻王弗，性情再豁达的人，也会怅然若失。那天夜里，苏轼刚刚入眠，一女子衣袂翩翩，姗姗而来，向苏轼问长嘘短，后又坐在床边给苏轼盖好被子，还把苏轼裸露在外边的胳膊放进被窝里，啊，王弗！苏轼惊醒，猛地坐起来，满屋漆黑，窗外却是一轮皓月。他夜不能寐，起身挥笔写下千古绝唱：《江城子·记梦》。

“十年生死两茫茫”，这是多么悲痛的感慨啊！生死殊途，两相隔绝，真是茫茫邈远啊！据说王弗死后，葬在苏轼父母身旁，苏轼为妻子栽了“三万棵松树”，这固然是诗人的夸张之语，但栽了很多松树倒是真实的，可见苏轼对亡妻的真挚爱情。

后来，苏轼的续弦就是王弗的堂妹王闰之。虽然，王闰之不如王弗通诗文，聪慧机敏，但在苏轼耳濡目染下，十年间也粗通文笔，还能成为苏轼“合格”的内助。

三

苏轼在密州期间，在城南还修了一道南北走向的大堤，东部与高耸的山岭相连，既解决了夏季水患问题，也解决了春冬旱灾问题，实际上是一座山涧水库，涝能蓄水，旱能引水灌溉。苏轼几乎是一个水利专家，他一生所到之处都留有兴修水利的政绩，钱塘疏浚六井，茅山、盐桥疏浚运河，即使后来被贬惠州还引水入城，解决城内百姓因缺水只能饮苦涩的咸水的问题。到了熙宁九年（1076 年），密州的民生和经济状况大有好转，他决定在城墙西北台进行修葺，建一亭阁。八月，台阁峻工，苏轼心情甚悦，写信请子由命名，子由忽然想起老子的话“虽有荣观，燕处超然”，随命“超然台”。苏轼喜欢这个名字，欣然命笔，写了一篇《超然台记》，“吟成超然诗，洗我蓬之心”。超然物外，实际上就是他的长辈范仲淹的“不以物喜，不以己悲”的超乎现实的思想。这时苏轼已至不惑之年，思想成熟了，沉实了，那种燥厉、锋芒也收敛了很多。他随遇而安，不为物动。逢大事，遇挫折，仕途侘傺，他淡然处之，心情依然达观、乐观。他在《超然台记》中记述了他清贫的生活：“而斋厨索然，日食杞菊”。身为州府长官，与民同甘共苦，心却陶然自足。

在密州，苏轼第一次响亮地喊出“野性”的口号，呼唤天然个性自由——倡导桀骜不驯的个性，向往自由奔驰的生活；热爱自然，反对污浊尘世的束缚，追求豪纵放逸、浑朴天真、雍容旷达的精神。这是他人生观的升华。他有一首词《江城子·狩猎》最能淋漓尽致地表现这种野性：“老夫聊发少年狂，左牵黄，右擎苍，锦帽貂裘，千骑卷平冈。”他在另一首诗里也表现了这种野性：

“放怀语不择，抚掌笑脱颐。”“狂吟跌宕无风雅，醉墨淋漓不整齐。”那种行歌笑傲、愤世嫉俗、潇洒夷旷、出尘脱俗的野性神态，跃然纸上，如见其人。

这时期，朝廷高官重臣也更迭变换，首先是王安石罢相，1074 年 4 月到 1075 年 2 月，整整十个月离开相位，后复相，到熙宁九年（1076 年）十月再次罢相，从此闲居金陵，十年后去世。朝政的变幻，预示着苏轼的仕途跌宕，命运的起伏。

但苏轼依然我行我素，公余时间，吟山咏水，放浪泉林，笔头千字，胸中万卷，创作更勤奋、更成熟了。

世界上有两种天才，一种天才不可学，一种天才是可学的。李白不可学，杜甫可学；苏东坡不可学，欧阳修可学。

苏轼虽是大儒，但对佛、道濡染也深，有所识却也不佛不道。他对佛、道只是从文化角度欣赏，欣赏佛、道的超然，逸致洒脱的生命形式，任性不羁的精神自由，仍然以儒家思想入世，担当社会人生的责任，以道家的精神养气，“千里快哉风，一点浩然气”。无论顺境逆境，他都能够在入世出世的交替中，在激情与虚幻的转换中，在儒、释、道的碰撞激荡中，得到融会、整合与统一，从而达到趣味盎然、生机浩荡、超然无累、自足完满的人生境界。

1076 年的中秋月是属于苏轼的月。

中秋节到了。

这是他在密州最后一个中秋节。

经过两年的艰苦劳作，密州百姓生活安定下来，日子渐渐起色，苏轼心情自然愉悦多了。

苏轼携带家室和同僚要在修葺一新的超然台上饮酒赏月，共度良宵。

密州东临大海，西接泰山山脉，平野万顷，亦有丘陵山冈，位于山东半岛东南部，潍水绕城而过，本应该是山清水秀、富庶发达之地，但历代知府知州不关心百姓困苦，不能为官一任，造福一方，至时仍为欠发达地区。

苏轼登上超然台，和同僚一边饮酒，一边谈天说地，其乐融融。但想起远在他地的弟弟子由来，不由黯然神伤。父母早已过世，世上只有他唯一的亲人弟弟，中秋之夜，是家家团圆，亲人相聚之时，苏轼望着这澄明清凉的月夜，能不顿生惆怅之感？

中秋之夜，是多么迷人的月夜啊！望城内，烟火万家，不时传来笙歌笑语；看城外，远处隐隐的山峦，近处坦荡的田畴，茂腾腾的庄稼，成熟的芳香随风飘来。银银的月光大幅大幅铺展开来，月照处，光斑烁烁；幽暗处，如窟如渊。一轮满月以生命本源的洁白和素静盈盈地浮在广阔的天宇，那清丽晶澈的光辉带着凄楚的微笑，亲吻着大地、山野、庄稼、青草、野花，空蒙浮漾。月光和淡淡的雾霭融在一起，烟縠般浮荡在田野，扑朔迷离，轻灵曼妙。

中国人钟情月亮，有很浓的月亮情结，在不多的盛大节日中，专设一个月亮节，而且为月亮编撰了许多美丽动人的神话故事：嫦娥奔月、吴刚伐桂、蟾宫折桂等等，已融入民族文化的源头，化为民族精神的元素。月亮澄澈而不眩目，宁馨而不岑寂，历代文人吟咏月亮的诗词歌赋，车载斗量。不知是这些诗词化为月亮的素辉，还是月亮的魂魄注入了这些诗词。中国文人的诗词歌赋，一是酒气很浓；二是月光很明，处处闪烁，既照亮了他人，也照亮了自己。

我想象得出，九百三十多年前那个密州的中秋之月夜，苏轼和家人友人举杯痛饮的状况。酒盅中泛着月辉，月光映照楼影、人影、树影，墙角处，虫吟细细，远处传来兽语夜枭的鸣叫，更衬托出这秋夜的岑寂、安谧。苏轼不及李白的酒量，三杯两盏，便醺醺然，几杯下肚已酩酊大醉，回到家里，倒头便睡，鼾声如雷。酒醒后，激情勃发，挥笔写下《水调歌头》。

其词取境高远，意境空灵，气度豪迈，气质浪漫，怀逸壮思，高接混茫。李白“唯愿当歌对酒时，月光长照金樽里”，受道家影响很深，抱着超然物外的态度，又喜欢道家的养生之术，所以常有出世登仙的想法。苏轼并非像李白那样颁发“道箓”，成为有学历证书的正式道徒，但他思想很杂，道家思想时时主宰心灵，这官场这现实人生太芜杂，太肮脏了，真想“乘风而去”，与仙人共语，与明月相伴。三年后，当他受贬黄州时所作《前赤壁赋》中表露得更加鲜明：“浩浩乎如冯虚御风，而不知其所止；飘飘乎如遗世独立，羽化而登仙。”

这时，苏轼最想念的仍然是弟弟子由，词的副题“兼怀子由”。中秋佳节，万家团圆，而今兄弟天各一方，不能晤对共饮，手足之情，血脉之亲，能不思念殷殷？

中国古代文人，往往得志时入世，忧国伤时，为国操劳，把诸葛亮当作楷模：“鞠躬尽瘁，死而后已”；不得志，仕途迍邅之际，则散怀山水，寄情泉林，望月抒怀，欲羽化而成仙，脱离凡尘。实际上是一种精神上的逃避，是失败者的自我抚慰。他们想乘风归去，只是一种天真幼稚的想法，月亮的冰清玉洁，高远缥缈，正是最理想的去处，这是一种幻想。人是无法超越现实的，人是环境的产物，又是群体的产物。李白一生放浪不羁，虽然信奉道教，却一心想当官，四处求仕，到处碰壁，他的人生际遇使他不得不想“羽化成仙”。苏轼虽时处庙堂之高，但残酷的党争、剧烈的是非之争，他又不善于说假话，看风使舵，随风俯仰，怎能在官场上春风得意，玩得水流山转？再加上才华盖世，这本身就是命运的悲剧因素，他的诗文一出，只要传到宫里，宋神宗常常被吸引得忘了吃饭，看到兴奋处，拍案称赞，这样的超人之才，怎能不引起章惇、吕惠卿等卑劣小人的嫉恨？

这首词一开笔便突然发问：“明月几时有？把酒问青天，不知天上宫阙，今夕是何年？”这屈原式的“天问”，涵盖了天地寥廓空间，大有气吞宇宙之势。接着便以浪漫主义想象，展现词人心中波澜的大起大落，既向往朝廷，一展宏图大志，又感到官场的黑暗龌龊，难以容身，不如回到人间，也表达了作者宦海漂泊、壮志难酬的苦闷心境和超尘拔俗、达观的睿智哲见。

全词狂放超逸，意象奇瑰，给人以疏宕洒脱，深远澄净的美的享受。最后是人生感悟：“人有悲欢离合，月有阴晴圆缺”，这是千古难以成全的憾事，这种意境高远，警励奋发的超然格调，达到“中秋词，自东坡《水调歌头》一出，余词尽废”的光辉局面。

【阅读提示】

作家写苏轼，当是高屋建瓴的有意味的选择。

苏轼是宋代文学成就峰巅的代表者之一，苏轼诗题材广阔，清新豪健，其词开豪放一派，与辛弃疾同是豪放派代表，并称“苏辛”；其散文著述宏富，豪放自如，与欧阳修并称“欧苏”，为“唐宋八大家”之一。苏轼亦善书，为“宋四家”之一；工于画，尤擅墨竹、怪石、枯木等。有《东坡七集》《东坡易传》《东坡乐府》等传世，所以在艺术上堪称全才。

当然，苏轼还是一位著名的政治家，他曾多方为官，充满坎坷，几上几下，曾辗转来到山东密州做知府。他关心时政与民间疾苦，修田筑坝，颇多建树。他于此间写的水调歌头中秋，更堪称千古绝唱。

“明月几时有？把酒问青天，不知天上宫阙，今夕是何年？”这屈原式的“天问”，涵盖了天地寥廓空间，大有气吞宇宙之势。

中秋明月在密州，这篇文章的精妙之处，就在于作家郭保林既写文学又写人生，因为文学是与人生息息相关。作家把握住了东坡诗词写作与人生命运的纠结，写出了诗化人生的内涵，这里既是作家对苏轼的深刻理解，也堪称拥趸文学即是拥趸人学的典型范例。

辛弃疾：东南佳气　西北神州

一

并非我对地域文化特别喜爱和关注，我并非研究文化史的学者专家，我对滁州的喜爱无非受了欧阳夫子的蛊惑："环滁皆山也"，一篇《醉翁亭记》风流千古，足以使欧阳修跻身于唐宋八大家。滁州不仅是欧阳修的滁州，也是辛弃疾的滁州，尽管他在滁州时间不长，一首《声声慢》足足使滁州啸傲千年。

我来造访滁州正是秋天，四周的琅琊山正是美艳的动人时节，虽不高峻，却逶迤蜿蜒，沟壑幽深，林木葱郁。秋风款款，黄叶飘零，白云缭绕，山岚一缕，犹如画家的笔，纡徐地淡淡一抹，秋阳明丽，云空深邃。在这样的季节，访古旅游的确令人心神怡悦。何况，滁州又是人文荟萃之地，文以山丽，山以文传。尤其宋代，文人墨客，达官显贵，缤纷而至，题诗勒石，吟山咏水，留下大量诗文，一不小心弄出了许多千古绝唱。

南宋朝廷建都临安，即今日西子湖畔的杭州。这是一个比汴京更美丽的城市，多雨多水多柔情的江南名城，春有莺歌燕舞，夏有榴荷如火，秋有金桂飘香，冬有梅红雪白。人间天堂，风流之地。南渡之后，满朝朱紫，冶游浪饮，歌舞达旦，人生朝露，谁不想贪婪地享受如诗如画、如梦如仙的岁月？经过苦难的人，更知欢乐的珍贵。南宋朝野始终存在着主战派和主和派的斗争，而主和派是以高宗赵构为首，始终占统治地位，尽管岳武穆怒发冲冠，胸有"饥餐胡虏肉，渴饮匈奴血”的壮志，尽管辛弃疾有“把吴钩看了，栏杆拍遍”的慨叹。“看风流慷慨，谈笑过残年。”连皇帝也早已沉醉在西湖歌舞中，忘却了靖康之耻，丧权辱国之痛。暖风吹得游人醉，直把杭州作汴州。你小小一介臣子激扬奋发、跌宕升腾有何作用？谁去理会？栏槛拍遍，又能唤醒哪个梦中人？

绍兴七年（1137年），金兀术调动兵马南犯，出乎意料，遭到岳飞、刘琦的痛击，岳家军收复了许昌、淮宁（淮阴）、郑州、郾城、洛阳，逼近开封，岳飞正欲渡黄河，收复北方，“直捣黄龙府，与君痛饮耳！”恰在此时，赵构、秦桧一天竟下十二道金牌，催岳飞退兵：“孤军不可久留。”

辛弃疾生活的时代是“英雄何处？奇谋报国，可怜无用”的时代，是昏君佞臣卖国贼当政的时代，是文恬武嬉，靖康耻未雪，而抱守残缺偏安一隅的时代，不思富国强兵，一味割地赔款，纳贡称臣的时代。说也怪，宋朝是我国经济繁荣、文化发达、文采风流的时代，是把丽词艳句揉搓得勾魂摄魄，是把水墨山水调匀得很妩媚的时代。封建社会成熟的历史时期，偏偏大宋朝一坐胎就缺钙，就偏瘫，拳头不硬，腰杆不直。其实两宋时期，人才济济，文韬武略，虽经五代十国的战乱，但盛唐的遗风流韵依然穿越时空，回荡在宋朝。

徽、钦二帝被掳，北宋灭亡。

南渡之后，辛弃疾怀着抗金为国建功立业的强烈愿望。然而空有一腔报国之志，他始终没有机会。从绍兴三十二年（1162年）年南渡到乾道八年（1172年），他看到朝廷昏庸，佞臣把持朝政，腐败和腐朽，官场更加黑暗和肮脏。

在这十年间，南宋政府只任命他江阴签判，建康通判，司农主簿，也就是当个公安局长或农业局长。这些职务或作人陪衬，沉滞下僚，无法一展经天纬地之雄心才略。

在建康任通判期间，他常徘徊城头，望夕阳下一江滔滔流水，感到“虎踞龙盘何处是？只有兴亡满目”。他发出了“我来吊古，上危楼，赢得闲愁千斛。”

其实，辛弃疾并不想当个词人，七尺男儿在国破家亡之际，吟几句诗词有何意思？他想成为一个军事统帅，金戈铁马，驰骋沙场，洒一腔热血祭神州社稷。然而“汗血盐车无人顾，千里空收骏骨”。生活和命运，将他的满腔热血和激情只能燃烧在那些长短句上。这是历史的绝望和无奈。

二

辛弃疾出生时，北宋已灭亡。他出生的第二年是岳飞被赵构和秦桧害死的一年。辛弃疾父亲死得很早，幼年便由祖父辛赞抚养，辛赞做了金人的伪官，金封辛赞为县令。辛弃疾参加全国科举考试，第二年考中进士。苦难的时代，动乱的时世，既滋养了大奸巨恶，也孕育着大忠大才之人。辛弃疾不愿当亡国奴。1161 年，金完颜亮大举南侵，二十二岁的辛弃疾聚众两千，奋起抗金，后又投奔耿京领导的农民起义军，为掌书记。为了取得政府的支持，和官军配合作战，辛弃疾劝耿京“决策南向”。1162 年（绍兴三十二年）正月，耿京和辛弃疾奉表南归，宋高宗在建康接见了他们，并正式委任耿京为天平军节度使，辛弃疾为右承务郎、天平节度掌书记。

辛弃疾一腔忧愤，一腔悲怨，有如万山磅礴的曲折流水，有如黄钟大吕、幽远清扬的八尺之箫。“为谁无尽写江天”？“琴断有谁听”？举世滔滔，知音寥寥。辛弃疾抒发的时代的大苦闷、大忧患、大惆怅，这海涛般孤寂的情感，能惊醒朝廷的醉生梦死吗？壮士悲秋的历史情怀，在滁州，辛弃疾得到淋漓尽致的倾泻。

滁州地处南宋首都临安门户，具有特殊的战略地位，这里是抗金斗争的前哨阵地，常受到女真贵族统治者的袭击和破坏，“往时虏人南寇，两淮之民常望风奔走，流离道路，无所归宿，饥寒困苦，不兵而死者十之四五”。

南宋统治者把滁州当作“边陲”。南宋的官吏一般把在滁州任职视为畏途，把它看成一桩很不如意的差事。

滁州历来是“用兵者之所必争”之地。辛弃疾欣然赴任，他感到滁州是施展才干和抱负之地，他任滁州知州，立刻巡视城郭，看到一片颓废荒凉景象，他下决心进行整修，振兴经济，巩固抗金的前沿阵地。他认为滁州北连千里两淮平原，南居万里长江之险，地形犹如一张弓，只要弓在手，箭在弦，就给南犯的金兵造成难以逾越的障碍。如果敌人南下，向东可取扬州、楚州，向西可占和州、庐州；南宋军队不能从中间切断，他们会东来西往，畅通无阻。

朝廷派过一些将领把守滁州，但他们贪生怕死，根本不管滁州战略位置的重要，更无心加强“国防建设”，改变现状。当时滁州百姓“方苦于饥，商旅不行，市物翔贵；民之居茅竹相比，每大风作，惴惴然不自安”。辛弃疾上任后“早夜以思”，振兴滁州。作为抗金前哨阵地的滁州经常遭到金兵的破坏、袭扰。南宋的官吏谁都不愿意到滁州任职，这意味着拿自己的躯体去挡敌人的枪眼。辛弃疾却视滁州是一方大有作为的舞台，是施展自己雄才大略之地。他特建奠枕楼，楼成后和友人同游，兴之所至，写了一首《声声慢·旅次登楼作》：

征埃成阵，行客相逢，都道幻出层楼。指点檐牙高处，浪拥云浮。今年太平万里，罢长淮、千骑临秋。凭栏望，有东南佳气，西北神州。

千古怀嵩人去，应笑我、身在楚尾吴头。看取弓刀，陌上车马如流。从今赏心乐事，剩安排、酒令诗筹。华胥梦，愿年年、人似旧游。

秋风飒飒，黄叶飘飘。这豪迈壮烈的情怀，千古一词人，站在奠枕楼上，登高临风，悲世伤生，满目江山，献愁供恨。举目远眺，北国千里大地，烟尘滚滚，在强虏的铁蹄下，百姓生灵涂炭，江山破碎不堪，而偏安一隅的昏君庸臣，却日日笙歌，醉生梦死，苟且偷生，何曾想雪靖康之耻，还我山河？更有那官吏的贪婪腐败愈演愈烈。大宋江山楚尾吴头竟成边陲前沿，这简直是历史的笑柄！我想词人此时应慨当以慷，以致泪洒秋风，这是何等光如霁月、阔如海洋的情怀啊！天风浪浪，云山苍苍，滁州能留下这一首词足以风流千古！

辛弃疾的词，恢宏壮丽，风格摇曳多姿，气势奔放，横绝六合，扫空千古。他才情磅礴，文学底蕴丰厚，无论发幽古之思，还是描绘乡村小景，都贯穿着恢复中原、洗雪国耻的信念和“磊落嵚崎”的冰雪情操。

时代的悲剧，酿成个人的悲剧。

辛弃疾出任滁州知州，他宽征薄赋，招流散，教民兵，议屯田，使地处前线残破荒凉的滁州大为改观。那时辛弃疾才三十三岁，正是血气方刚、才华横溢的青年时期，他雄才大略，鸿鹄之志不得施展，想自己起于戎马之间，攻城陷阵，追杀叛徒，以至率兵南归，想成就统一祖国的大业，然而今日却是“长安故人问我，道愁肠殢酒只依然”。

《美芹十论》，前三篇详细地分析了全国的情况，后七篇则具体地提出了南宋政府在充实国力、策划反攻等方面所应采取的方针和措施。1168 年，辛弃疾被任命为建康府通判，1170 年，他又作《九议》上呈曾大败金军于采石的宰相虞允文，再次陈述恢复方略。

淳熙元年（1174 年）春，深得江东安抚司参议官叶衡器重，同年叶衡入朝为相，力荐辛弃疾慷慨有大略，被孝宗召见，任命为仓部郎官，相当于今天的财政部长。第二年四月，湖北发生茶商赖文正聚众起义，很快起义军转战湖南、江西，官军连连败北。孝宗皇帝派辛弃疾前去讨伐，任辛弃疾为“江西提点刑狱”，节制诸军，讨杀叛军。后又任江西、湖北、湖南的地方官。辛弃疾一生最高理想是收复失地、统一祖国，却老在江南一带不是“剿匪”就是镇压“农民起义军”。相反，他那些力主“恢复失地、还我山河”的主张和议论，却招来朝廷宵小和统治者的迫害。而且越调，离抗金前线越远。在离任湖北将赴湖南之际，他写了那首著名的《摸鱼儿》。“更能消，几番风雨”，道出他在权奸排挤、压迫下的悲愤伤感的心情，以及对国势衰弱、江河日下的哀愁和忧虑。

辛弃疾南来已近二十年，始终不为偏安的南宋王朝重用，他的抗金主张不被采纳，甚至不信任，只让出任一般地方官吏，且调动频繁。在江南，他目睹百姓“嗷嗷困苦之状”，盗匪四起，民怨沸腾，向皇上奏进《论盗贼札子》，深刻地揭露了官逼民反，百姓不堪忍受残酷压榨、剥削的现状，要求皇上“爱民”，“民者国之根本”，这是在“为民请命”。辛弃疾在知潭州兼湖南安抚使任上，奏请以官米募工，浚筑陂塘，整顿乡社，兴办学校，置“飞虎营”，表现了辛弃疾卓越的才干。

三

统治者沉湎声色，苟且偷安，主和派逆流已冲垮主战派惨淡经营的堤垒，从临安到开封的路上，派遣到金国纳贡请和的使臣不绝于途。尧之都，舜之壤，禹之封，自古是我们的领土啊，而南宋昏庸腐败的朝廷早已弃置脑后，只一味地称臣纳贡，求得片刻苟安！

淳熙七年辛弃疾创建湖南飞虎营，曾受中枢多次阻挠和指责，甚至被诬谤为“聚敛扰民”，他敢于顶住这种压力，忠于国家，根本不顾个人利益。辛弃疾是我们这个民族无与伦比的优良品格的杰出代表，在他身上凝聚着中华民族最光辉的精华。他以有限的生命把这种精华发挥到极致，给天地之间的浩然正气又添一抹壮丽的光彩！

但两年后，即1181年，辛弃疾被罢官，在江西上饶购房安家，他称这地方为带湖。《宋史》说，他尝谓人生在勤，当以努力种田为先，故名“稼轩”。然而辛弃疾却没有想到，他的南来也许根本就是一个错误，南国的半壁江山埋葬了他一腔抱负。

带湖新居：青山屋上，古木千章；白水田头，新荷十顷。“却将万字平戎策，换得东家种树书”。辛弃疾一生抱负，付之东流。十年闲赋，侣鱼虾，友麋鹿，伴烟霞，餐朝露。辛弃疾首先是战士，然后才是词人，爱国主义精神像一条红线始终贯穿在他的创作中。那些描述金戈铁马的战斗生涯，抒发深沉缠绵的故国情思的词篇，他敢于讽刺“偏安江右”的朝廷，抒发收复失地的豪情之志，而沉醉在西子湖畔的小皇帝还记得什么靖康之耻、亡国之痛？抚时感事，触景生情，一个七尺热血男儿，一个挥手风雷、落笔华章的将军词人，有雄才大略，却不得施展；有千里马之风操，却去拉盐车。这样的英雄却如雄狮关进牢笼，岂不是黄钟毁弃，瓦釜雷鸣吗？“挥羽扇，整纶巾，少年鞍马尘”，“破敌金城雷过耳，谈兵玉帐冰生颊”，这完全是一个以功业自许，以气节自负的爱国志士形象。南宋一朝，只有岳武穆能与辛弃疾相媲美。强烈的爱国主义精神已奔腾于他的血脉，深入他的骨髓。他不是苏东坡，在困境中逆来顺受，虽坦然相对，只将一腔豪情放浪山水；他不是陆放翁，有燃烧过爱国主义情感的诗篇，空有“铁马冰河入梦来”的一腔豪情，并没有执戈跃马天地、沙场秋点兵的壮举。辛弃疾南渡之后，叛徒张安国谋杀了耿京，闻变，他便邀集王世隆、马金福等五十精骑，杀入金营，时张安国正与金将酣饮，辛弃疾即于敌五万众中缚了张安国，置诸马上，如挟狡兔，急驰而归，献俘行在，斩首示众。“壮声英慨，懦士为之共起”，“抱忠仗义，章显闻于南邦”。

辛弃疾在上饶闲赋十年。人生有几多十年？1181—1191年，正是辛弃疾四十岁到五十岁，人生的黄金年华，大有作为的时期，他一生渴望的是“要挟银河仙浪，西北洗胡沙”。但统治者和奸佞却弃之不用，国难当头，敌兵压境，这三千六百多个日日夜夜，辛弃疾是在怎样的痛苦和煎熬中度过的？“醉里挑灯看剑，梦回吹角连营”，“栏杆拍遍，登临意、无人会”，“追往事，叹今吾，春风不染白髭须”。辛弃疾二十二岁从山东起义南归，在南方呆了四十三年，得不到统治者的重用，“四十三年望中犹记，烽火扬州路”。

十年闲赋期间，辛弃疾虽居住带湖豪宅里，却更广泛深入地接触了下层百姓。“以酒浇愁”，长歌当啸，打发庸碌岁月。“昨夜松边醉倒，问松我醉如何？只疑松动要来扶，以手推松曰去！”你看，他烂醉如泥，这既反映了一位志士心灵的无比痛苦，更反映了一位词人傲骨如松的情操。他有许多田园诗都是这个时期写出的。人生有多少豪情，怎经得这几番风吹雨打？平生“塞北江南，归来华发苍颜”。

纵观中国历史，总是昏君佞臣当道时日多，明君忠臣执政的时代很少。唐宗宋祖一代风流，虽创造了历史的辉煌，到头来政权还是落在不肖子孙和奸佞之臣手中，宋朝更甚于此，蔡京、高俅、秦桧，这是历史上臭名熏天的巨奸大恶，竟然横行朝野，误国殃民，但历史总也不接受教训。封建专制之力量可谓根深蒂固，以至到明清之际，特别晚清时期，封建逆孽给五千年古国带来空前的灾难，岌岌乎亡国！

辛弃疾闲赋带湖，这是他一生最苦闷、最孤寂，也是最无奈的的时期。他词中不断写到“愁”：“近来愁似天大”，“又把愁来做个天”，“旧恨春江流不尽，新恨愁来做个天”，可见他恨之深，仇之大，大感慨、大悲愤、大苦闷，“换取红巾翠袖，揾英雄泪”。

我走在滁州街道上，只觉得八百多年前一个诗魂伴随着我，孤苦的灵魂，寂寞的灵魂。那一首首词像佛教中的《大悲咒》一样，令每个有良知的中原人、中国人、中华民族的子孙，感到心灵的震撼。爱国是人类永恒的主题，也是一切文学艺术的精神之源。高洁的精神，澡雪的情操，如瑰的人格，这是崇高与卑污的分水岭，是君子与小人的试金石，是人与动物最根本的区别标志。

四

辛弃疾在滁州时间很短，春来秋去，不到一年时间。南宋政权折磨有志之士，总是频频调动，不让你安生，不让你事有竟成，不让你大展雄才，有一番作为。当辛弃疾在湖南建飞虎营不久，就被罢官，这如同岳飞直捣黄龙的大志未展，而遭秦桧谋杀，是赵宋小皇帝自毁长城的又一罪恶。

辛弃疾归隐后，购得“良田十弓”。乡间生活，他接触了更多的胼手胝足的农民，纯朴而憨厚，没有官场的狗撕猫咬，没有仕途的黑暗蹇涩。他的心情还是良好的。他养马喂鸡，以一个农夫的审美视角来观照农夫生活。溪边的荇藻，水中的游鱼，岸边的荠菜花，草上的晨露，湖畔清风，林间明月，都化为一只只音符，奏响在他的词章里。夕阳，朝晖，雾岚，雨帘，山花，庄稼，蛙鸣，蛩音，这些富有泥土气息的生命进入他的词章。“一松一竹真朋友，山鸟山花好弟兄。”他无可奈何，只好学习陶渊明与竹松为伴，视花鸟如兄弟，看似潇洒，超然物外，实则是孤苦寂寞，壮志难酬，是一颗灵魂悲愤的发泄。“谁知稼轩心事？”他常质问自己。自己被贬谪：“雷鸣瓦釜，甚黄钟哑？”

辛弃疾在闲赋期间，也苦中作乐，重新诗意的塑造生活，用那支“横绝六合，扫空万古”的如椽巨笔，写点农家田园小诗：“城中桃李愁风雨，春在溪头荠菜花”，“七八个星天外，两三点雨山前”。他写了大量闲适词章，吟风弄月，苦中作乐，儿女情长，看似潇洒超脱，实乃胸中郁垒叠叠，或掩饰纵横激宕、雄放恣肆背后词人难以名状的哀愁。辛弃疾能不“心存魏阙”，目注朝政吗？自然“放开笔下闲风月，收敛胸中旧甲兵。”（刘过诗）

他的好友、爱国志士陈亮的处境更糟，屡遭冤狱，还遭歹徒毒打。伤愈后，陈亮看望辛弃疾，二人同游鹅湖，共饮瓢泉，唱和酬答，纵论天下时政，海阔天空，畅抒情怀。两个人盘桓十日，才洒泪而别。这是辛弃疾唯一的知音，他们只好把一腔血泪，一腔豪情，一腔悲愤，一腔怨愁，铸成一首首长短句。肝肠似火，为谁无尽写江天！

这使我想起俄罗斯伟大作家老托尔斯泰在他田庄里晨起散步的生活，想起梭罗在瓦尔登湖畔的闲适岁月，想起屠格涅夫草原狩猎的镜头，其实，辛弃疾和他们迥然不同，他是戴着锁链在跳田园圆舞曲，是满腔忧伤来唱“小夜曲”的。这种痛苦比激战在沙场因负伤而退出战阵的将士更加悲哀。这些风花雪月的描写渗透着深沉的忧伤。

辛弃疾南归之时，南宋朝廷偏安西子湖畔已四十年，执政者已是第二代。十里荷花，三秋桂子，烟柳画桥，风帘雨幕，市列珠玑，户盈罗绮。杭州已成繁华的都会，满市灯火，夜夜笙歌。南宋第二代皇帝哪有靖康之耻、故国山河之感叹？

南宋时期，虽然朝廷龟缩江南一隅，但这里是物阜繁华之地，优越的地域环境，发达的经济，繁荣的文化，使南宋庸君佞臣乐不思蜀。

这里温柔富丽，这里山清水秀，这里色彩绚烂、气氛和谐。春之燕语莺歌，夏之荷钱榴火，秋之金风玉露，冬之梅红雪白。更妙西子湖一泓碧波，淌漾在临安城外，唐朝的诗人修了白堤，本朝的诗人修了苏堤，而今湖山之间，堤桥之下，歌舞丛中，画舫穿梭。西湖歌舞几时休？暖风吹得游人醉！

朝廷贪图安逸奢靡，大臣们更是贪污腐败，蝇营狗苟，谁有心收复失地？谁有志完成祖国统一大业？谁还会念及沦陷的北国百姓生命涂炭、饥寒交迫？孝宗即位后，临安城内，新建宫殿千叠，如山堆云涌。朱钉金户，画栋雕梁，铜瓦金顶，又镌以龙凤飞骧，巍峨壮丽，其规模，其奢华，远远超过故都汴梁。

做了太上皇的高宗更是喜静不喜动，尽管你陆游“铁马冰河入梦来”，尽管你岳飞“怒发冲冠……壮志饥餐胡虏肉，笑谈渴饮匈奴血”，尽管你辛弃疾“栏杆拍遍”，“男儿到死心如铁”，哪能惊动我的画舫龙船？我照样偎红倚翠，歌舞翩跹！更何况，朝廷南渡之后，党派斗争剧烈，蔡京、秦桧等巨奸大恶相继把持朝政，使南宋的黄昏更幽暗了，人才摧抑，士气摧损，使主战派雄才大略的仁人志士惨遭贬逐，甚至被迫害致死，如精忠报国、功高盖世的岳飞。宵小居堂，黄钟毁弃。辛弃疾就是栏杆拍断又有何用？满朝朱紫，随事俯仰，始以容容，终以靡靡。

辛弃疾该心灰意冷了吧，自己年迈体衰，五十六岁，已近花甲之年，想再有一番作为，天不假年，怕难酬了吧？霜月风寒，断雁孤唳，词人辗转反侧，难以成眠；多少个落晖夕照，辛弃疾漫步带湖之畔，衰草萋萋，黄叶飘零，一湖寒波，怎能抚平壮士心中的皱褶？遥想当年，“少年横槊，气凭陵，酒圣诗豪余事”，而今幼安老矣，稼轩居士老矣，齐鲁才子、泰岳剑客，统统老矣！“追往事，叹今吾，春风不染白髭须！”他只能“布被秋宵梦觉”，追寻“眼前万里江山”。烈日暮年，空有壮心不已！

然而推动历史前进的不仅仅是政治力量，而精神的力量也起了无可替代的作用。辛弃疾的遭遇对个人是不幸的，对南宋王朝也是不幸的，但那燃烧着激情、燃烧着热血的长短句足以使一个民族的灵魂升华，在无尽的时空中辉映千古！北宋有一个苏东坡，南宋出了个辛弃疾，这足以使屈辱的两宋王朝值得聊以自慰！

辛弃疾《永遇乐·京口北固亭怀古》是一生中最辉煌的爱国词章。“想当年、金戈铁马，气吞万里如虎”，可堪回首，而今“廉颇老矣，尚能饭否？”颇有“英雄迟暮”的感慨。

辛弃疾南渡后的漫长经历中，在滁州只有大半年，他初展雄才，使破碎不堪的滁州残喘稍定，元气复苏，出现了车马如流、酒令诗筹的景气，但还不是“太平万里”的景观。

“太平万里”，词人真是浪漫主义夸张，抗金前线，不远处便是被女真人残酷蹂躏的故国山河，战马萧萧，硝烟滚滚，哀鸿遍野，白骨累累，哪有什么和平景象？词人们一时高兴了便手舞足蹈，不知所以了。但冷静下来，夜深松门竹户，明月半窗，毕竟是将军词人，重新审视江北战势仍不免忧心忡忡，愁满云天。尽管东南一片佳气，北望西北神州，仍然战云密布。

【阅读提示】

作为齐鲁之邦的一代名人,辛弃疾既是著名的豪放派词家,又是著名的抗金英雄。这与作家郭保林的文学信仰颇为相通。

辛弃疾一腔忧愤，一腔悲怨，其诗作有如万山磅礴的曲折流水，有如黄钟大吕、幽远清扬的八尺之箫。“为谁无尽写江天”？“琴断有谁听”？举世滔滔，知音寥寥。辛弃疾抒发的时代的大苦闷、大忧患、大惆怅，这海涛般孤寂的情感，能惊醒朝廷的醉生梦死吗？壮士悲秋的历史情怀，在滁州，辛弃疾得到淋漓尽致的倾泻。没有想象力就没有文学，同样没有想象力也没有文化大散文。臧否人物，评骘历史，必须将读者引入到对历史解读之中，使其感到历史丰富感、生动性。

辛弃疾出任滁州知州后，他宽征薄赋，招流散，教民兵，议屯田，使地处前线残破荒凉的滁州大为改观。那时辛弃疾才三十三岁，正是血气方刚、才华横溢的青年时期，他雄才大略，鸿鹄之志不得施展，然而今日却是“长安故人问我，道愁肠殢酒只依然”。

因此，我们看到滁州的辛弃疾，应是辛弃疾踌躇满志的缩影，更能消几番风雨？！

我不妨设想，滁州的经历，仅是辛弃疾英雄人生的一滴水，而作家郭保林通过写一滴水，来折射辛弃疾的壮阔人生历程，实在是颇为高明的构思，作家此处的文章可以看作是留白的写法，在留白中让读者对辛弃疾的认识进入二度创作，的确是技高一筹。

李清照：智者的冷暖人生

她的孤独和愁苦是智慧的产物，确切地说，是才智的，不完全取决于性格。没有这种精神境界，就不会产生这种痛苦。

——题记

一

赵明诚和李清照回归故里青州是宋徽宗大观二年（1108），那时赵明诚二十八岁，黄金般锦绣年华，无论干什么，前面都是一片辉煌璀璨的景观。但是朝廷党争剧烈，奸相蔡京当政，赵明诚的父亲赵挺之虽为朝廷重臣，却无力改变现状。李清照的父亲李格非被打成元祐党人，贬谪广西蛮荒之地象郡，唯一的同父异母弟弟也被远贬他乡。汴京虽富荣繁华，赵、李心头却是一片凄楚荒凉。赵明诚自幼就养成收藏金石的癖好，很想离开是非肮脏的官场，回归故里，退隐泉林。

这年冬天，他便携妻子乘坐马车，一路风尘仆仆来到鲁中小城青州。

其实青州是赵明诚的姥姥家，赵家是诸城人。赵明诚父亲赵挺之为宰相时，花重金在这里修建了一座豪宅。青砖黛瓦的楼阁亭台，南依云门山，北临阳溪湖，山清水秀，风景绝佳。湖岸杨柳彳亍，蒹葭苍苍，水榭曲廊，奇花佳木，一派贵族园林气势。李清照从汴京带来几棵梅树，种植在庭院，冬来春初，一树梅花，明目怡人，至于庭院里古藤、高木，更添一抹神秘性、沧桑感。夫妇二人或纵情山光水色，或摩挲金石古玩，每至夜深人静，明月满墙，树影临窗，行吟其间，欣然自得。

事实上，李清照是甘愿终老故里，这是她向往的桃花源，愿像陶渊明一样归隐乡野。她把住室题名“归来堂”，又将卧室命名为“易安居”。没有“戴月荷锄归”的生命体验，没有“晨光理荒秽”的劳作，她衣食无忧，足不染尘，履不沾露，一种贵族的优雅，一身书香的芳馨。李清照一生追求爱和美，向往闲逸和散淡，她的灵魂深处活跃着道家思想的元素，用现代话说，她骨子里属于自由知识分子，追求独立之思想，自由之精神，若生活在民国初年，她准是五四运动的活跃分子。“吾生梦幻间，何事绁尘羁。”产生这种思想，我想和李清照身世有直接影响，她自幼失去母爱，传说，她母亲因生她难产而死去，父亲又远在外地做官，她是寄养在伯父家，由奶奶抚养，她的童年是和堂姐妹生活在一起的，在幼小心灵养成一种孤僻的性格，是很自然的。

其实，在回青州之前，李清照曾回自己的家乡明水两年。

白云山下，百脉泉边，有李格非故居。故居有萧寒郡斋，水榭楼阁，竹林映窗，鸣泉绕砌。

故乡总是温暖的，那里的墨泉、漱玉泉、净明泉，泉水清碧、净澈，汩汩涌涌喷吐着青春的激情和生命的元气，淋漓尽致地表达着大地母亲源源不竭的爱。李清照在故乡度过她如花似锦的少女时代。春天柳丝苒苒，鸥鸟飞翔，花香浓馥，柳眼眉腮，笑逐颜开，一片春意盎然；夏日黄昏，水榭纳凉，碧波泛舟，看落霞缤纷，蝉鸣高树，暮鸟投林；至于秋天，故乡的草木、山水依然诗情画意，红香渐消，残梗漂篷，枝上黄叶，水中蓼花。大自然的千斛情愫，灌注年轻女子的心灵，怎能不使她才华横溢，文思泉涌？

李清照回故乡前，曾求公爹给父亲讲情，但公爹不肯说上半句，唯恐招惹是非，丢掉头上乌纱。李清照气愤不过，写诗挖苦公爹“炙手可热心可寒”。那时公公官升为尚书右仆，兼中书侍郎，既是尚书省的最高官，又是中书省的最高官，徽宗甚喜赵爱卿，还将他的三个儿子分别赐以职务。李清照写诗讽刺公公，且已传出，赵挺之很是恼火，自己的儿媳妇竟然如此放肆地挖苦公公，成何体统？这给他的政敌造成何等影响？公公的老脸往哪里搁？皇上把元祐党视为敌寇，我来讲情，岂不是自投罗网？皇上有旨："宗室不得与元祐奸党子孙服亲为婚姻，内已定未过礼者并改正。"李清照怨恨公公，实际上是不知公公的难处。

李清照18岁同赵明诚结婚，赵明诚是太学生，虽同居一城，但太学生住校，有严格的校纪，每个月只能回家和亲人团聚两天。赵明诚毕业后又踏上仕途，整天忙于公务，两个人依然不能朝朝暮暮，相依相偎。而这两年朝廷风云变幻，"霎儿晴，霎儿雨，霎儿风"，赵明诚、李清照刚刚搭建的小巢，怎经得起政治的风狂雨骤？父亲和弟弟发配异地，在汴京的旧宅已空空荡荡，一个年轻女子整日孤苦伶仃，能不愁绪缭绕，怨怼丛生？

李清照回到故居百脉泉，离愁更浓，刻骨铭心的思念，骨肉分离的悲痛，再加上儿时姐妹早已出嫁，再不闻童年的欢声笑语，不觉更加孤独、凄凉，又是春花凋零的时节，思亲怀旧，能不惆怅满腹？于是挥笔写下《如梦令·昨夜雨疏风骤》：

昨夜雨疏风骤，浓睡不消残酒。试问卷帘人，却道海棠依旧。知否？知否？应是绿肥红瘦。

暮春夜晚，狂风骤雨突然袭来，这对百花说来是一场无法避免的灾难，此情此景触发了女词人的情怀，想到家境的变故，物是人非的悲怜，殷忧之情，惴惴之心，担心窗外的海棠，侍女却淡然回答：海棠依旧。可清照情感复杂细腻，惜春的情感波澜再起，一连声的叠问"知否？知否？"，"应是绿肥红瘦"。不尽地惋惜之情淋漓尽致地表现出来。

随着时间的推移，清照这种"归思"更切更深，在她以后的词章里处处表现出来，她留下的词不多，"归"字出现的频率却不低。"有令落淑质，归逢佳偶"，归，这里是出嫁，古时出嫁曰归。"淑质生当良月，晬辰喜遇今朝"。"烟光溥，栖鸦归后，暮天闻角”，虽是咏物写景，这里“归”却是“回到”之意。“归鸿声断残云碧，背窗雪落炉烟直。”“相思难表，梦魂无据，惟有归来是。”“征鞍不见邯郸路，莫便匆匆归去。”“玉箫声断人何处？春又去，忍把归期负”，等等。这些词句大都写在回到青州前后，词人厌恶都市的喧嚣和芜杂，厌恶官宦人家灯红酒绿的迎迓往来，更厌恶官场的倾轧和狡诈，她愿回到山清水秀的清静世界。静，是一种境界，是一种哲学。宁静可以致远，宁静可以深思，宁静可以心无旁骛，目无杂色，耳无杂音，只有在宁静中成就一番大事业。

二

赵明诚、李清照初回到青州，生活是安逸的、幸福的、舒心的，这里是一片精神的净土。早晨散步于阳溪湖畔，柳舒眉，花绽腮，绿草绕堤岸，薄雾弥漫，连空气都鲜冽得醉人。夫妇缓缓信步，恬淡闲适；黄昏，忙了一天的金石书画的整理，赵明诚携李清照又去云门山下，看山花烂漫，听鸟鸣虫吟，落霞缤纷，山影乱叠，又是一番怎样的诗情画意。

李清照给自己的居室起名“易安居”，就是取名陶渊明《归去来兮辞》里“倚南窗以寄傲，审容膝之易安”的意思，自号“易安居士”。

她协助丈夫搜集金石，并把多年购藏与搜集的金石、碑版、图画、古籍、周鼎、夏彝、古董文物等，加以系统地整理。赵明诚拟定一部超越欧阳修的《集古录》的学术专著《金石录》。一是把历代金石文物加以有序编排，二是对历代金石文物的真伪进行辨识。赵明诚在太学读书时就有收藏金石的嗜好，不断地学习、搜索、探究、辨识，具备了丰富的金石学修养。为官后，他更是多方搜集古物，甚至不惜花巨资到民间，到古董摊购买。他常常把欧阳修的《集古录》摆在案头，学习其优长，记载学习心得，不断提高他对金石的考证和辨识能力。

夫唱妇随，聪慧、才华超逸的妻子李清照成为他最称心、最有力的助手。李清照博闻强记，思考缜密，性情又耐得寂寞，两个人常常工作到深夜。青灯一盏，双影映壁，他们认真地校勘、辨析、整理、编目、归类。夜晚的静寂，烛光的温馨，对事业的执著，使他们忘记世界的烦恼，沉浸在对理想的追求中。这时期，李清照和赵明诚的感情如新婚蜜月，颇有“夫妇擅朋友之胜”。

这两位学者归隐回到故里，更加刻苦自励地读书、写作，不仅积累了金石专业知识，也丰富了文史底蕴。知识给他们带来人生的乐趣，知识给他们带来精神的支撑，知识撑起他们人生理想的风帆。人生是一部书，这是他们最富有魅力的章节，最辉煌的一页。

他们搜罗的金石书画、古物很多，又专门盖了十间库房，陈列其间，煌煌然、泱泱然，俨然是一个民间博物馆。

赵明诚致力于搜罗古人字画，铭帖碑版，文物器具。夫妇二人“每获一书，即共同勘校，整集签题。得书、画、彝、鼎，亦摩玩舒卷，指摘疵病”。收藏史书百家，尽量备有副本，至于家传的《周易》和《载氏传》更有多种版本，收罗齐全。对藏品，他们共同把玩，品赏、赞叹。也有争论，特别是得到白居易真迹手抄本《楞严经》，更是喜不自禁，对其书写之精致，保存之完好，不能不叹为观止。人近中年，李清照风韵不减，兴奋快活时，双颊飞红，话语滔滔；开心时，才情飞溅，妙语连珠。夫妻二人常常沉浸在诗天画地，游弋在翰墨书香的海洋里，金石、诗词、书画、琴棋组成李清照和赵明诚生活的四重奏。

他们的生活是诗的岁月，花样的年华，温馨安逸，夫妻恩爱，朝夕相伴，情笃义浓。春夏秋冬，日子像流水逝然而去，那静静的溪流也卷起一叠叠浪花，那是生活的情趣，人生的雅趣。

在青州生活虽然没有汴京时的豪奢，甚至有点清贫，但他们生活得充实、快乐、安谧、静逸。这时期也是李清照诗词创作的丰收期。李清照和赵明诚都喜欢梅花，他们从南方带来的梅树，已开花绽蕾了，花枝摇曳，暗香浮动，满园春色乍露，动人心旌。夫妻二人赏梅，李清照挥笔写一阙咏梅词《渔家傲》：

雪里已知春信至，寒梅点缀琼枝腻。香脸半开娇旖旎，当庭际，玉人浴出新妆洗。

造化可能偏有意，故教明月玲珑地。共赏金尊沉绿蚁。莫辞醉，此花不与群花比。

说实话，这首词并没有展示出李清照的才华，没有跳出咏梅的词路，但赵明诚却连声称赞：“自本朝以来，咏梅大兴。林逋一联‘疏影横斜水清浅，暗香浮动月黄昏’，已把梅花写绝了。夫人‘玉人浴出新妆洗’比譬新鲜、出奇，可谓独出心裁！”其实赵明诚的夸奖也暗带鼓励。李清照和赵明诚非常尊崇林逋先生，他不结婚，不做官，隐居杭州西湖孤山，以植梅、养鹤为人生乐事，梅妻、鹤子，他以咏梅见长，李清照更是羡慕林逋先生的达观人生。

李清照一生只留下四十八首词，其中有九首是咏梅的。梅的高洁，梅的丽雅，梅的冷艳，披霜浴雪，傲骨凛然的形象，是抒情主人的形象。自己亲手种植的梅树，一树鲜嫩的花儿，红灼灼地开放了，多么动人美丽啊！这首《渔家傲》是李清照咏梅词中写得最愉悦、最明朗的一首，也是她和赵明诚生活最惬意时之作，其余几首多是愁问、憔悴，感时伤怀，孤寂落寞的抒情。“常插梅花醉，挼尽梅花无好意，赢得满衣清泪”。“横斜疏瘦的枝干，淡月下的风流蕴藉”，都是离情别绪，一腔愁楚，满腹怨怼，苦涩中散溢着芬芳，惆怅里蕴含着甜蜜，是生命对爱的涌动和宣泄。

隐居青州，他们的生活并不单调，枯燥，他们自己创造欢乐和诗意，一度他们每天傍晚搞一种“猜书斗茶”——李清照在《金石录》后序中记录了他们的生活雅趣：“余性偶强记，每饭罢，坐归来堂烹茶，指堆积书史，言某事在某书、某卷第几页，第几行，以中否角胜负，为饮茶先后。中即举杯大笑。”这有点小儿科，却其乐融融，点缀了枯涩的校勘书画金石生活。

三

赵明诚将购藏的金石、字画，经过几年的整理，已编目有序。为扩展藏品，他开始四处搜罗，除了去淄博、莱州，还跑到泰安，最远的去湖北嘉鱼，常常一出去就是一两个月，甚至数月。归来堂室只剩下清照一人，空落落的堂室，空落落的宅院，还有空落落的心。每当丈夫出远门，清照帮助收拾行装，总止不住暗自流泪。丈夫出去后，她更是六神无主，一颗心像是被淘空了，夜里辗转难以入眠，清晨又懒得起床梳妆。白日无心填词、写诗，晚上又无意挑灯夜读。她和明诚已结婚十多年，仍无子嗣，这本身就是一种压力，虽然明诚不说，但明诚的家人以何等眼光看她？一个女人不能为夫家赓续香火，这是最大的失职。赵明诚体会妻子，被迫离开汴京的委屈和苦闷，清照才华绝伦，能在“容膝易安”之中，把爱和全部心血投入丈夫喜爱的金石事业，专心致志地协助他，尽早完成耿耿于怀的心爱之作，明诚从心眼里感激清照，他曾把自己和清照的爱情比作萧史与弄玉，情感如同司马相如与卓文君，那是珠璧成双，天作之合。1114 年，也就是他归隐六年，赵明诚请人为清照画了一张像，明诚亲笔题签：

清丽其词，端庄其品，归去来兮，真堪偕隐。

清照的丽句，才华超逸以及冰清玉洁的品格，深深打动了明诚的心。清照那嫣然百媚，端庄高雅的风采，又使赵明诚心生敬慕。明诚把清照视为他归隐中最佳伴侣，他钟情清照，更欣赏清照的双重气质：学者的蕴藉深厚，诗人的才情横溢。天下有如此才女，能不感谢上天的厚赐？

清照是个感情极为细腻的人，多愁善感，丈夫远去，留给她的是一种孤独、孤凄，许多情绪与情感的纠结和无奈。才华不尽是孤独。于是她写了脍炙人口的新词《一剪梅·红藕香残玉簟秋》：

红藕香残玉簟秋，轻解罗裳，独上兰舟。云中谁寄锦书来？雁字回时，月满西楼。

花自飘零水自流，一种相思，两处闲愁。此情无计可消除，才下眉头，却上心头。

李清照青春生活是幸福的，美满的，充满曼艳旖旎的风趣。她词意婉丽，摛藻丽句，奇气横溢，她的书斋也是她的卧室，窗明几净，空寂如簌。窗含云门山，宅傍阳溪湖，这是一片诗天画地，空气里都弥漫着草木的清香和鱼腥水鲜气味。此情此景，写这些离情别恨、春怨秋愁的曲子词，必然流露出一腔灵性，一片灵境，一派空灵神韵。

这首词是丈夫赵明诚去泰安不久写的。题材并不新鲜，是闺中怨妇思夫，古代文学作品常见的题材。但李清照写得出神入化，达到极致之境。李清照以女性作家独特的人生体验，感知了这刻骨铭心的离愁。

归来堂的生活出现不和谐的音符。明诚的频频外出，使清照陷入复杂的忧愁中，本来没给赵家增添子嗣，父亲、弟弟打入元祐党人，贬谪远方，音讯杳无，身边又失去了唯一的爱人，能不痛苦、孤独，又添一段离恨？

清照是喜爱清洁雅静的人，自从丈夫走后，她懒得起床，懒得梳头，不燃兽炉香，不叠红锦被，她也深知丈夫为了事业，不恋儿女情，作为妻子应该支持，但这重“离怀别苦”怎也抹不去。本来许多心事，想说给爱人，但又怕引起丈夫的思念之苦，只好吞吞吐吐，嗫嗫嚅嚅，欲说还休。近来新瘦，并非因酒而瘦，逢秋而悲，究其终极，是丈夫的远离，心情不好，才瘦了下来。终日相伴的郎君远去了，自己却在这座愁烟恨雾的妆楼里，有谁知道我朝夕凭栏，泪眼相望呢？只有眼前的流水吗？李清照性格孤峭，丈夫一离开自己不是“人比黄花瘦”，就是“从今有添，一段新愁”。这位多愁善感的才女，心细如丝，愁绪如缕，这与她童年时代失去母爱，所形成的林黛玉式的孤凄心理有关。更重要的一点，李清照患有不育症，这是女人致命的伤痛，在这个封建贵族家庭里，她绝不会得到公婆的喜欢，妯娌姑嫂的尊重。没有子嗣，不能赓续赵家烟火，怎能有家庭地位呢？这更加重了她孤凄、孤独的心理和精神压力。我曾想，李清照若是儿女绕膝，有童哇哇，这个哭，那个叫，这个要吃奶，那个要撒尿，还会有如此孤单，此等“闲愁”？在这个家庭里，她与他（她）们没有共同语言，赵明诚是她唯一的知音，一旦离开，她精神的依靠便倾圮了，终日青灯相伴，形影相随，屋空空，心也空空，又至秋暮，又至梧桐夜雨，怎能不愁绪次第而生？

也许李清照过于敏感，神经过丁脆弱，鸟啼、蛩鸣、花落、流水、衰草、夕阳、落晖，甚至一阵黄昏细雨，都激起她无端的愁绪，庭院深深深如许，愁怨深深深如海啊！

李清照把写词当作极富挑战性的生命活动，让满腔炽热而又沉静的爱和情感，任其在纸上流淌。那爱的急流，便形成一行行艳词丽句，忧伤的，哀怨的，幸福的，痛苦的声音定格在纸上，传之久远……

李清照深知她的创作不是自慰，而是自救，是对精神唯一的救赎。人越孤独，创作越自由。

李清照的词充满沧桑感、凄艳、多情、清冷，犹如一影水月。敏锐孤独的心魄，奇谲凄楚的冷艳，是她人生际遇里一片孤独的风景，独立的风姿，一份庄严的生命的共感。

李清照柔弱而多情，敏感而多疑，恋爱就是一切，她是爱和美的化身。她的一生就是一阙优美哀婉的词。李清照把两首词抄写得工工整整，收藏好，待丈夫归来，好评赏一番。

她盼呀盼，中秋节来临了，她神经质地感到风吹树杪的沙沙声，仿佛是丈夫衣袂的窸窣声。北雁南归的鸣唳，更添一重思念之苦，风吹门铃，仿佛是丈夫的敲门声……夜里睡不着，干脆拥被而坐，隔着窗棂，遥望一轮孤月，心如秋水一样冰凉。摸摸身边枕头和被子是空空的，能不感到孤凄么？凝目外，更添一段新愁。

四

李清照是个洒脱出尘的女子，只是那个社会不会给她展示叱咤风云的舞台，她体会不到男性世界孜孜以求所谓建功立业的精神向往。她痛恨朝廷的党争，痛恨朝廷朝云暮雨的折腾，在她看来，事业的追逐，比不上俏语戏谑艳词丽句给人生带来的快乐。时人就评李清照：易安倜傥，有大丈夫气，乃闺阁之苏、辛，非秦观、柳永也。她如翔华表之鹤，啭出谷之莺。

李清照有陶渊明的旷达，也有李白的清高，她在青州写了一篇《词论》，这是她唯一流传下来的理论著作。文章中几乎扫射了北宋所有的词章大家，做出了率直的评论，和大胆的臧否，“确有自持伟丈夫气。”像欧阳夫子、苏大学士，都是她父亲李格非的师辈、师爷辈的一代文宗，她照批不误，而且语言之锋芒，凌厉逼人。

这篇论文涉及词史、词律、词家评价等诸多问题，也是在赵明诚外出泰安时所作，她盼明诚早日归来，共同商榷。李清照严于词的创作规律，维护词的特性，坚持词“别是一家”的主张。这为中国词学理论划分了严格的艺术畛域，至今仍有它的理论价值。真可谓名篇大章，光映先后。在文章中，李清照驾秦轶黄，凌苏轹柳，颇具文胆剑心，俯仰起合，风云舒卷。

文曰：

五代干戈，四海瓜分豆剖，斯文道熄。独江南李氏君臣尚文雅，故有“小楼吹彻玉笙寒”，“吹皱一池春水”之词。语虽奇甚，所谓“亡国之音哀以思”者也。逮及本朝，礼乐文武大备。又涵养百余年，始有柳屯田永者，变旧声作新声，出《乐章集》，大得声称于世。虽协音律而词语尘下。又张子野、宋子京兄弟、沈唐、元绛、晁次膺辈继出，虽时时有妙语，而破碎何足名家。至晏元献、欧阳永叔、苏子瞻，学际天人，作为小歌词，直如酌蠡水于大海，然皆句读不葺之诗尔。又往往不协音律者，何耶？

振聋发聩，阅遍历代“人间词话”，没有如此点名道姓，毫无顾忌地批判，而且句句直射靶心！下面又点名王安石、曾巩、贺铸、秦观、黄庭坚之辈的词创作的病诟，言词尖锐，说他们“别是一家，知之者少”。我想象得出，李清照坐在书斋、案头堆满这些人的词集，对这些男性世界的名流大家，从内容到形式统统进行了批判，她强调词必须“典重”、“做实”、“铺叙”和“协律”，尤其是“合乐”的特点。

这小女子居高临下，大有一览众山小之气概！

她出言不逊，确实展示出她超人的才气，博雅、高古，纵横词坛，乃帝后气象。

赵明诚从泰安归来，看到妻子写的《词论》，倒吸一口凉气，乖乖，我的祖奶奶，你真是吃了豹子胆！你这样横扫竖射，肆意诋毁这些名流大家？对他们的作品，多少人吹捧阿谀，你倒是横挑鼻子竖挑眼？太狂妄，太偏执了！文章传出去，把大宋朝的词坛完全颠覆了，人们对你恨之入骨，有的名人已去世，他们的后人呢？当初吹捧过他们的人呢？

赵明诚曰：“苏子瞻是你父亲的老师，你不觉得一棍子打死，太无心肝了吗？”

李清照曰：“老师怎样？我说的是词创作的艺术，你不觉得老师，混淆了诗词的界限吗？”

赵明诚曰：“东坡先生以诗入词是对词创作的发展，更展示词的开阔境界，有何不好？”

李清照曰：“你不理解我的本意，词有词律，诗有诗韵，我的观点虽有偏激，不过是矫枉过正。”

赵、李在这篇《词论》上争论不休，谁也说服不了谁，不了了之。

今天看来，李清照的词论仍然不失为一篇词论史上的杰作，语殊凿空，才锋大露，它的理论价值不可否定。

五

丈夫赵明诚赋闲青州十年，这十年间，他完成了《金石录》这部传世之作。他长长地舒了一口气，一种事业有成的自豪感。但是恺悌善良的赵明诚饱经儒家思想的熏陶，学而优则仕，他不可能像陶渊明一样长期隐居乡野，他虽钟爱金石，更向往官场肥马红尘，歌舞声喧，那是士子的“人间正道”。他收拾笔墨纸砚，打点行装，要去一趟汴京。其实，李清照也理解丈夫，男子汉大丈夫出将入相，叱咤官场，也不枉一世人生。李清照像林黛玉一样，性情高洁，虽为女流，却骨奇清雅、桀骜超俗，但也没超出人生的规则：如果说男人的目标是名山事业，女人的追求却是爱情和家庭的温馨、圆满。李清照一生都在恋爱。爱情像一枚银币，正面是温馨、姣好，反面却是苦涩和忧愁。李清照大半生就是在感情的炼狱里挣扎、歌哭、哀叹。美好的时光总是那么短暂，苦涩惆怅的岁月却是那么漫长。她的词大部分是这种愁闷心态的分泌，是一种病态的分秘，而赵明诚是唯一的知音，是她的第一个读者，而今明诚又要远走高飞，能不引起她一番凄凄惨惨戚戚的愁怨吗？这是人间难见的神仙眷侣，赵明诚又特别喜爱秉服清照聪慧才华，清照的清词丽句，非凡的才气已深深征服了他，清照那既嫣然百媚又端庄高雅的气质，落落大方，潇洒倜傥的丰采，更是让他感佩不已，这是上天赐给他的天仙般的女子。一个成功男人身后必有一个伟大的女人。古今一理。这些年来，多少个不眠之夜，清照协助丈夫整理、校勘那堆积如山的金石史书；多少个酷寒炎暑，清照以她的丰厚的学识涵养帮助丈夫辨识金石文物的真伪，何朝何代之物，还以出色的文字为这部皇皇巨著编辑目录、注释、解读。她以女人特有的细腻、耐心、不俱烦琐，不惮细枝末节，都加以严苛考证，她的案头、枕前常常是“几案罗列，枕席枕藉”，在书山上攀爬，在学海里远游，风鬟雾鬓，筚路蓝缕，付出几多心血？现在他们的事业已成功，达到了一代大儒欧阳修的《集古录》“诠序益条理、考证益精博”的境地。

耳濡目染，明诚也受到清照超人才气的影响，这几年他的诗词创作也大有长进，他不仅具有学者的风度，还添了诗人的风采。清照与明诚诗来词往，相互激励,且不说词艺大长,诗歌创作也获得丰收。遗憾的是她的诗并未流传下来。

现在丈夫就远离她而去，清照一边含泪帮助丈夫打点行李，嘴里千叮咛万嘱咐，但心里总是酸楚楚的，眼里含泪，心却流血。且不说仕途风雨，谁能预料心爱的郎君，劳燕分飞，天各一方，谁来慰稽寂寞空落的心灵？

萧条庭院，又斜风细雨，重门须闭。宠柳娇花寒食近，种种恼人天气。险韵诗成，扶头酒醒，别是闲滋味。征鸿过尽，万千心事难寄。　楼上几日春寒，帘垂四面，玉阑干慵倚。被冷香清新梦觉，不许愁人不起。清露晨流，新桐初引，多少游春意！日高烟敛，更看今日晴未？

这是清照在赵明诚离开青州不久所作。

这几年朝廷人事变动很大。赵明诚少年秀出，文词古雅，千载波澜，万卷诗书，早在回故里青州之前已名噪京城。赵明诚的两位妹夫傅察、李擢此时在朝廷分别任礼部员外郎、工部侍郎，虽非权臣，也是有头有脸的人物，在朝廷为妻兄谋一差事，并非难事。再说，还有明诚的两位姑表兄弟谢克家和綦崇礼，也是官场的名人。朝里有人好做官。凭着纵横盘节的亲戚网络，赵明诚弄顶乌纱帽岂不如探囊取物？傅察认识吏部高官，通过他向宋徽宗做了推荐，皇上下诏，任命赵明诚为莱州太守，赵明诚乌纱紫袍骏马红缨一路赶回青州。清照本应该兴高采烈，欣喜若狂，谁知丈夫短短时日，竟带回一位“二奶”——第二夫人。这主要原因是李清照三十几岁，竟然没有子嗣，这不仅对赵家是巨大的压力，对清照本人压力更大，每想到此，总感到深深的内疚。心胸再开朗的女人，在爱情上也有排他性，何况这位情感细腻、才情出众的女作家？

更令人伤感的是赵明诚在青州小住几天，便携带第二夫人匆匆赴莱州上任去了，把本来孤凄的李清照扔到孤凄的旧宅院。

萧条庭院，空空归来堂，寂寂易安居，昔日的欢声笑语，夫唱妇随，品茶猜书的情景已成追忆，那熟悉的身影不见了，那熟稔的脚步声不见了，那诗来词往的雅趣不见了，夜阑更深，身边空空，怎能不使这位多情女子愁肠百结？她感到无从相伴，茕茕孑立的孤独，被遗弃的痛苦！

这正是宋徽宗改元后的宣和元年（1119）春天。唉，这个阴晴变幻的春天，真是恼人的天气！她还写了一首《蝶恋花》（暖雨晴风初破冻），在词中倾吐自己忧愁、苦闷、寂寞的心情。这是心灵的哭泣，这是一位女作家灵魂的呼喊，这是词人的“天问”！酒意诗情谁与共啊，举目无亲，室宅空空，夜阑寂寂，辗转难眠，“独抱浓愁无好梦”，道出李清照排山倒海的寂寞和离愁！

六

忧愁是人类普遍存在的感情，对一个柔弱女子，闺阁词人，这种感情更重、更浓。在她的词中，“愁”字频率出现得最高。丈夫携带新宠去莱州，清照请求赵明诚带她一同赴任，赵明诚却拒绝了她。赵明诚去京求官，离开她近一年，清照天天盼着丈夫归来，数着指头念叨着丈夫的归期，在望穿秋水期盼中，却等来如此结果，能不让她有刻骨铭心的痛苦，有撕肝裂肺般的疼痛？男人们一戴上乌纱，有了新宠，就如此绝情吗？为了仕途的风帆高扬，要甩开过去的儿女情长？是不是明诚的哥哥思诚擢升为中书舍人，赵明诚心中产生一种距离感，要快马加鞭，青云直上？男人与女人对世界、人生的理解与价值取向永远存在着差距。

青州是他们夫妻爱的伊甸园，这十年是他们人生最难忘却，且成就最辉煌璀璨的十年。多少个美丽的早晨，夫妻俩或晨读，或莳花弄草；多少个黄昏，夫妻相携散步于阳溪湖畔，落霞夕照中，看湖中鱼儿唼喋，听暮鸟投林，一天的劳累顿然逝去；多少个夜晚，夫妻双双埋头几案，一豆灯光，映着两个身影，重重叠叠，我中有你，你中有我，或整理金石文物，或者查阅典籍，常至夜阑更深，甚至东方既白。只要有爱，有情，心头氤氲着甜蜜和温馨，一切辛苦和劳累都化解了，风吹云散了。

而今归来堂只有她空寂一人，易安居再也没有昔日的欢声笑语，明诚的心变了，那十年相濡以沫的情感呢？她想不通，那么多太守夫人都可以随宦，明诚为何排拒自己呢？你纳小我并没有反对，谁让自己不争气，没给赵家增添子嗣呢？

悲伤、离愁、孤独、痛苦，万箭穿心般折磨着她。清照夜不能寐，晨起又懒得梳妆，一切变得空虚，魂断魄散，“多少事，欲说还休”，只好诉诸笔墨，她创作《凤凰台上忆吹箫》一词：

香冷金猊，被翻红浪，起来慵自梳头。任宝奁尘满，日上帘钩。生怕离怀别苦，多少事、欲说还休。新来瘦，非干病酒，不是悲秋。　休休。这回去也，千万遍阳关，也即难留。念武陵人远，烟锁秦楼。惟有楼前流水，应念我、终日凝眸。凝目处，从今又添，一段新愁。

宣和三年（1121）八月十日，在明诚出仕一年后，清照再也忍受不了孤独和寂寞，赶在中秋节前五天来到莱州，看望身为太守大人的赵明诚。青州、莱州相距并不遥远，那个时代交通不发达，不会朝发夕至。我想李清照去莱州路上是乘着轿子，丫环相陪，仆人相随。途中下榻驿馆，她思念心切，伤感袭来，难以成眠，爬起来操笔写下《蝶恋花》：“人道山长山又断，潇潇微雨闻孤馆。”那种寂寞的情绪，跃然纸上。

对于清照的突然到来，赵明诚没有来得及做任何准备，将就把她安排在自己的书房居住。

空空落落的书房，拥拥挤挤的书房，只是满架的书，这些书大多没有什么价值。寒窗破几，冷落萧条。已是清秋时节，夜间寒意料峭。白天，赵明诚忙于公务，无暇关照，夜晚又忙于应酬，也很少来书房和她叙谈。晚宴常常是歌舞升平，歌伎舞伎，莺啼燕语，清照有时也被邀来参加晚宴，但深感受到冷遇。且不说赵明诚的同僚很少关照这位陌生的太守夫人，赵明诚的第二夫人更是视她为路人，她的尴尬，她的孤凄，她的难堪，是常人难以忍受的，坐不是，立不是，去不是，留也不是，只是黯然神伤，泪往心里流了。

天才都是孤独的。

天才都患有失眠症。

往事不堪回首，朝花难以夕拾。她回到书房暗暗抽泣，辗转难以成眠。在青州想念明诚难以成眠，没想到来到莱州见到丈夫，更让她伤悲。清照再也不愿意参加太守的宴会，歌舞晚会，她关门谢客，在莱州依然享受她“独有的孤独”。她厌恶那种官场歌伎佐欢，佳人伴兴，酒杯乱举，僚友的假话谎言，世俗的尘务，官场的虚伪。明诚变了，再不是青州专心致力于《金石录》整理撰写的金石学家的赵明诚了，她伤心，她怨恨、她愤懑，但也无奈。

赵明诚对清照的疏远，赵明诚缠绵于官场俗务，这两种心情是不可扭转的，他已经成为金钱酒肉之中的粗鄙俗吏，她嘲笑明诚：所谓男儿事业，就是这样吗？才华妍妙，情感细腻的李清照对世俗社会有天生的叛逆，官场上的虚伪和狡诈，政治斗争的冷酷和残忍，她深恶痛绝。李清照冰雪情操，天姿丽质，不染尘俗，与本来志同道合的丈夫，精神上的分道扬镳，是自然而然的了。

但李清照貌似柔弱，但骨气清奇，虽满纸是春怨秋恨，离愁别绪，但她独立的人格支撑着这朵凌雪傲霜的生命之花，一旦景转情移，她又展示出自己的风骨情操。

在莱州时，赵明诚曾带李清照去观海。

海是怎样广袤雄阔啊！腥咸的海风推着山丘一样的涛峰移动，波浪砸在礁岩上，飞溅着雪白的浪花，一波被撞碎，一波又涌来，前赴后继，生生不息，展示着不屈不挠的意志和摧枯拉朽的生命力。广阔的海面上，空旷、寂寥，只有阳光照射下闪烁着斑斑的亮点，只有海鸥在碧蓝的海空飞翔，洁白的羽翅划出一道道虚幻的白线。远方，海天迷茫，海天相连，使人想起曹操的诗句："日月之行，若出其中，星汉灿烂，若出其里。"

李清照平生第一次见到大海，大海的辽阔和苍茫，海浪的永不停息，永进不止的激情、激愤、激烈，使她激动不已，一扫心头阴霾，心胸变得阔大，旷朗，像洒满阳光的大海。

这之后，清照的情绪昂扬起来，连做梦也与往常不同，她写了一首词《渔家傲》，实际上是海之歌，海之梦：

天接云涛连晓雾，星河欲转千帆舞。仿佛梦魂归帝所，闻天语，殷勤问我归何处。我报路长嗟日暮，学诗谩有惊人句。九万里风鹏正举，风休住，蓬舟吹取三山去！

晓雾迷茫，云涛滚滚的风景，触发了词人转入仙境的欲望，"久郁不发的心中，蕴藏着极为强大的势能"。她梦中来到天帝的居所，天帝的殷切相问，词人倾诉隐衷，寄托“无一毫粉钗气”的豪放风格，想象丰富，意境阔大，出于婉约派词人笔下，是罕见的现象。同时也暗示了她同明诚出任以来，人生价值观的分歧，情感的空落，一种“日暮途穷”的悲叹。这种不肯“垂眉折腰事权贵”的耿介，旷远开阔的境界，是那个时代有高才奇抱的女子对理想境界的追求，对自由的向往，对光明的渴望。

如果将钟嵘评曹植的诗，移到李清照的词上，也最恰当不过：“骨气奇高，词采华茂；情兼雅怨，体被文质，粲溢今古，卓尔不群。”

赵明诚在莱州任期三年，便调往淄州任太守，任期未满，北宋王朝已到末日，朝野上下一片仓皇、混乱。李清照和赵明诚的感情也阴阳晴晦，温凉寒燠。她没有随丈夫迁移到淄州居住，仍然独自留在青州。

靖康二年，汴京沦陷，钦、徽二宗被俘，北宋的历史画上句号。

过了些时日，青州城里一片混乱，人们开始逃亡。赵明诚和李清照青州岁月也至尾声，夫妻二人匆忙打点行装，雇车辆装满金石文物，日夜趱程，仓皇南逃。以后便飘零颠沛。她的后半生倒真的是“寻寻觅觅，冷冷清清，凄凄惨惨戚戚”，“怎一个愁字了得”！

【阅读提示】

文章以隽雅的笔墨，独特的视角，触摸到人物灵魂的最深处，为我们展示了一个非同寻常的李清照，让我们的心，伴随着人物的冷暖人生，达到了前所未有的阅读境界，读完掩卷，让人深思，万古愁心李清照，聚悲、愁、才于一身，文章憎命达，她又何尝不是！生在封建时代，又是一个知识分子，她处在人生境界的最高处，社会思想的制高点，这就难免加深了她命运的悲剧色彩。越是清澈的灵魂越要承受更多的苦痛！她不只是封建社会喜欢琴棋书画的小女子，家国情怀皆在心头， 这就难免让她有了超越时空的孤独和无法解脱的悲哀。她命如黄花，诗如黄花，让后人为之玉壶击碎！婉诗如花水生香，棠红菊黄夺眼亮， 频著诗书沉墨在，漱玉清泉细流长，最是花中词一流，娉婷玉立风骨扬，清辉绝代照万古，欲辨真味把言忘！

姚鼐：小城之魂

这个精力充沛的小城是文化名城，历史和文化的氤氲弥漫着小城。岁月更迭，风雨沧桑，虽经数百年，久久未有弥散。我千里迢迢来到这里，寻觅一代文宗的纸上云烟，摭拾他们生命的歌吟。

——题记

一

我眼前是一棵高大的银杏树，落落寡合，粗有三人合围，庞大的树冠，龟裂斑驳的树躯，初夏的阳光在叶子上闪烁，绿意茸茸，有着不凋的激情，依然展示着生命的力度。我依稀看到一个人影站在树下，一条发辫，一袭青衫，温文尔雅，风度翩翩，那不是姚鼐吗？

这棵银杏树的护栏上挂一铁牌，上书“姚鼐手植银杏树”七个字。文管所的同志告诉我这是姚鼐惜抱轩的旧址，迄今已有二百多年了，并说姚鼐的文章中提及这棵树。

姚鼐是桐城派作家最有代表性的人物。桐城派乃是中国文学史上最大的散文流派，它不仅激荡奔腾在清代文坛，且延泽后世。

明末清初，改朝换代，文人中有些遗老遗少未免有些伤今怀古，硬着脖颈背对现实的异族政权。他们或诗俦酒侣，狂啸山林，低吟哀叹，为前朝呼魂唤魄，鸡鸣风雨，聊以拳拳，还有些硬骨头文人，为大明而殉国。但有相当多文人却是在统治者高压下，忍气吞声，在无可奈何花落去的伤感中接受清朝政权的统治。清朝初年，特别是康熙时代，统治者并不像成吉思汗子孙一样对待占领国，除了屠杀就是掳掠，他们采取很明智的政策，对汉族文人和汉文化采取了接纳、宽容、招抚。康熙大帝南巡路过南京，祭祀明孝陵，并勒石刻碑，称赞朱元璋：治隆唐宋。这对汉人，特别是文化人那凄凉的心灵里带来一缕温馨。康熙皇帝还不断地祭孔，这是对汉文化的高度肯定，尊儒读经，努力吸收汉文化的精髓，尽快融入汉文化的汪洋大海……

康雍乾盛世的出现，使汉文人感到欣慰，亡国之痛也渐渐消弭了，他们笔下出现盛世现象，在这种背景下出现的桐城派散文，便是文风和世风的综合反映。

桐城派的创始人都是桐城人。

桐城派散文家的代表人物：方苞、刘大櫆、姚鼐。但它吸附裹携的作家就有六百人之多，著作累累，卷帙万卷，在康雍乾三朝文坛汹涌澎湃、激浪翻腾。还有称做桐城八大家的方苞、戴名世、刘大櫆、姚鼐、方东树、戴钧衡、刘开、姚莹。桐城派的遗著很多，桐城图书馆就藏有数千册。

姚鼐亦称惜抱先生，于清雍正九年（1731 年）生于桐城一个官宦世家，伯父姚范诗、古文、经学成就俱高。姚鼐自幼就生活在文学氛围很浓的家庭，耳濡目染，五岁入私孰，师从饱学之士方泽。乾隆二十八年（1763 年）进士，当过各级考官多年，后来跟和珅、纪晓岚编纂《四库全书》，但时间不久，长病归养。这是个历史之谜。也许厌倦了枯燥板涩的编辑生涯，也许厌腻了京都生活的喧嚣芜杂，抑或是身体确实有病，他打了辞职报告。鱼思故渊，鸟恋旧林。回归故里，在山林书院手执教鞭，课徒教书，长达四十余年。

姚鼐于壮盛之年（四十四岁），正当仕途畅达青云直上之际，生命的乐章戛然出现变奏，改弦更辙、激流勇退。姚鼐做出这种选择，并非一时意气使然。

主要原因是与他的顶头上司纪晓岚不合。纪晓岚虽为饱学之士，一介大儒，但他对程朱理学并不尊崇，时常抨击理学。在编撰《四库全书》时多用汉学眼光，选择扬弃。而姚鼐是程朱理学的维护者、推崇者、继承者，当然对纪晓岚的学术观点极其反感，对纪晓岚要求勘定入选的书目也持有不同意见，姚鼐“往复辨难，诸公虽无以难，而莫能助也”。姚鼐拟进书题往往不采用，犹如今日一家杂志的编辑向主编推荐稿件而屡屡不被采用。姚鼐心中郁郁然，愤愤然，对日复一日埋头校勘书卷的刻板工作更感到厌恶，他心中推崇的唯有古文，唐宋八家那样的千古华章。他像关在网中的鸟、囚在笼中的兽，他敢怒而不敢言，他心有所悟，而行又不随心，这种心理矛盾，人格分裂，使他更加痛苦，不禁产生“田园将芜胡不归”的感慨。四十四岁那年（1774 年），他毅然辞职，在四库书馆中只呆了不到两年，就和纪晓岚拜拜了。

有人说，姚鼐辞职归里，是受他伯父姚范潜移默化的影响，每当人生关口，这种影响会释放出来，左右其人生道路。姚范进士及第后，授职编修，致仕不满八年，辞归故里，时年四十七岁，最后终老泉林。不难想象，这是一种官场人格和文化人格的冲突。而姚鼐在进四库书馆前曾当过公安局长，对官场的黑暗，冤假错案的肮脏，早有深恶，回归故里是他一厢情愿。他常说自己只是野鸟，不求高栖，但求自得，“谷鸟翩翩影，孤翔识所归”，应是他回乡的最初心理愉悦状态。

姚鼐的故籍桐城在清代是个不起眼的小乡填，竹篱茅舍，破街陋巷，可是它背依蜿蟠跌宕、风光旖旎的龙眠山。山上林木葱郁，芳草佳卉，奇石怪峰，是江南一大胜景。小镇的北面便是龙眠河，河水由山上流泉溪水汇聚而成，平时清澈、静幽，闲雅舒缓地流淌。它性情执著而又不知疲倦。只有到了雨季，河水猛涨，激情四溢，惊涛翻滚，巨龙醒来了，要叱咤风云，腾天跃地了，莽莽的龙眠山林涛飞卷，迫天遏云。一向静逸的小镇一下子充满了撼人心魄的动感和勃勃的生机。

姚鼐脱去羁绊，回到青山绿水的故园，常常思亲念故，很多亲人和长辈已经仙逝，还好，自己的恩师刘大魁虽年过八旬，依然健朗。回乡数月，他曾几次拜望恩师，追往忆昔，常常感叹唏吁，泪水潸然。姚鼐回到故乡课徒之余，致力于文学活动和学术研究，继承方苞的文学主张，又有所创造和发展，对义理、考据、辞章三者关系的解说，在当地形成很大影响。

谈到文章风格，姚鼐在《复鲁絜非书》里说得具体：

鼐闻天地之道，阴阳刚柔而已。文者，天地之精英，而阴阳刚柔之发也。……其得于阳与刚之美者，则其文如霆，如电，如长风之出谷，如崇山峻崖，如决大川，如奔骐骥；其光也，如杲日，如火，如金镠铁；其于人也，如凭高视远，如君而朝万众，如鼓万勇士而战之。其得于阴与柔之美者，则其文如升初日，如清风，如云，如霞，如烟，如幽林曲涧；如沦，如漾，如珠玉之辉，如鸿鹄之鸣而入廖廓；其于人也，漻乎其如叹，邈乎其如思，暖乎其如喜，愀乎其如悲。观其文，讽其音，则为文者之性情形状，举以殊焉。

天地万物，千姿百态，瞬间万变，而表现反映自然和人生大千世界的文章不应该呆板、单一，作家的风格也应该各自不同。文学是人类思想感情的具体形象表现，而形象的本身又是作家对现实生活感受的高度概括和提炼。姚鼐是桐城派集大成者。桐城派的古文理论，由此形成一个完整的系统。桐城派是清代影响最大的流派，从清初到清末，二百多年的历史，贯穿了整整一个朝代。

二

说到桐城派，你不能不提到另两个人：一是方苞，二是刘大櫆。方苞是桐城派的元老。

姚鼐说："望溪（方苞晚年号望溪）先生之古文为我朝百余年文章之冠，天下论文者无异说也。"袁枚称方苞为"一代文宗"，他历来被认为桐城派创始人。

方苞自幼年生活在书香世家，他父亲就是位诗人，长兄方舟以八股文颇负时名，方苞在一个文学氛围很浓的诗书之家长大，自幼就能背诵《易》《诗》《书》《札记》《左传》等经典。然而在科考中却屡遭落第。于是他便去京师，游太学，结交知识渊博的学者，文章大家，读研宋儒之书，遂倾心程朱之学，直到康熙四十五年才中进士，时年三十九岁，已人到中年了。天有不测之风云。康熙五十年时出了一场文字狱，有个人叫戴名世，其著作《南山集》中“语多狂悖”，被左都御史赵申乔弹劾，为戴名世作序的方苞也牵连入狱。这是方作家一生的重大厄运，也是他命运的转折。方苞在狱中读了大量的书籍，身陷囹圄而苦读诗书在历代文人中并不鲜见，而方苞朝乾夕惕、孜孜不倦的精神却使狱友们大惑不解，以为命已经朝不保夕了，还读什么书，并夺他的书，方苞说：“朝闻道，夕死足矣。”一个知识分子苦爱诗书，识读书、著述为生命的文化人格，是飘扬在他精神街垒上的旗帜！

康熙五十二年，戴名世一案判决，方苞被判死刑，由于李光地极力营救，蒙皇帝恩典，被赦免释放。一阵迅雷暴雨过后，转瞬间天晴日朗。第二天便被召入南书房，生与死，天堂和地狱原来只有一壁之隔。后来他追忆狱中所见所闻，写出脍炙人口的《狱中杂记》，深刻地揭露了清代监狱中的黑暗和腐败。《南山集》案后，由于方苞才华出众，仍然官运亨通，仕途坦荡，历经康、雍、乾三朝，雍正朝官迁翰林院侍讲学士，与一代名臣鄂尔泰、张廷玉两相国共商国是，到乾隆朝，方苞更受皇上器重，再入南书房。方苞七十五岁因患足疾，乞解归家，乾隆恩准，并赐翰林院侍讲衔。回归故里后，方苞闭门谢客，青灯黄卷，朝乾夕惕，著书立说，江南总督尹继善三次登门求见，方苞称病以辞，乾隆十四年八月十八日，一代文宗长辞于世，卒年八十二岁。

刘大櫆为方苞的门生，又是姚鼐的老师，承前启后，为桐城派的兴盛和发展做了积极的贡献，与方、姚并称桐城派三祖。吏部主事程晋方和翰林编修周永年称赞：“昔有方侍郎，今有刘先生，天下文章其出于桐城乎！”他将方苞的“义法”与神气、章节、字句的关系进行研究，将方苞的理论更系统化，也就是说他继承和发展了方苞的文学理论。他认为“行文之道，神为主，气辅之。曹子桓、苏子由论文，以气为主，是矣。然气随神转，神浑则气灏，神远则气逸，神伟则气高，神变则气奇，神深则气静，故神为气之主”，“不得其神，而徒守其法，则死法而已”。

刘大櫆的文章“纵横驰骋”“铿锵绚烂”、才雄气肆、笔峻辞丰。他学问博雅，为人正直，对升官发财并不热心，而且交往极少，平时除了请教有学问的人，就没有别的杂宾。他的同时代人吴敬梓如是说。

文学是苦难的精神之旅，寂寞、困苦、艰辛有时伴随终生，“穷到深处诗自工”，“文章憎命达”，这是中国几千年来文人墨客的写照。如果整日缠绵于灯红酒绿、宾客如云的政坛，固然显赫一时，权重一方，甚至位极人臣，但是他不会写出千古文章，更难接近本质意义的文学。

中国士大夫阶层从东晋末年陶渊明、谢灵运开始，似乎发现了另一条人生蹊径，那就是归隐。这是知识分子为保性命不断退却之路。他们放弃了道德，放弃了良心，放弃了责任，将生命投放山林。建功立业的希望破灭，肮脏的官场又不适应他们生存，便回归自然，回到宁静的温情脉脉的田园，纵横翰墨之间。这是一种逃避，一种远遁，一种无奈和绝望，也是对现实的背叛。历史上也有许多假隐士，从姜太公到山中宰相到躬耕垄亩的诸葛孔明，还有那放浪江湖的李白，都假惺惺地做隐士，他的隐是为了“彰”，他们把“隐”当作手段，最终目的是求官，这就是“终南捷径”。但中国传统文化极力称赞这种文化人格，把传统文化的勋章挂在他们胸前。

姚鼐生活的时代是封建制度成熟高涨的时代，姚鼐和他伯父姚范以及同时代人蒲松龄、吴敬梓、曹雪芹等大文豪，实际上是被专制制度和主流文化抛出轨道的文人。姚鼐脱离封建政体，其社会地位也无法保证。因为对诗文一道在文治中取代作用的认识，从皇帝本人到皇子，再到馆阁御用文人，形成了巨大的“御制”“朱邸”“纱帽”等诗文网络。“教书匠”“孩子王”实际反映这批文人人生的悲哀。蒲松龄曾有过县、府、道三个第一的荣光，可是一直未走进官方文化的主流，只好坐馆课徒，靠点菲薄的“束脩”维持生计；吴敬梓出身科举世家，家门鼎盛，一时光芒万丈，但是吴敬梓只有秀才功名，一生坎坷，最后混到三餐不继，典衣果腹，或靠朋友接济度日；曹雪芹为豪门之后，特殊的背景，使他永远不可能进入主流文化，晚年也沦到“绳床瓦灶”“赊酒食粥”的穷困潦倒境地，所以他的笔下只能是“万艳同悲”“千红一哭”

的辛酸和血泪。

姚鼐回归故里，频频受聘于江南书院，月露风云，雨化江南，桃李丛簇，但其生活却是清贫的。

好在，这些书院大都建在山林之中，是极其幽静的。文人喜静，静是伟大精神和灵感的储藏器和发酵罐。静，是“青”和“争”的拼凑，正是这内在充沛旺盛的生命，在默默中勃然喷发出的神秘的力量。同时也是情感燃烧的产物，只有在静寂中，才能进入另一个境界。所以静则能曲、能伸、能韵度、能致远。古人大雅之篇“半得于画角秋鞍，平湖雪棹之间者，缘于静之故也。虽然，不独此也，或忠、或洁、或旷、或隐、或感愤、或佯狂、或放浪于琴酒，或悲抑于饥寒，皆静者流也，静则情为之缕缕焉。”

“闲静雅淡”是姚鼐追求的文章风格。简洁典雅的古文风貌形成于桐城派。桐城派的开山鼻祖戴名世就主张“雅而且清”，方苞就提出散文语言雅洁，事实上有清一代几乎所有文章都是求雅忌俗的。

我徘徊惜抱轩庭院遗址，想像这位桐城派集大成者潇洒悠然的情态。夏天的夜晚，繁星在天，明月满庭，姚鼐泡一杯香茗，往树阴下竹椅上一躺，远山鸟鸣隐隐，近处蛩吟细细，月如水，风如洗，可谓良辰美景，他邀一二知己，饮酒听曲，谈文论诗，抱膝长吟；秋天的黄昏，踏着黄花落叶，徜徉山林，登高长啸，一吐胸中郁垒，大自然是医治灵魂创伤的最好良药。姚鼐性情恬淡、温和。他回故里，教授生徒，讲学余暇，仍旧手不释卷，闭门笔耕，日子过得平淡如水，夜晚，青灯一盏，书山乱叠，花白的鬓发，清癯的面颊，睿智的目光，洗得有点发白的一袭青衫，更显儒雅。老先生坐在如豆的灯光下，孜孜不倦，矻矻以求。这里远离市声尘嚣，远离灯红酒绿的应酬，远离肮脏黑暗的官场，是思想“发酵”的一方沃土，是生命得以张扬的磁场。

桐城派的文人们选择文学，是出于生命的需要，方苞、刘大櫆、姚鼐们，特别是后二人没有轰轰烈烈的经历，没有大红大紫的辉煌，没有起伏跌宕的政治生涯，但他们在平淡中创造神奇，他们将生命融入了他们的文本之中。千古不朽是文章，作品是他们生命和智慧的结晶，铸就了生命的辉煌。

三

唐宋以后，古文在清代进入了昌明时代，产生了文学史上最大的流派，持续二百余年，属于桐城派的作家有六百多人，著述上千种。桐城派所历的时代，一直到“五四”运动兴起，桐城派才逐渐退出历史舞台。桐城派最后一个代表人物林纾（林琴南）用文言文翻译了大量外国文学名著，其中有小仲马的《茶花女》，一时成为畅销书，当时的文化人几乎人手一册。桐城派最后一缕晚霞带着欣慰的微笑沉入历史的幽暗和静寂中。

明末清初，是中国社会王朝更迭的动乱时期，也是中国文化学术思想开始剧烈变革的时期。文人士大夫多半经过农民革命和满族入关的巨变，阶级矛盾和民族矛盾浪潮的冲击，迫使他们不得不面对现实，或奋起反抗，或归附于清，或削发为僧，隐迹泉林，寄情山水。古文学方面，一是重道轻文，二是空洞无物，无病呻吟，模仿之风越演越烈。这时，方苞提出“义法”论，摇旗呐喊，奔走呼啸，即强调文章“内容和形式”的统一，也就是“义”包含在“法”中，而“法”又是“义”的具体表现。

桐城派的作家们大都是高举“义法”的旗帜，掀起了轰轰烈烈的文学革新运动，浪潮波及全国，并出现了一批文学大家、文化大师，使中国文学史呈现出一道璀璨的风景。

文学是人类思想感情具体形象的表现，而形象本身就是作家现实生活感受的高度概括和提炼，透过艺术形象可以准确分析和显示作家风格。文学是积累式的，它并不存在一个核心或原始意义。文学流派也是这样，只是某种理论的基本相同，风格流韵却有所差异。文学是最富有个性、最富有鲜明艺术特色的，这和作家的阅历、生存环境、秉赋、气质以及审美取向有着直接联系。桐城派的出现是一种历史文化现象。

姚鼐创造性地提出阳刚之美和阴柔之美的观点，他说：“文者，天地之精英，而阴阳刚柔之发也”。姚鼐属于清流人物，有清风明月的人格，和洁癖的精神，他虽是程朱理学的信奉者，但骨子里也不乏老庄的精神，恬静寡欲。他的诗文以诗化语言道难言之意，又含不尽之意于言外。他的笔端贯注诗情，体物达意不乏情趣。章法严谨不戕灵性，笔墨雅淡不伤风采，有一种清逸高朗的意态美。《登泰山记》《游灵岩记》，静洁精微，明润澄沏，已成千古名篇。即使序跋之文，也写得意深旨远，疏荡奇纵，隽逸跳脱，跌宕有致。

姚鼐主讲江南，课徒之余，着手编选《古文辞类纂》，作为范文给学生阅读，“荟斯于简编，示来者以途辙”，成为世所公认的我国古典文学三大选本。另两部选本便是萧统的《昭明文选》，清初吴楚材、吴调侯的《古文观止》。姚鼐的《古文辞类篹》内容形式俱精，文辞兼备，博而不杂，堪称中国古典文学第一善本。以至二十世纪初，一代伟人毛泽东在长沙师范读书时，特别喜欢姚鼐的《古文辞类纂》，并向同学好友推荐。

姚鼐，瘦瘦的，中等偏上的身材，经年累月着一袭洗得发白的蓝布长衫，一双圆口布鞋，长长发辫垂直腰际。他不是美男子，却浑身散发着书卷气，有着江南才子的骨高清奇。两道寿眉，疏淡而修长，特别是那双眼睛，像故乡龙眠山上的两汪山泉，清沏晶莹，一尘不染。那眼神常常显得温和，但柔中有刚，不时流露一种凛然和刚正。有时从他那眼睛里还可读到奇妙的想像、斑斓的文采，读到思接千载、视通万里的深邃和源远，使人感到虚无缥缈的东西因它便有寄托和依附。但更多的时候，他的眼里充满了忧郁和淡淡的哀愁。

姚鼐生来身体孱弱，性情柔弱，绝不像他师爷方苞耿介、狂狷、脾气暴躁。他待人和蔼，典型的一副诲人不倦、为人师表的形象。这里山温水暖，远离世尘，远离倾轧和勾心斗角，整日和莘莘学子形影相随，一起寻找快乐。他出无车，食无鱼，外无奴，内无婢，从庙堂之高跌落江湖之远，无怨无悔。青山相伴，诗俦酒侣，春风秋月，平淡如水。这是何等高洁的文化人格，这是何等超迈的精神境界！课徒之余，潜心著述，青灯黄卷，朝乾夕惕，把聪明与才智，理想与追求，都附诸翰墨，他不求闻达于诸侯，不求浮名浪誉于尘世，挥洒激情于方寸之间，放牧思想于天高地宽，倒是真正的遁世。苍天有眼，姚鼐终于成为一文章大家，卓然屹立于文学史上。

姚鼐的归去来兮不同于陶渊明，陶老爷子率性而为，督邮到来，县吏请他穿上官服迎接长官，他一赌气冷冷地甩出一句："我岂能为五斗米折腰！"即日解绶去职。他一生也不那么勤奋，身后只留下薄薄一本诗集、三四篇散文。

陶渊明这一声长啸震撼了整部文学史，他以不为五斗米折腰的精神而屹立在文学史上，并且成为世世代代文人的精神偶像。若是一般地辞职归隐，历史也许不会理睬他，陶老爷子呐喊之后，紧接着又来了一篇《归去来兮辞》，这下子形象兀然高大了，傲骨嶙嶙，不肯折腰拜迎长官以及对乡里小儿的鄙视，成为他高扬的精神旗帜。

姚鼐回归故里，不久出任梅花书院山长，后又应聘歙县紫阳书院主讲，前后达四十年。姚鼐是不喜热闹的人，虽处山野，却是清代文学的扛鼎人物。正是从庙堂走到江湖，他便有更多的时间和精力从事著述，他继承了方苞、刘大櫆的全部衣钵，而且青出于蓝而胜于蓝。他和他的学生，人称"姚门四杰"的管同、方东树、梅曾亮、刘开一起为桐城派推波助澜，形成一个富有生气的文学流派，影响之大、之广，横亘整整一个清王朝，这是文学史上罕见的现象。

姚鼐回归后最不光彩的一件事是结识袁枚。袁枚者何许人也？就是那位"随园主人"，写过一本《随园诗话》的人。是大清文坛上的呼风唤雨的大腕，但此人人品低劣，道德败坏，阿谀权贵，又以贪婪自私为世人所不耻。袁枚和姚鼐的伯父姚范是同科进士，但姚范对袁枚并不欣赏。甚至袁枚离开北京时，文人集送，征题盈轴，只有姚范默然不作表示，袁枚遗憾地说："姚君著述千万言，临别赠我无一语。"而姚鼐居江宁时，与袁枚交往最密，建立了很深的友谊。袁死后姚鼐悲痛不已，还亲笔为他撰写了墓志铭，极力吹捧袁枚，盛赞袁枚的"才华"与"政绩"。西哲说：了解一个人最好是了解他结交的朋友。物以类聚，人以群分。与袁枚成为至交，可见姚鼐人格和心理的另一面。

四

桐城位于皖南丘陵地带。

这一带土地肥沃，河汊湖网交织，属于典型的江南鱼米之乡。县城并不大，我漫步小城街道，问行人，方苞、刘大櫆、姚鼐，他们摇摇头，一脸茫然。这三个人干么的？是哪个企业集团的？我差点儿气得发晕，他们对故乡的名人竟然一无所知。我在大街上一连问了十多个人，他们不是摇头，就是含糊其辞。我想，也是的，历史已经远去，人物已经渺然，而今人们忙于生计，忙于生存竞争，忙于升官发财，忙于感官刺激，忙于灯泛红，酒泛绿，血腥的拼搏，残酷的厮杀，谁还关心什么桐城派？不就是写了几篇散文吗？散文能当饭吃吗？散文能帮你升官发财吗？我踯躅在街头，茫然四顾，南方的四月已是热乎乎的了，我躲在树阴下望着浮来浮去的人们，心里不禁发出几分酸涩，几分苍凉，一代文豪，他们用生命的激情创作大量的锦绣文章，已走进了文学史，但并未走进后人的心灵。这是作家的悲哀，文学的悲哀，还是今生今世后人的悲哀？……时值中午，正是放学时分，三五成群的高中生从我身旁飞车而过，我拦住一位学生，问有没有桐城派纪念馆，他们读过姚鼐的《登泰山记》，也读过方苞《狱中杂记》，对桐城派的扛鼎人物自然了解，而且是他们家乡的名人，话语里流露出一种自豪。他们指点我，桐城派纪念馆就设在桐城博物馆，在某某街，并告诉我姚鼐惜抱轩的遗址在某中学校园里……

我终于寻到桐城博物馆。博物馆大门洞开，既不收门票，也不见管理人员，而桐城派纪念馆是一幢粉墙黛瓦富有徽派建筑风格的古屋。门开着，空无一人。我走进去，只见墙壁上挂着方苞、刘大櫆、姚鼐的画像，还有一张表格，即介绍桐城派作家姓名、生卒年月、著作情况。

寂寞，冷清，萧条。屋子里空空荡荡，散发着一股潮湿发霉的气息。既无讲解员，也没游客，我怎么也想不到，这个曾经震撼中国文学史的一大流派的作家们，遭到如此冷落，他们如此孤寂。在这旅游旺季，竟然无人问津。我们常常津津乐道古希腊神话、史诗，欧洲文艺复兴时代的造型艺术和绘画艺术，十九世纪西方音乐家的抒情小夜曲，帕格尼尼富有激情的演奏，和肖邦主体的感伤，以及欧美文学大师的名著，而对影响我们整整一个王朝的散文艺术竟遭如此冷漠，实在是一种遗憾。

想想今天的文学已被商品经济的风雨摧残得花败果疏，影视的泛滥，更使有深阅读价值的文学作品雪上加霜，后工业文明急促的步伐，把昔日神圣的文坛践踏得一片狼藉。文学是一个民族的精神的火光，遗憾的是现在到处物欲横流，权力和金钱引起人们疯狂的追逐。

文学最大的悲哀就是无法传承，政治家、军事家、经济家，能通过各种方法传之后代，唯有文学的基因难以由后代继承。

文学是一种天性、天赋。

古来圣贤皆寂寞。

方苞、刘大櫆、姚鼐的桐城派，一代散文大家已经被新的文学艺术替代了。每个时代都有每个时代的文学，唐朝韩愈的古文运动，明代的公安派、竟陵派，都造成那个时代的文学高峰。桐城派的崛起，虽然推崇理学，观念陈腐，成就远不能与秦、汉、唐、宋相比，但清代散文从内涵到体式的古雅之美，是难以抹煞的。

小城的魂仍然在。

【阅读提示】

小城虽小，但有精灵，写到姚鼐，写到桐城派，似乎是一个文学史的问题。因为桐城派的文章在清代的文学史中饶有极高的品味。

姚鼐（1731—1815），字姬传，一字梦谷，室名惜抱轩（在今桐城中学内），世称惜抱先生、姚惜抱，安徽省桐城市人。清代著名散文家，与方苞、刘大櫆并称为“桐城三祖”。姚鼐那曾选作教科书中的文章《登泰山记》名气自是不小，所以姚鼐在文学史的地位是不可小觑的。

姚鼐，清雍正九年（1731）生于桐城一个官宦世家，乾隆二十八年（1763）中进士，当过各级考官多年，后来跟和珅、纪晓岚编纂《四库全书》，但时间不久，长病归养。这是个历史之谜。他也许厌倦了枯燥板涩的编辑生涯，也许厌腻了京都生活的喧嚣芜杂，抑或是身体确实有病，他打了辞职报告。鱼思故渊，鸟恋旧林。回归故里，在山林书院手执教鞭，课徒教书，长达四十余年。人生如海，起起伏伏——

这种经历，是好多知名文学家的跌宕起伏的人生大书的写照，作家郭保林在这篇文章中抓住了灵魂和精粹，写得简约，写了桐城，写了姚鼐的生存环境，写出了文章憎命达的哲学道理，这正是文学和人生的必然的哲理关系。

寄情山水，实际上是寄情人生，此其点应是这篇文章给读者的启示。

胡适：堪惜流年谢芳草[①]

一

两棵古树，一条溪水，构成山村最典型的风景。两岸青山隔绝了外界的喧嚣，也屏蔽了村人的视线。一条麻石铺砌的街道，幽长，狭窄，斑驳光滑的石头，很沧桑，很古老。安谧，恬谧，静谧。朴素的村庄，没有风格殊异的个性，没有野性的张扬，温馨祥和，一种儒家的内敛。谁也不会想到“大名垂宇宙”的胡适出生在这普通的小村庄，谁也不会想到这普通的小山村会把一个时代高高举起，并为另一个时代播下种子。

这是皖南绩溪县上庄。我站在岸边仰视两棵参天的古树，躯有合围，树皮皲裂斑驳，树冠庞大，浓荫匝地，我顿然生出一种肃穆感、庄严感、在这种孤独和傲岸中，爱和真理构成一种血液，在它的血管里奔腾。脚下是一条溪水，夏天也许会变成河流。流水哗哗，那是漂泊者的歌。

怪不得胡适晚年常常书写宋人杨万里的诗：

万山不许一溪奔，拦得溪声日夜喧。
到得前头山脚尽，堂堂溪水出前村。

① 本文发表时题为《堪惜流年谢芳草——胡适的爱情悲剧》。

这是胡适的乡愁，多浓多重的乡愁！漂泊在外的游子，远在他乡的异客，在风清月明之夜，在九九重阳之日，千缕乡情、万斛乡愁如何寄托呢？山高水阔，青鸟音绝。故乡啊故乡，你只有在游子梦里，那几句“莫！莫！莫！”“错！错！错！”的悔恨词儿，怎能抒发得尽离散之情，断肠人在天涯的羁愁？

按照村人的指点，我走进胡适故居。这是地道的徽派民居建筑，青砖黛瓦，天井马头墙，四檐之水流进天井，然后再从地下暗道排泄出去。没有窗户，一方天庭泄露如许天光。屋内并不幽暗，有会客室，有卧室，母亲的卧室，还有胡适和那小脚女人的婚床，客厅里的对联、字画，透出家庭的殷实和富足，也流露出一种苍凉、儒雅、幽古。还有一间小小书房，桌上的油灯，油灯旁的笔墨纸砚。触景思人，依稀看到一个十多岁的男童悬梁刺股、苦读诗书的情景。

我坐在油漆剥落的木椅上，思绪纷乱，树高千尺，有根支撑；水流万里，有源簇涌。常溪的流水可摄下童年胡适的稚影？斑驳的青石路径可镌下胡适童年趔趔趄趄的足痕？那幽幽的竹篁、茂密的松林，可飘荡着胡适的笑声？毕竟是故乡啊，故乡的泥土接纳了你第一声啼韵，故乡的山坳里珍藏着你带血的胞衣！哪有故乡不思恋她的孩子的？你的故宅，你的婚床，你的书桌，还有小小一方天井……还有大山深处的小小村庄，睁着迷茫的眼睛，寻找你，期盼你的归来，一年、二年、十年、五十年……一湾浅浅的海峡隔断你的步履，断梗飘蓬，青鸟翅折，你走遍世界，却没有寻到回乡的路。

我来到上庄已是下午，此时已经夕阳西下。阳光照在对面山上，这是江南四月少有的晴朗天气，满目苍翠，树林反射出红茸茸的光晕，炫示着生命的元气和青春的激情。远山蓊蓊郁郁茂茂腾腾的背景和苍老的古宅构成巨大的反差，现实和历史就在转瞬之间。

二

我望着眼前胡适和他小脚女人的婚床，不禁感慨：胡适奋斗一生，挣扎一生，并没有挣脱出封建礼教的罗网。

胡适博士是20世纪中国文艺复兴之父，五四运动举大纛、挥大旗的人。他反对文言文，提倡白话文；反对旧教条，提倡科学与民主。声势浩大的白话运动正是在胡适“八不主义”义旗下进行的。胡适的白话诗集《尝试集》以及在《新青年》等杂志上发表的白话翻译小说，在当时具有振聋发聩的作用……人人争相诵读，连宿学巨擘梁启超也“欢喜赞叹，得未曾有”。几千年的“之乎者也”被胡适颠覆了，几千年的伪道学、假斯文被颠覆了，几千年的八股文被颠覆了，古老汉语被胡适革新了，注入了生命的元气、灵气、勃勃的生气。从此，人们可以在汉语的汪洋大海里纵横驰骋，冲浪飞舟；在汉语的群山万壑里自由地采集幽兰，采撷芳菲；在汉语的蓝天下、阔野上任性地放飞生命，放飞遐想；在汉语的草原大漠里，追逐牧歌、童话和传奇……文学革命、语言革命，实质上是精神解放，是思想革命。这是古老中国命运大转折的先声，是一个伟大民族新生的呐喊和啼叫……胡适呀，胡适，你一个年纪轻轻的学子，深山坳里走出的一介青年，一袭青灰色的长衫，珐琅眼镜后一双睿智的眼睛，一双白皙皙的细手，胜过十万大军、百万大军，横扫密布在神州上空的重重阴霾，涤荡着几千年封建专制的积垢，使中华民族凤凰涅槃，重铸新的灵魂！

但是胡适和他的老乡、五四运动的统帅陈独秀迥然不同。陈独秀性格刚烈，火爆倔强，坚忍不拔，敢作敢为；而胡适秉性懦弱、温和、儒雅，典型的学究，浑身散发着书卷气。他虽然投身时代的暴风雨中，但他不是海燕，不是雄鹰。陈独秀是创造时势的英雄，胡适是时势打造出来的骄子。他的性格形成与他的家庭环境和母亲的教育有关。他的好脾气，待人接物的和气，对人的宽恕体谅，是受母亲的影响。五四之后，胡适曾发誓二十年不谈政治，二十年远离政治，追求非政治的文化基础，他生于官宦之家，父亲被杀，从小胆小怕事，从不惹是生非。胡适的爱情悲剧也正是由此而来，他追求自由，却没有勇气冲破传统的羁绊。他的婚姻便是她母亲一手导演的悲剧。

胡适的母亲二十三岁时就开始守寡，她又是胡适父亲的续弦。父亲的去世，使这个年纪轻轻的女子在家庭中的地位一落千丈，但这个女人非常要强，把全部希望寄托在儿子身上。她对童年的胡适要求很严，胡适在《四十自述》中，说母亲望子成龙，盼他成名，要求每天拜孔夫子。如果胡适犯了错误，做了错事，母亲白天不说，到了深夜，便让胡适跪在地上，打他、骂他，还不许他哭出声。使胡适从小感到生活的压力，前途的压力。年轻的寡妇母亲忍辱负重，识大体顾大局，外慈内严，坚忍顽强的性格深深影响了胡适，终于把胡适打造成一个谦恭的君子，一种典型的富有儒家气质的学究。

胡适和江冬秀完婚是母亲一手操办的。父母之命，媒妁之言，这是封建礼教套在青年男女婚姻上的桎梏。

胡适十三岁那年随母亲到姑婆家走亲戚，正好与江冬秀的母亲相遇。江冬秀的母亲见胡适眉清目秀，聪明可爱，就向胡适母亲提出愿结秦晋之好。江冬秀比胡适大一岁，属虎，后来又有胡适的本家叔叔，也是胡适的老师说合，又是占卜，又是测八字，说是命相很合。胡适十三四岁，对婚姻大事懵懵懂懂，自然听大人任意摆布。就这样，胡适母亲把儿子的婚约签订下来。江冬秀既是个文盲又是个缠足小脚女子，是最典型的一个村姑，竟然与日后学贯中西、名满天下的民国第一才子结下了伉俪之缘。

荒唐的种子播下了，就要发芽，抽叶，开花，结果。胡适到北京求学，不久又成了接受庚子赔款资助的留美学生。1917 年，胡适在美国跟着杜威博士研究实验主义。这期间远居绩溪的小山村的母亲，不知怎么得悉儿子在美国有“婚外恋”的信息。母亲立即写信，让他回国和江冬秀成婚。胡适一连写了八封信，批驳谣言，其中说道“儿久已认证江氏之婚约为不可毁，为不必毁，为不当毁。儿久已自认为已聘未婚之人。儿久已认冬秀为儿未婚妻……”胡适还在“不可毁”“不必毁”“不当毁”旁边加圈加点，以示态度之坚决，真是“山盟海誓”，坚如磐石。这个“身行万里半天下，眼空四海无一人”的胡适，和这个胸无点墨的村姑村妇是两只极不和谐的音符，将来会编织一曲怎样苦涩的生活旋律？母爱是人类最崇高最圣洁的爱,感恩母爱又是做人的最基本的准线，但这位慈母却亲手制造了这出旷世悲剧、荒唐剧。那时胡适才十七八岁，完全出于对母亲的孝道，出于三从四德的礼教，他匆忙回国和从未见过面的村姑江冬秀举行了婚礼。这使我想起八百年前另一位伟大爱国诗人陆游，他与其表妹唐婉儿结婚后，感情弥笃，但母亲不喜欢儿媳妇，生生拆散，使其天各一方。同样是封建礼教罪恶之手掐断这棵并蒂莲，扼杀两个年轻人的爱情，陆游面对如此悲剧，只能发出“错！错！错！”“莫！莫！莫！”可怜的胡适连痛苦的哀叹都不敢发泄！

看到当年他们的婚床，我真不知道这个留洋大学生和文盲江冬秀新婚之夜躺在这木板床上做何感想。既没有共同语言，又没有青梅竹马的感情，更没有欧美风格火辣辣的爱情。难道诗书满囊的胡适就和这个小脚加文盲的村姑“携手”走过风雨漫长的人生之路？我想，十七岁的胡适一手高擎着科学、民主、自由的大旗，一手牵着梳着中国妇女最古老的发式疙瘩髻、穿着斜对襟疙瘩扣的蓝布衫、裹成三寸金莲的小脚女人，行走在大街上，这简直是毕加索式的荒诞，天方夜谭式的传奇，中国最滑稽的黑色幽默！他的“科学”呢？“民主”呢？“自由”呢？这三件法宝面对古老的传统，都成了银样镴枪头，彻底败下阵来。他的学生唐德刚最了解胡适，胡适先生是位发乎情止乎礼的胆小君子，搞政治，他不敢造反；谈恋爱，他也搞不出什么“大胆作风”。胡适就算是位道貌岸然的伪君子，他心中也燃烧着火辣辣的爱，有精神的偶像、理想的情人，但一次次被封建道德观念之水浇灭。胡适是“传统中国”向“现代中国”继往开来的一代启蒙大师，胡适又是最后一个标准的传统士大夫。唐德刚还说：政治革命是打倒清廷专制；文学革命是打倒文言独裁。可是胡适提倡的“文学革命”，“革”的只是技巧和文体的“命”，他并没有要“革”内容的“命”。胡适是个典型的改良主义者。

三

胡适在美留学期间，的确有悔婚之意。胡适是个美男子，风度翩翩，玉树临风，又聪明过人，能不引起年轻女性的追逐？

先是韦莲司。胡适在美留学期间追求过韦莲司，或者韦莲司女士苦恋过胡适。他两个通信很勤，从 1914 年到 1916 年短短两年多的时间，胡适同韦莲司的信函就多达一百六十多件。从胡适弟子唐德刚的《胡适杂忆》中我们可以知道，韦莲司是个热情、泼辣、大胆，甚至有点“狂狷”的女性，她有着执着的爱，热辣辣的爱，胡适曾访韦莲司的寓所，高谈纵论，韦莲司是那种“放浪形骸”的女子，当然属于进攻型、主动型的女子，甚至会动手动脚。“胡适招架不住，只好直言早已订了婚”，这种不轨行动，与“礼”不合。韦莲司“恼羞成怒”，竟然写了封《论男女交际之礼》的信，责备胡适不够开通，太拘于“礼”。美国人不曾受过孔孟之道、宋明理学的影响，在两性交往中，不会那么谨小慎微，男女授受不亲。自由放荡，满足肉体的需要，对他（她）们来说是极为正常的现象，特别像他们这些社会“精英”们，更不必拘于什么“礼法”。韦莲司的“放浪形骸”连她母亲也深有所感，甚至让胡适规劝她。但胡适却批评了韦莲司的母亲，热情地肯定了韦莲司的狂狷。而胡适对韦莲司女士评价甚高：“余所见女子多矣，其真能具有思想、识力、魄力、热诚于一身者唯一人耳。”这真是一段说不清、道不明、理还乱的感情暧昧的潜河。他们是水中两尾鱼儿，互相追逐，又时亲时疏，但有一点可以肯定，只要胡适“胆子再大一点”，那么韦莲司完全有可能取代了江冬秀，使这位既无色相又无学识的山村女人会守一辈子活寡，徽州大地会增添一座新的贞节牌坊。

胡适与陈衡哲的感情纠葛，更展示了胡适爱情悲剧的痛苦。

陈衡哲是新文学运动最早的女作家、学者、诗人、散文家。其实，在陈胡相识之前，胡适就写白话诗了，胡适是倡导“文学革命”的伟大旗手，也就是说二人未曾相识就已“心有灵犀一点通”了。陈衡哲 1917 年就开始写白话文、寓言、童话，白描、特写，为开创白话新文学开始了奋斗。共同的理想和追求，是产生爱慕的基础。同时胡适也把陈衡哲当作知己，因为胡适提倡文学改良，写白话诗、白话文，遭到很多文人的反对，困难重重，但陈衡哲支持他，响应他号召的只有陈衡哲一人。新文学史上最早的一篇短篇小说即是她的《一日》，发表在 1917 年出版的一期《留美学生季报》上，同期还发表了她的白话诗。陈衡哲回国后，在 1924 年《小说月报》上发表一篇小说《小雨点》，就影射了陈、胡的不寻常关系。陈衡哲是留美学生任叔永的女友，任叔永又是胡适的朋友，但她又追求胡适，对胡表示爱慕，愿胡适与江冬秀解除婚约。但是胡适是“止乎于礼”的胆小君子，对陈衡哲大胆的爱慕，他以“朋友之‘友’不可友”为宗旨，拒绝了陈衡哲的追求，陈衡哲回国后不得不同任叔永结婚。陈衡哲心情是痛苦的，她对胡适没有勇气追求感到失望，又对这个“民国第一才子”竟然同一个文盲小脚村姑结缡，感到可怜、可惜、可叹！

任叔永是攻读化学专业的留学生，陈衡哲是攻读欧洲史的。文史不分家，胡适若是同陈衡哲结合，那简直是珠联璧双、天作之合。但是胡适却没有尝到甘甜的果实，独饮慈母为他备下的一杯苦酒。

胡适曾说：“爱情的代价是痛苦的，爱情的方法是要忍得住痛苦。”胡适为怀念他与陈衡哲的这段恋情，给他的女儿起了个名字：素斐。这实际上是陈衡哲女士小说《洛绮思的问题》中主人公莎菲的变音。胡适把蕴藏心底中的痛苦和爱隐晦地表露在女儿身上。希望女儿将来虽不能像陈衡哲一样成为旷世才女，也要像瓦莎学院优等生莎菲女士一样聪明好学。可惜，这个女儿由于乡下小脚女人缺乏起码的现代医学常识，不幸夭折了。他的二儿子从小瘦弱多病，教不成器，这也是“三从四德”给这个家庭带来的悲剧。

生活恢复了平静。上天并不能使天下有情人都成为眷属。这是人生的缺憾。

四

谈起胡适的爱情履历，有一个女子的名字是不能忘记的，她将刻骨铭心地珍藏在胡适的记忆中。这就是曹诚英。曹诚英是胡适三嫂的妹妹，比胡适小11岁，曾经是胡适与江冬秀结婚时的伴娘。曹诚英是什么时候滋生了对胡适爱的萌芽？也许她当伴娘时就一见钟情？曹诚英同样被父母包办嫁给绩溪上庄的胡冠英。曹诚英哥哥留学在外，得悉妹妹的婚事表示强烈不满，在哥哥的干涉下，曹诚英和胡冠英离了婚，并离开故土，考入杭州女子师范学校。

曹诚英在杭州读书期间，恰逢胡适在杭州养病，二人再度相遇，一个少女心中早已埋下爱的火星怦然燃烧了。花前月下的浅酌低唱；人约黄昏后，月上柳梢头的卿卿我我；烟雨霏霏，一伞之下的缠绵悱恻；西子湖上，碧波泛舟，桨声灯影里的浪漫。两人很快坠入爱河。杭州的烟霞洞成了他们爱的方舟、爱的暖巢，永远抹不去的苦涩记忆。这是胡适一生中最浪漫的时节，也是他最幸福的时光。绿窗风月，绣阁烟霞。烟霞洞有三个亭：陟屺亭、吸江亭、卧狮亭。亭子边林茂花艳，流水潺潺，鸟雀啾啾，宁静，安谧，恬谧，真是谈情说爱的人间仙苑。胡适和小表妹谈诗说文，从莫泊桑的小说到契诃夫的创作，从巴尔扎克谈到托尔斯泰，天上人间，无所不谈。曹诚英柔情缱绻，软语温存，一口一个糜哥（胡适小名）地叫着，胡适讲什么故事，她都爱听。胡适对眼前这个气质如兰、才华比仙的小表妹，更是恩爱无比，亲昵地直呼曹诚英的小名：娟。胡适虽是休养，但朋友们不断来访、来信。有一次小娟来信，要他写桂花诗，胡适白天忙于接待朋友，晚上想起此信，刚刚躺下又忙起身，拧亮台灯，写起诗来，一直写到夜间两点。胡适与曹诚英的热恋，必然会产生“家庭革命”。

他们爱的蛛丝马迹让“母老虎”江冬秀捕捉到了，胡适要冲破封建礼教的牢笼，向江冬秀提出离婚。江冬秀雌威大发，扬言要杀死两个儿子，然后自杀，以此相威胁。这个小脚女人虽然没有文化，但心眼却不少，他最了解这位留洋博士的内心世界：要面子，爱虚荣，温文尔雅，唯恐声誉有损。胡适的软筋让她捏住了。江冬秀利用她的小聪明、小心眼捍卫她的既得利益、地位和尊严，软硬兼施，胡搅蛮缠，一度被搅得周天寒彻的胡适拿她无可奈何，甚至惧内。胆小如兔的胡适哪还敢“继续革命”，只能缴械投降。他和曹诚英的爱情终归是云散高唐，水涸湘江，一帘幽梦而已！胡适情绪低落极了，他作诗：两个黄蝴蝶 / 双双飞上天 / 不知为什么 / 一个忽飞还 / 剩下那一个，孤单怪可怜 / 也无心上天，天上太孤单。胡适再一次遭受感情的炼狱，他在痛苦中煎熬着。

胡适若有徐志摩的对爱情那样热烈、执着，不惧声誉得失，不惮社会訾议，若有鲁迅先生对旧式婚姻的那样严酷、决绝、冷峻，他的爱情悲剧也不会如此凄惨。但他太爱惜自己的羽毛了，他太恪守道学家的信条了。在历经情感炼狱后，在声誉和爱慕之间，在家庭和社会压力之间，在“三从四德”、封建礼教和自由恋爱、婚姻自主之间，他做出最痛苦的抉择，向前者投降。曹诚英忍着满腹怨怼、心寒苦痛，弃亲远游，到美国求学去了。那时的胡适也心乱如麻，他既有失恋的痛苦，又有失去爱女的悲伤。当曹诚英留学归来，胡适又以中华民国驻美大使的身份前往美国。爱就这样失之交臂。弃离恨天，情缘难遇。人耶，命耶，运耶！曹诚英终身不嫁，以期江冬秀百年之后，能和心爱的人共叙前情。然而政局瞬息万变，解放战争爆发了，迅雷不及掩耳，国民党退居台湾。曹诚英留在大陆，在东北一所大学教书，而胡适最终流落台湾，一湾浅浅的海峡剪断了青鸟的翅膀，双方音信杳无。曹诚英苦苦地等待着，期盼着，满头青丝变成华发，青春的面颊变成衰老的苍黄。直到 1973 年，曹诚英临终之际，委托她的朋友汪静之将她与胡适往来的书信和她的遗体一道葬于旺川的路边，当胡适返回故里时，她能在九泉之下第一眼看到梦中人，第一个听到胡适的脚步声。这么坚贞的爱真是感天动地，是人世间爱情的经典。曹诚英的坟茔就在从绩溪到上庄的必经之路的路旁，两地并不遥远，荒草萋萋，孤孤单单。

1962 年胡适就去世了，在大陆苦苦等待的曹诚英却不知道一点消息。曹诚英在九泉之下永远听不到胡适的脚步声了。女娲能炼五彩石补天之一角，却难补这离恨之天！

五

走出胡适的故居，晚霞已画满天空。我徘徊于上庄村街上，常溪河哗啦哗啦流淌在暮色中。远处的群山并非是依剑竖戟，锋锷逼人。山浪逶迤，舒缓有致。夕阳西照，满山反射着一种柔和、温和的光晕。袅袅的山岚雾霭从山坳里，从溪水边袅袅升起，村街上已弥漫着柴草味的炊烟，偶尔传来牛的哞叫、犬的吠声，更衬托出这大山褶皱里的小山村的平和安谧。

环境是形成人的性格的重要因素。胡适具有徽州人的共性：内敛、聪明、谦和而坚忍。饱读诗书的胡适更添了儒家的温雅，彬彬有礼，待人宽厚而又善良。他虽然在五四运动前夕，霹雷闪电般地狂呼呐喊，震撼文化界。但是暴风骤雨过后，一切又归于平静，胡适又显得平和中庸起来。他的性格决定他不会轰轰烈烈、叱咤风云。谁知人到中年，胡适的爱情又掀波澜。胡适出任国民政府驻美大使之前就和他老师杜威先生的女秘书罗维兹有不同寻常的关系。1938年，赴美国就任驻美大使，一度天各一方的两位情人又走到一起。罗维兹是个热情、大方、爽朗，又善解人意的女子。她那热烈的爱、狂热的爱，使得胡适难以招架。虽然罗维兹在1939年结婚，但她的丈夫在1941年就去世了。这位年轻的风流寡妇怎耐得生活的寂寞，怎能压抑得住生命的躁动和青春的激情？她疯狂地追求胡适，和胡适如胶似漆。胡适又处在热恋中。但胡适却努力压抑着自己的欲望，努力压抑着情感的激流，唯恐决堤泛滥，弄得不可收拾。潜藏他内心深处的儒家道德时时伸出无形的手，恶狠狠地压抑住这种欲望的萌动。胡适的心是痛苦的。造成这种痛苦固然由他的性格决定，同时他的社会地位、头上的光环、为人楷模的外在形象，也使他不敢冲破藩篱，越过雷池一步。罗维兹大失所望，在胡适结束一任大使回国后不到半年，便和胡适的老师结了婚。那时杜威先生已经八十七岁，罗维兹年仅四十二岁。

堪惜流年谢芳草。胡适一生都在“突围”，一次次“突围”都败下阵来。一生都没有挣扎出旧式婚姻的罗网。他是失败者，他懦弱的性格连抗争的能量都没有，只能是逆来顺受，最后静如止水。只能是花自飘零人叹息。只能是一种相思，两处闲愁。他一生追求个性的解放、人的自由，恰恰他本人的行为与他的信仰渐行渐远，背道而驰。他手中的“科学、民主、自由”不是旗帜，而是灵幡，他跪倒在封建礼教的僵尸前，成了中国最后一个传统的封建士大夫。

【阅读提示】

作家郭保林是写人物传记的高手。

这篇散文是写胡适的爱情生活，从另一个层面书写了真实的胡适。

胡适是哲学家、思想家、文学家，是五四运动举大纛、挥大旗的人。他反对文言文，提倡白话文；反对旧教条，提倡科学与民主。胡适的白话诗集《尝试集》以及在《新青年》等杂志上发表的白话翻译小说，在当时具有振聋发聩的作用……但就是这样一个追求自由的勇士，为什么对于失意的爱情生活终于缺乏抗争到底的勇气？这似乎是个谜。

但这又不是个谜。

人的多面性，决定了胡适的在外面冲锋陷阵倡导革新，在家中惧内并唯老母之命是听。胡适和江冬秀完婚是母亲一手操办的。父母之命，媒妁之言，这是封建礼教套在青年男女婚姻上的桎梏。胡适十三岁那年定了亲，十七八岁，完全出于对母亲的孝道，是十分的可悲。胡适并不是没有他的恋人，诸如陈衡哲、曹诚英……都曾是他的心中女神，然而在母亲和江冬秀的威逼下只好吞咽下悲戚的苦果而发出“爱情的代价是痛苦的，爱情的方法是要忍得住痛苦”的哀叹。

郭保林在这个篇幅不长的爱情传记中，写出了封建婚姻的可憎恶，写出了自由斗士的悲悯情怀，这里的文章文字风格鲜明，真挚犀利，极为深刻地描摹了人生命运无奈的真谛，书写了并毫无保留地揭示了人的多重性，实在是活脱脱的生命大剧，令人扼腕太息！

流浪的艺术

漫游欧洲，无论德国、法国、瑞士、奥地利，无论希腊的雅典、意大利的罗马，无论在都市或小镇街头，处处会遇到街头行为艺术，或活的雕塑，或演唱队，或独自小提琴、手风琴演奏者，这是一道独特的风景。

街头演奏队，多则七八人，少则二三人，他们演奏的乐曲有当代的流行曲，更多的是古典乐曲，尤其在贝多芬的故国德国、莫扎特的奥地利的街头，他们充满激情，又肃穆，一板一眼地演奏这经典乐曲，有的弹夏威夷吉他，有的弹竖吉他，还有的弹曼陀林。他边弹边唱，情绪饱满，激情热烈，或在咖啡馆门前、大型超市旁边，或在广场、街头，不管有无观众、听众，他们都心无旁顾，目不斜视，很投入很认真地演奏，尽情地、忘我地投身艺术。他们已沉浸在贝多芬、斯特劳斯、德沃夏克那优美、雄阔、悲凄的乐曲中，那乐曲中跳荡着欧洲人的淳朴风情、神秘、甘美、沁人。

他们的演技决不低于在巴黎金色大厅的专业演出队，完全展示了欧洲人的音乐素质，这是爱诗、爱音乐、爱艺术的国度，这里每片土地都生长着艺术，你随便走在哪条街巷、广场、商店、门口、公园都可能遇到这样的民间演出者。他们是流浪艺术家，他们是自由职业者，地上摆着帽子或纸盒，听众随便给几个银币，多少都不计较，不给你只要愿意听愿意看，他们也要照样一丝不苟地一曲又一曲地演奏下去。似乎天荒地老，对他们都不会惊动，从容、自如、专一，不轻浮、不狷躁。他们歌唱生活的真善美，他们歌唱理想、爱情、友谊，他们的感情之真、思想之真，是对艺术的虔诚。他们歌唱不是生活的需要，是内心的需要、精神的需要，物质世界抛弃了他们，艺术收留了他们。

我看到一个表演队在一家咖啡馆旁演出，一些阔佬阔少、摩登女郎，花花公子，边欣赏美妙的乐曲，边慢慢地啜饮咖啡，有的叼着香烟，烟圈在头顶缭绕盘桓，一曲又一曲，但不见演奏者纸盒里、帽子里有人投下银币、纸币，那些演奏者置若罔闻，仍然有板有眼、吹拉弹唱，是那样专注、那样深情。我看见几个衣冠楚楚的阔佬起身离开咖啡馆，往纸盒里投下几块硬币，傲慢睥睨地看一眼，昂首而去。

这使我想起托尔斯泰的日记体小说《琉森》，那是1857年，托尔斯泰和屠格涅夫一起游历欧洲，在瑞士琉森湖畔遇到的一幕，瑞士的流浪歌手横遭资产阶级绅士欺凌的情景，愤怒地谴责了资本主义文明世界。有钱人总是盛气凌人，总是傲慢、吝啬、蛮横，缺乏悯悲情怀。他们大摇大摆地走了，身后仍有一缕迷人的乐曲在缭绕，在缥缈。

爱因斯坦说："在诗歌中，贵族的成就很高，值得称道。"而其他艺术中，所有伟大的音乐家，以及大部分的画家和雕刻家都远离贵族血缘。他列举了许多音乐家和画家的身世，说，巴赫出身于音乐世家，很穷，曾参加教堂唱诗班，也任教堂管风琴师，生前默默无闻；亨德尔是理发师的儿子；格鲁克生于森林小屋；海顿生在马车夫的茅舍，他曾在教堂演奏管风琴，在王府拉小提琴赚钱糊口；莫扎特家境贫困，在维也纳生活十分艰难，他被一位大主教聘为家庭乐师，大主教把他当成仆人和奴隶；贝多芬出生于莱茵河畔小城波恩一个贫穷的音乐家庭，他父亲则胸无大志，是个酒鬼、醉鬼；瓦格纳出生在破旧的茅屋等等。爱因斯坦总结说："伟大的音乐家来自于贫穷和中产之家。"真是不可思议。这使我想起中国文化对"卖唱者"的卑视，认为他们是"三教九流"，是"戏子"，是不登大雅之堂、社会的底层人。

在奥地利小镇我们不仅看到流浪艺人在演唱。街头还有身裹紧身衣，手脸涂满金粉、铅粉摆出各种姿势的活雕塑，这些被世人称为行为艺术家，以身体的姿态招徕游客合影，乞得游客的怜悯，付点儿小钱。有位女子，衣裙、脸面全是银灰色的铅粉，像中世纪的出土文物，那柔美的身体曲线，饱满的乳房，浑圆的臂，细长的腿，完全构成艺术的美，她扬起胳膊在空中纹丝不动，眼不眨，嘴角上的微笑像是凝固了。游客同她合影，要付钱，决非是高贵者的施舍，而是和美在一起的快活。欧洲街头的献艺者，与其说街头乞讨，不如说是更多的自娱自乐的表现主义，这里没有乞讨者的可怜相，没有扯衣拦道、死乞活赖者，更没有弯腰、磕头有损辱人格的行为。看到这情景，我心中突然升起一种敬意，他们没有丧失人格，没有丧失尊严，没有卑贱低下的动作。

他们有艺术行为，他们需要钱，但靠出卖自己才艺挣得应得的钱，那些高贵者莫忘付小费，有居高临下的尊贵感。他们不是乞丐。

街头演出，源远流长，最早追溯古希腊的露天舞台，那个时代，艺术家好向世人展示自己的艺术才华，总是随时随地地表演。而今流落街头的艺术家，也许是他们的才华，还未得到主流社会的认可，也就是他们没拿到登大雅之堂的入场券，也许他们没有加入什么圈，没有参加沙龙，更多是在为自己做广告，推销自己。当然，也有不少为生活所迫在街头卖唱，但这不表明，这里不会产生大音乐家、大作曲家。中国被列入世界音乐史的大作曲家瞎子阿炳生前不是常年流落街头，怀揣一把二胡在乐童的引领下，沿街卖唱？艺术在民间，那是音乐家获得生长的膏壤沃土，德沃夏克的作品就属于这类，乐观、明朗、淳朴，德沃夏克的《斯拉夫狂想曲》具有高度的人民性和浓郁的生活气息，他的音乐深深扎根于人民的音乐土壤中，如果一味追求贵族气息，那音乐就枯萎了，死亡了。

我离开咖啡馆，离开这个小型的乐队，恭恭敬敬往他们纸盒里放上5欧元，不是施舍，不是怜悯，是对艺术的敬畏。街头艺术表演决非像中国的草台班子，为了赚钱，迎合低级趣味，他们将高雅的艺术低俗化、庸俗化。欧洲市井文化继承古希腊的传统，即使那些专业演出，甚至皇家乐队每年夏季都要到森林、草地、露天演出，柏林的森林音乐会，维也纳夏夜音乐会，那是艺术回归自然。自然是艺术的母亲，音乐爱好者们在大自然怀抱里，享受着艺术的美与雅，在林荫下、在草地上共度良辰美景，他们绝非以艺术来赚钱，就像改革开放后的中国，城市到处出现票友、乐友，凑在一起在广场，在小区一角，唱起京剧、豫剧、黄梅戏、流行歌曲，艺术的根并非扎在金碧辉煌、灯火璀璨的皇家剧院或艺术殿堂，它来自大地，它在大地和风雨中成长。

【阅读提示】

你在欧洲旅游，无论在德国、法国、意大利等国家大小城市，都会遇到一些流浪艺术人在街头卖艺，有的做雕像模特，浑身涂上银灰色，化装成古代骑士，站在街上一动不动。更多的是演奏者，他们酷爱艺术，常常饿着肚子演唱，但他们不乞讨，不会扯着你的衣襟纠缠你，可怜兮兮地求得你的施舍。这些流浪艺人都有自己的人格、风骨，他们靠自己的艺术博得人们的喜爱，靠自己的劳动养家糊口。

宗教给人以善，哲学给人以真，艺术给人以美。艺术本身没有低微，艺术创造了一个神圣的精神宇宙，艺术给人以崇高、圣洁的精神力量和道德力量。这些艺人被贫困折磨着，他们的精神却是充实而丰富的，他们是艺术的殉道者。这则小品文笔清新，语言流畅，生动地记述了欧洲街头一景。

琉森湖的月光

我们已来到瑞士最著名的风景区——琉森小城。城郊便是欧洲最靓丽的一颗明珠——琉森湖。

其实我对湖的趣味并不浓，中国的湖泊我游览得很多，青海的青海湖，西藏的羊卓雍错、纳木错，新疆的博斯腾湖，更别说杭州的西湖、无锡的太湖、江西的鄱阳湖、湖南的岳阳湖等等，都曾摄下我的姿影，我的脚步也曾徘徊在湖畔草地上。水不留影，风不留迹，这些湖泊早把我忘记了，我对它们也并未留下过多少记忆。说真的，我对湖并无好感。湖水缺乏方向感，缺乏理想的追求和奋争的勇气，湖水懒惰、慵倦，甘于囹圄一隅，倦于生命的激情和青春的热烈，不像江河，九曲百折，历经艰难险阻，也要奔向大海。湖是水的坟墓。是湖禁锢了这宇宙最活跃的元素，金木水火土，谁有水的生命强旺？

好啦！打住！

我和旅伴们正泛舟琉森湖碧湛蔚蓝的水面上。我对琉森湖却一见钟情。琉森湖浩瀚、宏阔，湖水面积一百一十四平方千米，湖中有岛。湖对面是巍峨险峻的皮拉图斯山，尖尖的教堂，造型独特的房屋，湖岸停泊着一排排游艇，成群结队的野天鹅在水上游弋。

琉森湖是瑞士联邦发祥地。琉森湖蜿蜒曲折，移步换景，在雪山和古城的映衬下，分外妖娆。许多名人和贵族都在湖畔拥有度假的别墅。

山影倒置，烟景聚散，幽然玄妙，趣味横生。

琉森湖不像我们的西湖，有唐诗宋词的韵致，有人工艺术加工的痕迹，也不像洞庭湖、鄱阳湖，浩瀚大气。它清丽、古朴、端庄，略带野性的潇洒，岸边的垂柳，成片的芦苇，芦苇丛中的野凫，水中的荇藻，天光云影的掩映，水的清澈，浪的细腻，涟漪的雅致，告诉人们，她不是沦落风尘的女子，她有着处女的女儿身。

贝多芬、托尔斯泰、屠格涅夫、歌德、海涅、拜伦、雪莱，德国、法国等欧洲的艺术家、诗人、作家、社会名流谁不钟情琉森湖？

被誉为“乐圣”的贝多芬的成名作《月光》就是他游览琉森湖而受到湖水和月光的启悟、灵感忽至，创造了千古不朽的经典乐章。

《月光》是贝多芬早期的作品，编号是27之2。那是何等的良辰美景！暮春时节，春光明媚，湖光山色，如诗如画，如梦如幻，天上的白云在水上漂泊，空中的风在水土上撒泼，一层层细浪嬉笑着、拥抱着，前仆后仰地奔向岸边，岸上的垂柳荡着细长的柳丝，迎接着浪漪的到来。

月下的琉森湖更是至美的境界，湖面上跳荡着月亮的碎片，闪闪的、银银的，像千万只银鳞浮上水面，张着小嘴，在蚕食月光。那天空是无穷无尽的墨蓝，深邃、寥廓、浩瀚，星辉月光交相融汇，巨大的苍穹又似空明的世界，这山黑樾樾的，朦朦胧胧堆在月色里，一片黑暗的沉默，近处岸树婆娑，影子落在湖水里，摇曳、浮沉。贝多芬站在船头，身披一袭月辉，那倔犟乌黑的卷发，被月光镶上一抹银饰，这水天寥廓的空明世界，的确是一种大境界。他似乎又瞥见诸多细节，激情燃烧了，情绪打开了“信息库”，记忆、联想、想象，顿时连通了，活跃起来了，大自然的优美、宁静、协调，在这月光和波光的默契中，不期然地启悟了作曲家的灵感、梦幻和诗意，膨胀起来了，仿佛进入一种仙境。他从来不曾感触如此欣然、蔼然，乐水乐月的情怀，领略到了风月的最胜之处！一曲《月光奏鸣曲》油然从心中奏响！

贝多芬的乐曲给人的第一印象先是崇高，其次是美。首先是阳刚之美，而后是儿女情长的婉约之美。刚开始的旋律非常静谧和安详。其实那个时代的诗歌和音乐的物象意象用惯了少女和月光、玫瑰和夜莺，这是热恋的象征，也是失恋的哀伤和忧郁情感的寄托。

贝多芬心情愉快极了，人像升腾到了太空，浩浩茫茫，“人虽渺小了，心却飞扬起来，”令人不能自已地信仰今古，要“独怆然而涕下”！贝多芬的《月光》，其旋律不是激流瀑布，喧嚣奔腾，气势宏大，声震山岳，而是汩汩的溪泉，是粼粼细波，有一种深沉、宁馨的美，渗入人的肌肤，穿越人的心灵，而且让你去深思。那乐曲于淡泊中透出致远的韵味，情感的色彩与自然境界达到一种内在的契合。那音乐语言歌唱生命力的强大，大自然的清幽、原始、旷远，而且温和，有人与自然的亲近、默契。《月光》“表现了自然意识的新鲜性、丰富性和复杂性，”你既可以理解为纯粹审美意趣的自然感悟，又能把大自然的空间作为现实社会的对立物，从中解读出多种层次的意义，解读出人生或者社会性内涵。

琉森湖的月光给他一片光华灿烂！《月光》的主题端丽庄严，又朴素至极，谁听了不会血脉贲张，心头发热？我不懂“和声功能”“曲式结构”，也不懂音乐的“语法修辞”，但总觉得那乐曲给人一种力，眼前展现一片阔大的境界，和世俗的、肮脏的现实完全脱离的世界。这不是靠艺术的技巧创造出来的，也非天授，是从大时代中汲取得来的。

贝多芬不像性格温和的海顿，不像才华横溢的莫扎特，他耳聋，面目丑陋，像疯子一样，行为怪戾，言语粗鲁，他行走天地，两只手放在背后，匆匆来往，穿过风雨，不在意周围的人和事，他独立特行，放纵不羁。他不会笑，只在作品中表现欢乐、宁静和微笑。有幅画像，贝多芬与拿破仑的肖像，相似又相别，那张“严峻的脸，活现出拿破仑”，充满野心的火焰。

贝多芬于1801年创作《月光》，时年31岁，年轻的贝多芬早在1798年就患有耳病，至1800年已耳聋，这部作品是他耳聋后写的。天上一轮明月，既是仙境的象征，又是人间美妙的所在，千古悠悠，明月启蒙诗人、艺术家多少诗情乐思，灵感的飞腾，情绪的膨胀，浩月当空，飞絮萦回，意境清幽，缠绵迷蒙，正如欧阳修所描绘的：“正见空江明月来，云水苍茫失江路。夜深江月弄清辉，山上人歌月下归”。贝多芬身体的疼痛，又有失恋的悲痛，使他陷入深沉、孤独的痛苦。这之前，他结识了伯爵的女儿朱列塔·圭恰迪，他说她是“一位可爱的女孩，她爱我，我也爱她”。不幸的是门不当，户不对，朱列塔·圭怜迪出身名门望族，她不会嫁给这个面貌丑陋，有着酒糟鼻子、畸形的脸庞、邋遢的外表，衣服也不讲究，像乞丐一样的、举止粗鲁、行为怪异的人，“有一次竟然被当作流浪汉抓起来，警察不相信他就是名震遐迩的大作曲家，更不相信这副躯体竟能容得下纯音响世界最奔腾澎湃的灵魂。”谁家的名门闺秀、大家小姐，会爱上这疯子一样的聋子？

贝多芬并自我炫耀，他爱朱列塔·圭恰迪胜于她丈夫对她的爱。贝多芬处于失恋的煎熬中，更可笑的是当年轻的伯爵作曲家加仑贝格追求朱列塔·圭恰迪时，手头一时紧张，贝多芬竟赠送加仑贝格一笔钱供他们游山玩水、谈情说爱。

月光如水承载着多少恋人黏稠的思念。

桂棹兮兰桨，击空明兮溯流光。

渺渺兮予怀，望美人兮天一方。

这是中国古代文人在聆听月光洒落的声音，那清冷冷、晶莹莹的月光，洒落水面会发出银铃的声音，我完全想象得出贝多芬此时此刻凝视着满湖碎银闪烁的湖水时的情景，那分明是离人泪啊！他的心情是何等惆怅、凄悲！那如美人一般的月辉抚慰着离人焦渴的内心。贝多芬强烈的悲愤，痛苦的思恋都倾泻在这曲情感深切、炽热的乐章中了。

《月光》是贝多芬生命感情的真实反映。全曲分三个乐章。第一乐章犹如平静的水面激起一丝涟漪，随即又被波浪平抚，曲调平和，旋律悠缓，像催眠曲，又带着淡淡的哀伤，梦幻般的抒情，极其丰富，有冥想，有悲伤吟诵，也有阴暗的预感，乐曲和节奏都细腻地表现了作曲家心弦的波动，细致而沉静，忧郁而感伤。

第二乐章则旋律有所变化，节奏轻快，旋律中流露出温和和微笑，甜蜜的情感，像情人的喁喁私语，是贝多芬回忆起和朱列塔·圭恰迪热恋时的情景。

而第三乐章节奏大变，旋律激昂，沸腾的情绪燃烧起来，激烈的愤怒，满腔的悲愤，斩钉截铁的意志，以及一种向天倾诉、向世界进攻的强烈情感达到顶点。谁知，接着旋律突然停下来，一片沉寂，但汹涌澎湃的心情并不平静。

暴烈的个性，多病的身体，愤世嫉俗的性情，使他感到人生的绝望，所以有人评价他的第三乐章的结尾，犹如升腾的水雾，在天空尚未凝结，突然散去，杳如云烟。

爱情把他遗弃了。他成了上帝的孤儿。

《月光》是一出完整的悲剧。俄国艺术批评家斯塔索夫说，他在听安东·鲁宾斯坦演奏时也有类似的印象：

……从远处、远处，好像从不望见灵魂深处，忽然升起静穆的声音。有一些声音是忧郁的，充满了无限的愁思，另一些是沉思的，纷至沓来的回忆，阴暗的预兆……

《月光》是颗病蚌里的珍珠，绝非有些音乐评论家所言：即兴之作。

琉森湖不仅自然风光优美，人文积淀也雄厚。德国诗人路德维希·莱尔斯塔勃听了《月光》后说："听了这首作品的第一乐章，使我想起了琉森湖，以及湖面上水波荡漾的皎洁月光。"你看，湖光水色赋予艺术家的创作灵感，艺术家的匠心之作又增添了山水的光辉，这种人文和自然的交融互动早已泛滥于中国古代文人山水诗中了。

音乐评论家称赞贝多芬的"音乐中有历史感情的化石"，称他是音乐界的"摩罗诗人"，他的音乐感人至深，正在于"摩罗诗力"。

据说歌德并不喜欢贝多芬的音乐，俄罗斯最伟大的文学巨匠托尔斯泰也不喜欢贝多芬，他批评得更猛烈、更刻薄，他说："老聋子，作品中充满狂乱的热情，狂野的强暴。"这是天生的嫉妒心理，还是这些大师对贝多芬的误读？

贝多芬很孤独。他恨人，他亦被人恨。他爱人，却不被人爱。人们对他是钦佩，又是畏惧。晚年，他令人产生一种宗教般的尊敬。"他威胁着他的时代。""他

从高处看人，人们从低处看他。”（罗曼·罗兰语）

贝多芬一生追求过 17 个姑娘，和 17 个姑娘谈过恋爱，但没有一个姑娘爱他，他终生未娶，孤独凄惨至极。他永远是孤独的，他不得不和社会分离，一切人类的美好、欢乐、幸福、利害、要求他都淡漠了。

只有燃烧才是火，有了火就有了光明。

贝多芬是燃烧的一生，他多次来过瑞士，瑞士的山光水色给了他创作的灵感，使他忘却了人生的苦难。他为人间的不平而愤怒，他为自己是个悲剧人物而发愤于音乐，最终生命走进永恒。

我乘船游弋在湖水上，初夏的阳光迷人，琉森湖的风醉人。湖水一片墨蓝、碧蓝，深邃而宁静，只有风和阳光在水面嬉戏，湖光水色，一种非凡的气象，有滋场般的效应，给人难以言喻的庄严、圣洁，可又觉得它是那样亲近、平和。

琉森湖上有一岛屿，高出水面 40 米，岛不大，有座依然弥漫着古老神秘气息的巴洛克教堂，风格独特的建筑与碧蓝无瑕的湖面构成人与自然的完美融合，晨昏传来悠扬的钟声，满面春风也荡着宗教的气氛。桨声伴着钟声，使人进入梦幻般的仙境，我想，贝多芬《月光》的第一乐章有很可能伴着钟声而写就。

这时，我想起芬兰大音乐家西贝柳斯的话：“我确实是一个梦想家，一个大自然的诗人。我漫步田野，湖泊、群山神秘的声音。我很愿意被称作大自然的艺术家，因为对我来说，大自然的确是群书之书，大自然的声音是上帝的声音，一位艺术家只要在他的创作中运用一点点它的回声，他也会因他的努力得到很高的奖赏。”

他说：“上帝从天上掷下一块块的音乐碎片，然后吩咐我把它镶嵌成一幅音乐的彩图。”

记住！1801 年的一个初夏之夜，上帝把月光的碎片洒入琉森湖，贝多芬一一摭拾起来，拼成一曲永恒的乐章。

【阅读提示】

这是作家的新作，介绍欧洲之明珠、瑞士之名胜琉森湖的秀丽风光和人文历史。

欧洲有许多文学泰斗、艺术大师、科学巨擘都曾游览、留恋过琉森湖的湖光山色。俄国的托尔斯泰、屠格涅夫、布宁；德国的歌德、海涅、乐圣贝多芬；英国的拜伦、雪莱、济兹等都曾撰写过琉森湖的诗文。贝多芬的经典名曲《月光》就是由琉森湖的月光赋予了灵感而创作的。

这是贝多芬的一首诗，“这丰富多彩的伟大之诗！这气韵生动的图画！这芳香！这光彩！”湖光、月色、茅舍、盲女……乍始，你听不出作者内心要说什么，也倾听不见“月光”，但“一篇锦瑟解人难”。《月光》实际上是爱与怨、情与恨、风情月朗与暴风骤雨的奏鸣……贝多芬的音乐是一座宏伟的建筑，那非凡的气象、宏大的主题，有磁性般的艺术魄力，随着乐章的展开，我们仿佛飞升太空，宇宙茫茫，俯仰古今，又缥缈如梦。此文不仅写出《月光》的诞生，也道出贝多芬的悲剧人生。

农民画家米勒

古人云：“画者，文之极也。”一张宣纸，一片画布，承载着一个国家和民族浓厚的沧桑感，可以寻觅民族穿越千年所留下的光辉，所积存精神的力量，可以涵养一方水土。

我在法国旅游时，住在农家宾馆里，走廊墙壁上挂着米勒的画，小小的镜框，单纯的画面，《播种者》《依锄者》《晚钟》，当然是印刷品，这是米勒最著名的代表作，是法国的绘画的经典。

法国大作家罗曼·罗兰说：“米勒的作品是法国艺术中无人能够替代的一部分。如果说缺掉了米勒，法国似乎缺少了艺术品的一半。”

米勒是农民画家，他35岁那年定居巴比松村，四十年未离开过这片土地，生活于斯、终老于斯。由于贫穷，无钱买车票，四十年竟然没有回家看望一次父母，母亲临终还呼唤着他的儿子，“我可怜的孩子，如果你能在冬季来临前回来该多好！我十分渴望再见上一面。我现在……剩下的只有痛苦和死亡”，但米勒因凑不够路费，终未最后见母亲一面。这真是永恒的悔！

米勒的父亲是个乡村说唱艺人，他从小便在贫困、苦闷、彷徨中挣扎、生长。他学画初期，为了生存，不得不临摹一些美艳的女裸体画，以吸引小市民的青睐。他的第一任妻子因贫病而死，第二任妻子像他一样顽强、坚忍，抗争命运，面对苦难，勤劳执着地在生活中挣扎奋斗。米勒在巴黎搞了一次画展，观者却讽刺道：“米勒只会画裸体女人，别的都不会。哈哈，哈哈！”这句话深深刺痛他的心。他决心离开巴黎，毫无反顾地走向农村，携家迁往巴比松村。

巴比松村位于枫丹白露附近，有河流、池塘，当然也应当有树林，但从米勒的画中很少见山水的背景，甚至连一棵树也没有，只有土地和人，还有太阳。太阳、土地、人，三位一体构成人生的十字架，命运的十字架。米勒沉重地背负着，四十年的春夏秋冬，四十年的风晨雨夕，米勒过上了地地道道的农民生活。

而米勒是陶渊明版的画家。犹如中国东晋大诗人陶渊明弃官回归故里，像农民一样："晨兴理荒秽，带月荷锄归"，"开荒南野际，守拙归园田"，他返归故里决非诗人下乡体验生活，更非采风，锄头和笔墨都是他的工具，他的诗沾着晨露的温润、月光的晶莹、泥土的清香，诗里有犬吠之声、鸡鸣之音、鸟声之韵，有流水潺潺，有寒风霜叶的萧瑟之籁……

他白天下地干活儿，下午画画。他绘画的题材全是农民及其劳作的生活，在米勒的画面上，人和自然、土地以及茅舍几乎成了全部画作主体，它们之间有着难以分割的血肉联系。米勒在巴比松村四十年是孤独而又充实、幸福而痛苦、沉静而燃烧的四十年，四十年他没有像其它画家一样的外出游历、采风，披山阅水，去写生，去素描、去临摹名山胜水。他孤独高洁的灵魂只有土地，他像土地的代言人，他只关心农民和土地，锄草、播种、施肥、收获、收藏，艰苦的劳作，贫苦的生活，单调而沉闷的岁月，没有喧嚣和热烈，没有喜庆和歌舞，在他的册页上只有忧郁、憔悴、疲倦、沧桑、困苦的劳作者形象。农民祖祖辈辈，面朝黄土背朝天，生活压弯了腰，但他们能隐忍，听天由命，在沉默中挣扎，在艰难中求生，仅仅偶尔发出叹息和呻吟。

《播种者》是米勒一幅享有盛誉的作品。一位年轻力壮的汉子端着盛着种子的"簸箕"，一把把随手撒向大地，他雄健有力，步伐也豪迈，画面简单，除了远处有一耕耘者，播种者顶天立地，占据了大面积画面。地平线辽阔旷达，播种者辛勤地劳作，大步前进和倾斜的身姿，透露出他满怀希望的喜悦，均衡有力的步伐，像旋律一样雄健，没有播种，哪有收获？什么力量都不能阻挡他，他会一直走向画的外边，走进地平线的尽头……据说，米勒此时正在田间劳作，看到这位农夫舒展的劳动姿态，他惊呆了，兴奋异常，太美了，回到家里，很快画出下了这个场面。

这时，夕阳向晚了，播种者的“雄姿”一直融于暗红的夕阳逆光和黄昏的暗影中，他脸上的线条是模糊不清的，他的神色是模糊的，读者完全想象得出是坚毅、顽忍，是对生活充满信念和热望，他希望播下的是温暖，收获的是幸福，他向大地铺写自己的宣言。整个画面色调十分低沉、朴实、沉稳，健壮高大的农夫，像泥土一样坚忍、厚实。暗红的夕阳和黄昏的阴影，虽然投射在劳动者脸上模糊不清，但分明透出劳动者的喜悦，这是苦涩生活中的一种神秘之美、朴实之美。米勒喜欢乡村的黄昏、残阳、夕晖，模糊的景物，昏暗的光影，朦胧得像诗，像印象派的大自然景物，正是给读者以想象的空间，给画家抒情的艺术空间，充满创造力，蕴含着难言的艺术魅力，凝炼着画家对生活深刻而细致的感受。

他说：“他们沐浴着夕阳的光，肩上负着重荷的模样，是多么平稳和壮观啊！那是美，而且是神秘。”只有走进生活，真正体验乡村劳动者在夕阳向晚赶着活路的农民，才会有这动人感悟，蕴含着真实的艺术魅力。

凡高是米勒的粉丝，追星族。米勒的《播种者》深受凡高喜爱、推崇。凡高用他火焰的色彩，一再重复临摹米勒的《播种者》，这不仅寄托着凡高对贫困农民的深深的同情，也反映出凡高对基督教徒吃苦耐劳思想的深切感受。

这就是农民！他们不是“农民工”，不是掠过城市上空的鸟群。

米勒是最接地气的画家，他一生都没有离开过土地，没有过离开农民，他已是他们中的一员，只是一手拿锄头，一手拿画笔，在他的色彩和线条上的奏鸣中，永远是田野、土地、庄稼、农民，还有伴随他们的家禽、牲口和狗。

走廊里另一幅画，便是米勒的杰作《依锄者》，这幅画又是黄昏，薄暮降临，一位壮年农夫被累得倚着锄倚着锄小憩，背景是辽阔的田野，无边无际，空旷、孤独、沉寂，连棵树都没有，劳作的农夫一脸倦色，身穿土布粗衣，满身泥土汗渍，脚下是翻开的泥土。画幅中淋漓尽致地再现了农民的悲剧命运和他们隐含着坚忍力量的悲剧性格，那呆板的表情中透露出苦涩不堪的靥容，他不知欢乐是何物，长期艰苦沉重的劳动弄得他精疲力竭，狼狈不堪。但他的眼睛迷惘地望着远方，他的嘴微张着，走近画面似乎能听到沉重的喘息声。“他要伸一下腰，喘一口气”“他自从来到人间，何曾想过欢乐？”（米勒语）这是艺术家的自白，通过画面，从那农夫结实有力但过于疲倦的形象中，我们可以体会农民艰难困苦的生活，纯朴和充满无奈的悲哀，依锄者稍事喘息。这具有典型意义细节的描绘，给人深刻的悲剧感。

米勒让劳动者在疲倦不堪中停下来轻轻地叹息一声，他说，“这是大地的呼声”，是劳动者对不幸命运的抗争。千百年来农民正是这样默默挣扎着生存下来，一代一代活着在土地上而劳作，简直是一幅耶稣受苦受难的“农民版”。那位劳累过度的男人，拄着锄柄，弓着腰，用锄柄支撑着疲倦的躯体，他的神色阴郁，眼睛迷茫，木然地望着远方。远方是什么？有什么？是幸福吗？有挣脱贫苦的方舟吗？脚下是荒凉的土地，满布着砂石和野草，疲惫的农夫倚锄大口地喘息，大滴大滴的汗粒从脸颊上流淌下来。从那苦涩不堪的脸容上，看出他已经精疲力竭了，烈日吸去他多少汗水，生活的风雨几番折磨着他的生命，他无力站立起来，只好用锄柄支撑着瘦弱的躯体……

这就是农民，世世代代是农民用结满厚茧的双胛支撑着历史的天空，他呆涩的眼睛充满迷茫和空虚，又蕴含着希望……

这就是农民，活着在地上，死后在地下，生生死死离不开土地。

米勒喜欢画面的时间背景是黄昏，黄昏按说不管在哪里都应该是美丽的，夕阳在山，人影散乱，落晖斑斑，夕阳是温暖的琥珀色的阳光，把横阔的天地拉得遥远、空旷，天地宇宙是壮丽辽阔的感觉。但是在米勒笔下，黄昏总是给人苍凉、悲戚、倦慵、孤独的意韵，他画面的色彩都是沉着、凝重、冷清，这和画家情绪一致，和所画主人公的情感一致，乡村的生活庄严、静谧，和单纯朴素的大自然魅力一致。

长期农村生活，塑造出米勒的沉默性格，隐忍、坚毅的个性。有时他也喜欢晨光、浓雾叠叠透出一缕灿烂的阳光，树木像镀上一层金色，泥土土垄也反射出亮光，天空朝霞出现温暖的鲜艳。这是米勒绘画中少有的现象，那是大自然强烈生命力的再现，阳光、彩霞、阴云，斑驳陆离，这对立的因素又构成一曲和谐的交响乐。这是大自然的欢乐颂，实际上是画家郁闷情绪的倾泻和对美的渴望。

“我就是农民，农民中的农民！”米勒说，“我不属于浮华的都市……我要把农民画进艺术里！”于是《晚钟》出现了。我久久地站在《晚钟》画框前。

这是他的又一幅杰出的代表作，画面背景是辽阔的田野，远处露出教堂的塔楼的尖顶，夕阳的灰红，画面的主体，一对中年夫妇，听到教堂传来悠远的钟声，立即停下手中的活儿，低着头，站在田野上，双手合十，默默祷告，聆听上帝的声音。身旁是他们劳动的工具。

落日的余晖温暖，却也忧郁，像海洋一样波涛滚滚，无边无际。垂首而立的夫妻停下手中的活路，虔诚地祈祷，他们显得心平气和，顺天安命，任凭上帝的恩赐和惩戒，他们从不唠叨，不怨不恨，也从不为生活的艰难而痛恨命运的不公，当然也没有过多的奢望。《晚钟》迷人的艺术魅力是光、色彩、影，落晖飞洒在田野上，耕过的土地泛着波浪，像大海一样雄阔、浩瀚，垂首而立的男女在逆光中显得高大沉重，和地平线交叉成双十字架形。

画面上既不见教堂哥特式建筑，高高的钟塔，更不见钟的影子，但读者似乎听到，一声声凝重而忧郁的钟声隐隐传来，大地一片宁静，万物都屏息静听，画面弥漫着庄严圣洁的宗教气氛。夫妇垂首站在自己用血汗耕耘的大地上，表达了劳动者的虔诚、忠厚和听凭命运之神摆布的无奈和顺天安命的姿态，展示了逆来顺受的草根阶层的小人物的凄苦命运、沉郁的精神状态和隐忍的悲剧性格。米勒的画面上的色彩都比较沉着、浑厚，与画家的情绪一样，在朴素中他又追求色彩的多样性、丰富性，极力地表现大自然的庄严和静谧的魅力。

米勒有天生的农民气质，一身汗水一身泥，拿画笔的手也像老农民一样，磨出硬茧。他衣着破旧，皮肤粗糙，脸上过早地出现皱纹，苍老的目光沉静、淡定。他站在农民堆里，谁也不会辨出他是举国闻名的大画家。

其实，在欧洲，在法国，画家、音乐家、诗人、作家，都是极普通的，这是一种职业，并非比别的职业伟大，像银行家、企业家、商贾老板一样，只是工作的对象不一样。当然，你成功了，事业辉煌，得令国人震惊，才受到应有的尊重。

米勒的名气并不显赫，他像农民一样辛勤耕耘，有着一种虔诚、质朴、善良和坚忍的基督教徒的牺牲精神。他不是艺术家深入生活，也不是像陶渊明那样辞官归里，以殉道者的精神过着一种艺术化的人生，把乡村生活审美化。他不像那些山水画家，游遍名山大川，把激情泼向山川雾树，他笔下几乎都是普通农民，播种者、依锄者、簸谷者、收割者、晚钟做祈祷的农民夫妻、牧羊妇，这些生活在社会底层的劳动者。他们的辛勤、劳苦，生活的艰难，都淋漓尽致地表现在他的画布上，没有对备受艰辛的农民生活体验和同情，不理解农民的虔诚的基督教思想和安贫乐道的道德伦理，你很难画出农民的精神风貌，塑造出活生生的农民形象。

罗曼·罗兰称赞他："他在法国艺术史上是独一无二的。"

米勒有着农民的沉默、敦厚、朴拙的性格，他不事张扬，甚至拒绝加入法国巴黎艺术家协会，他一年到头劳作在田野和画案，他的生命融进绘画里，他的汗水流进了大地。

人生是个谜，宇宙是个谜。米勒临终时，有一头受伤的牡鹿跑到他家院子里，死在那里，紧接着，米勒告别了人世。

【阅读提示】

米勒是法国著名的农民画家。他离开喧嚣芜杂的巴黎，深入乡下，与农民生活在一起，他每天上午劳作，下午作画，用手中的色彩和画笔，记录农民艰辛劳苦的生活，淋漓尽致地再现农民的悲剧命运和他们隐含着坚忍力量的悲剧性格。那些最地道、最善良、最贫困而富有牺牲精神的劳动者，他们常年累月在大地上耕耘不辍，为人类的生存做出巨大的奉献，是他们创造了历史。像这样接地气，深入生活，一辈子不离开土地的农民画家，在法国是绝无仅有的，在世界美术史上也是罕见的。罗曼·罗兰说："他在法国艺术史上是独一无二的。"

法兰克福的歌德

法兰克福是歌德的故乡，1749年8月他出生在美茵河畔一个富裕市民家庭，父亲接受过良好的教育，攻读法学，取得法学博士，后被查理十二聘为皇家法律顾问，还做过法兰克福市的参议员。

歌德的童年时代是在父亲的严格管教下和母亲的爱抚下度过的。

1765年到1771年也就是他16岁到22岁在莱比锡读大学，过着“花花公子式”的生活，放荡不羁，生活奢华。那时候开始写诗，但诗歌词藻华丽，内容空洞。

后来，他接受了法国启蒙思想家伏尔泰、卢梭著作的影响，自由散漫的行为有所收敛，又在当地有名的思想家、文艺理论家赫尔德引导下，阅读了荷马、莎士比亚等人的作品，诗风有所转变。他注重从民间文学中吸取营养，反对古典主义美学原则，写了许多抒发个人感受，歌颂大自然的风格朴素、节奏性强的抒情诗。

《少年维特之烦恼》实际上是歌德初恋的感情经历，在一次舞会上，他遇到绿蒂·布弗，他爱上了她。这是位市民出身的姑娘，浑身散发着青春健康的气息。她妩媚而聪慧。绿蒂·布弗十六岁时已订婚，歌德见到她时，已是人家的未婚妻了，歌德一见钟情，说：“她是一个好姑娘。对我来说，她的美丽是由善良的内心和迷人的衷情构成的。此外，她聪明、生性乐观，有时天真烂漫……最重要的一点，她有一颗非常美丽的心——高贵、善良、宽宏大量，充满慈爱。”

当歌德得悉绿蒂结婚的消息时，一言不发，他坐在桌旁，开始创作《少年维特之烦恼》，没有提纲，没有草稿，一气呵成，仅用了四个星期，一部经典名著问世。

《少年维特之烦恼》的内容切中时弊，小说以全部生动细腻的文笔，写出作家自己的痛苦经历，有血有肉，真实感人，它以巨大的艺术魅力，影响了几代青年人，一时出现“维特热”，有些读者甚至模仿维特的衣着——长靴，青色燕尾服，黄色背心。更有甚者，一些男女青年在恋爱失败后，也学着维特用手枪自杀，小说弥漫着强烈的伤感和悲观情绪。

法兰克福这个德国第五大城市，不过人口仅 60 万，相当于我们的一个中等地市级小城。德国共有十六个州，德国国土面积在欧洲仅次于法国，33 万平方公里。州相当于中国的省级行政级别。

公元 794 年，法兰克福查理曼大帝在一次战役中，被萨克森人战败，逃到美茵河边，此时大雾弥漫，洪水滔滔，不辨东西，前有大河挡路，后有追兵，情况十分危机。慌乱中有人发现一只母鹿在平缓处涉水过河，顿有启悟，便率军尾随而去，果然顺利过河，得以转危为安。查理大帝下令在这里修筑城池，取名法兰克福，那意思是“法兰克人的渡口”。

法兰克福这座古老的城市，在第二次世界大战中被炸成一片废墟，这里只有一座小教堂是二战前的建筑物，现在的住宅楼、商店、酒肆、超市、学校、市政机关办公楼全是战后的建筑，既看不到哥特式，也看不到洛洛克古典风格的建筑，全是现代化建筑。街头有棵古树，战火烧焦了枝干，但根还在，又顽强地长出新枝干，古树旁有尊雕像，那是耶稣被钉在十字架上生命垂危的受难瞬间的形态。这是欧洲人的灵魂，有了耶稣便有了生存的力量，奋争的勇气。

法兰克福是欧洲对外的窗口，许多国际展览中心就设在这里，城市和我们的上海、北京、广州、深圳不可比拟，全欧洲有十座摩天大楼，法兰克福占有八座。法兰克福被誉为美茵河畔的曼哈顿。

实际上歌德二十六岁时便离开故乡，应魏玛公爵的邀请，来魏玛担任大臣，一直到八十三岁逝世，前后达五十七年。他的许多著作都是在魏玛完成的。那里也建有歌德纪念馆。

这里的纪念馆是歌德的出生地，是战后的复制品。第二次世界大战后，这一带属于美国占领区，是“帝国的自由城市”。1956 年市政府决定要重建被战火焚毁的歌德纪念馆。

罗马贝格广场很有名气，1948 年德国在这里召开第一次国民代表大会，通过了宪法草案。广场有两座女神雕像。一尊正义女神，她右手持剑，左手高举天平，象征公平正义。一尊是战争女神，手持锈迹斑斑的长矛。这两座女神没有给人类带来公平、正义、和平、幸福，如果不是市民将其深埋地下，也会焚于二战战火。她们没有阻止战争的灾难，而体验了战争的苦难。这对孪生姐妹——女神衣着精美，衣褶棱线流畅清晰，使整个塑像生动，铸造工艺十分精良，看到她们，人们心中不能不生起酸楚的感慨。

我们乘车来到西思格拉大街 23—25 号。门票不贵，只要七欧元。

我们参观了世界文化巨人的居所，感悟了一代诗豪如狂飚如烈火的人生。他在这里居住了二十六年。歌德故居是四层小楼，一层是厨房餐厅，二层是洛可可式的沙发和音乐室，三层走廊有精致的天文钟，四层才是诗人的书房写作室。四层楼共有十六个房间。

歌德一生创作了一百五十多卷作品，与莎士比亚、但丁、托尔斯泰等文化泰斗齐名。

我爬到二层，这就是招待厅。沙发、木柜、地毯，歌德曾在这里曾接待过黑格尔、海涅和大音乐家门德尔松等人。歌德不但是诗人、作家，还是对自然科学研究有成就的人。他对地质学、矿物学、解剖学多种学科有兴趣，他还写过《色彩学》专著，他在光学上提出过新的理论。

西方很多这样的大师、巨匠，他们兴趣极为广泛，并非只具有一技之长，雕塑大师米开朗基诺，大作曲家贝多芬，不仅在雕塑、音乐领域具有巨大的成就，就是在风马牛不相及的自然科学领域也有建树。

人类一切科学和艺术都是相通的，要想建构理想的金字塔，必须具有丰富、扎实的基础，西方的大师们决不像我们的有些学者：研究唐诗的，不深究宋词汉赋；善长中国山水的画家，不会人物画，更不敢涉及西洋油画。我写过民国历史学家傅斯年的传记，傅斯年留学德国七年，他不仅攻读历史学，还以很大的精力攻读医学、解剖学、语法学、哲学、地质学、心理学，他说留学不是为了学衔，而是知识。

再上一层楼，便是歌德的工作室。我惊呆了，这一切都保留歌德在世的样子，很简单的写字台，一把老式木椅，笔筒有几支鹅翎笔，桌子上有摊开的稿纸，稿纸有半页写下了文字。主人好像刚刚离开这里，只要稍等片刻他就会回来，他一见到你会亲切地问候，吻你的脸，一个多么慈祥、和蔼的老头。那玻璃橱里每一件展品似乎还散发着歌德的体温，辐射着生命的气息。我想象歌德如何在这里度过一个个早晨和黄昏，想象年轻时的歌德激情满怀地写下发热的诗行，兴奋时大声朗诵自己的新作。我想象他写作时累了还会依窗张望外面的景色，也许坐在椅子上悠悠地吸着雪茄，烟雾缭绕，朋友拜访时是否也用小提琴弹奏几只曲子，“我摸不准他的脾气，感受不到他的喜怒哀乐”。

墙壁上有几幅画，或是风景画或是歌德的画像。

歌德说：“一切涉及适宜的事，都与我天性相违背。你在我房间找不到沙发，我总是爱坐在那张老式木椅上。舒适豪华的陈设会扰乱我的思维，使我陷入一种迟钝怠惰的状态。”

他的代表作、巨著《浮士德》就是在这里起草的，最终完成于魏玛。《浮士德》是一部诗剧，共两部五十场，一千二百余行。作品主人公浮士德一生对理想追求、探索。他经历了知识悲剧、爱情悲剧、政治悲剧和事业悲剧五个阶段。情节始于上帝与魔鬼的赌赛。上帝信任人类，认为他们难免犯错误走上邪道；魔鬼墨菲斯特却认为可以把人类引上歧途。他们以浮士德为赌赛对象。浮士德是位博学多闻的学者，沉湎在书海中，但感到知识对社会毫无用途，非常苦闷，几乎自杀。这时魔鬼出现了，说是要带浮士德漫游世界中，并预言当浮士德感到满足之时，也就是他的末日。经魔鬼引导喝了魔酒，浮士德返老还童，与少女玛甘泪相恋。玛甘泪被封建主处死，浮士德的爱情化为悲剧。浮士德来到宫廷从政，但政界一片黑暗腐败，社稷混乱，同样，浮士德看到的一切都令他绝望、悲观、忧虑，他转而追求古代美女海伦，与之结合，生下儿子欧福良，到头来也是一场幻梦。后来浮士德获得一块海滨封地，他在那里填海创业，拓建一个人的乐园，在改造自然中，浮士德感到一种慰藉和满足，他说："要每天每日去开拓生活和自由，然后才能作生活和自由的享受。"表现主人公那种不倦的探求精神。浮士德及他的灵魂被上帝引入天堂。

《浮士德》这部诗剧经典，规模恢弘，背景广阔，思想博大，内容深邃，想象丰富，瑰丽多姿。现实和幻想组成巧妙结合，对市民社会和封建王朝的描写都非常真实，具有典型意义。诗人驰骋想象，幻想的、神话的、虚构的形象，既有真实感，又有奇诡变幻。

诗剧调动了对比、象征、比喻等艺术手法，塑造了浮士德这个新兴资产阶级知识分子的典型。他的知识丰富、意志坚强，注重实践，积极投入，永不满足，不断追求，直至理想的境界，是一位悲剧英雄。

站在窗前可以瞭望美茵河波光闪烁的流水，两岸有高大的树木和哥特式的教堂、高高的摩天大楼。再远处便是美因河谷地平原。河谷有大片的葡萄园。这景色，这气象，多么诗意，多么浪漫，与诗人的气质多么谐调！

窗外下面是不大不小的一座花园，正是初夏时节，一股植物的气息和野花野草的芳非涌入室内，很惬意，很撩人。我们走下楼梯，到歌德的花园游览。

花园里有一棵黄花风铃木，树躯粗大，树皮乌黑，有种古木参天的气势，还有几棵杉树、枞树，它们伸张着枝杈仿佛指点歌德先生在园里散步、歇息，或坐在连椅上思索。开着蓝色小花的矢车菊，那小小花瓣，半透明状，色泽纯净，像蓝色宝石般，矢车菊是一年生或两年生的植物，花常见有白色、黄色、蓝色、紫色，这蓝色给人一种深远、沉静的感觉。我想歌德大概最喜欢静谧的蓝。在五月的暖风里，蓝色的矢车菊正开得恣情任性，向四周伸展过去。

我问风铃木，你见过歌德吗？你可能陪歌德在这里散步休息？

谁？风铃木摇摇头，否认的样子。

导游兼讲解员说，这是风铃木的子树，"二战"时，它的母亲被炮弹击中，树冠被烧成灰，战争结束，大概 1946 年，从根角部冒出一棵小树，现在树 69 岁了，我大吃一惊，这棵树却和我同庚！我倍感亲切，走过去，把脸贴在树身上，只觉得有一种温馨从树躯中传导而来。

我站在树下，久久地凝视着四层楼开着窗户的房间，我们刚刚参观过的房间，歌德在那灯台熬过多少失眠的夜晚，冬天花园的雪，只有风铃树用萧条的树枝来抚慰。春天这花园给歌德一缕芬芳的幽香，夏天又送来一抹沁人的阴凉，秋天那是最美好的季节，草坪上各种野花都争芳斗艳，紫藤萝缠绕着树身，紫色的花朵瀑布般地倾泻下来，那是植物的情感。

我想象，歌德在月夜里曾经散步花园，月照花明，风吹花动，多了妩媚和优雅。“花明月暗笼轻雾”，月洒清辉，花移娇影，月花共度的妙景，令人赏心悦目。

歌德人生最后八年，一直待在魏玛家中，足不出户，很少同外界打交道，上午在书房待两个小时，下午会见客人，晚上享受天伦之乐。歌德在生命垂危时把他的小孙女叫来，在手心上写了个“B”字，便慢慢闭上眼睛。对这“B”字谁也不解，他去逝的时辰，正是他出生的时辰，都是正午。

【阅读提示】

歌德是18世纪后期19世纪初期欧洲启蒙主义文学杰出的代表作家之一。他漫长的生活道路和创作经历，贯穿了欧洲和德国历史整整一个时期。歌德为世界文学做出了伟大贡献。他著作丰厚，其代表作《少年维特之烦恼》《浮士德》《歌德抒情诗选》《歌德叙事诗集》等等，是世界文学宝库中的珍品。本文是一篇游记，记述法兰克福歌德故居，虽然匆匆一瞥，却生动地记述了歌德青少年的生活和创作，给读者留下深刻印象。